요요의 빛

김미정 소설집

뽀뽀의 빛

김미정 소설집

Teuim9

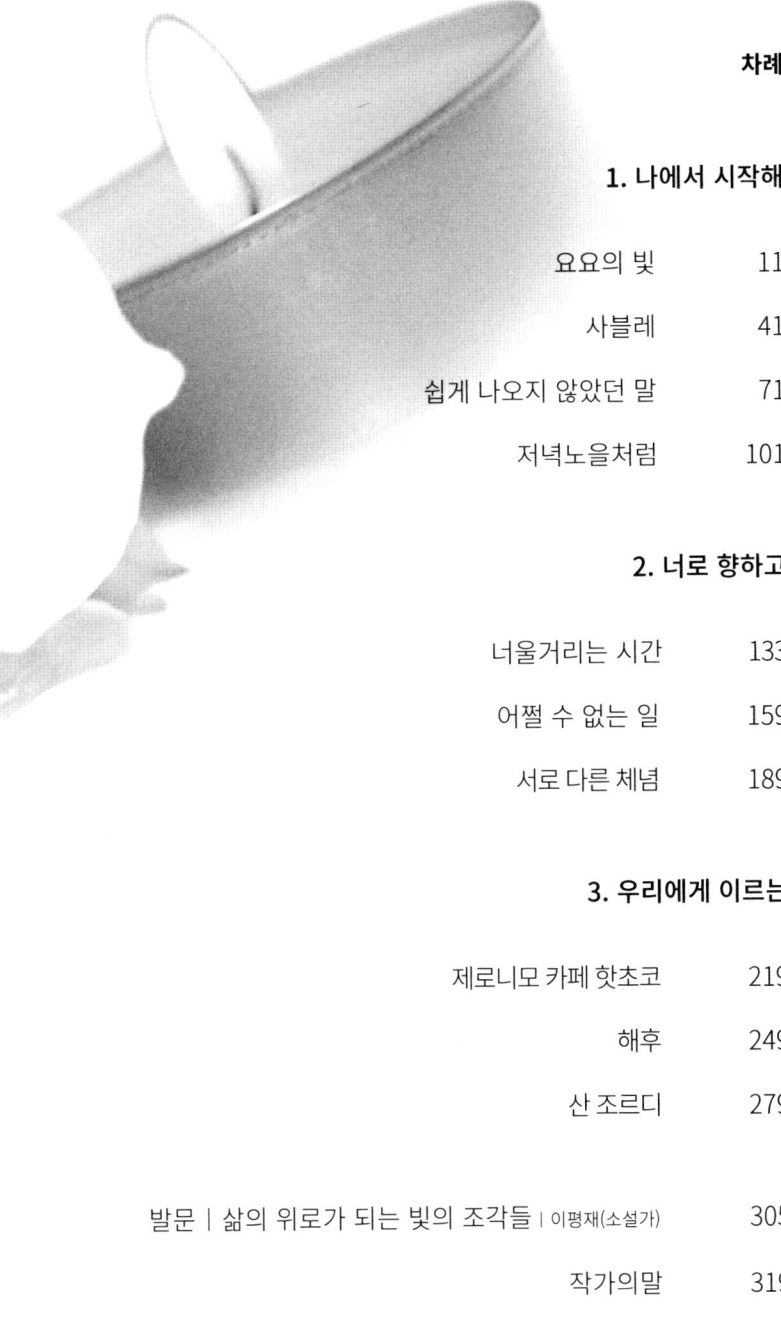

차례

1. 나에서 시작해

요요의 빛	11
사블레	41
쉽게 나오지 않았던 말	71
저녁노을처럼	101

2. 너로 향하고

너울거리는 시간	133
어쩔 수 없는 일	159
서로 다른 체념	189

3. 우리에게 이르는

제로니모 카페 핫초코	219
해후	249
산 조르디	279
발문 ǀ 삶의 위로가 되는 빛의 조각들 ǀ 이평재(소설가)	305
작가의말	319

1
나에서 시작해

모모의 빛

그런데 그날, 해가 저물어도 남편과 환희가 돌아오지 않았다. 전화를 걸어도 벨은 두어 번 울리다 끊어졌다. 처음에는 내게 연락하지 않는 남편이 서운했다. 새로 계약한 자동차 때문에 신이 나 집에서 기다리는 아내는 잊고 있다고 생각했다. 그러나 시간이 흐를수록 서운했던 마음이 불길함과 초조함으로 변해갔다. 저녁상을 차리면서도 '설마, 혹시, 아닐 거야' 하는 말들이 머릿속을 맴돌았다.

요요의 빛

 소녀가 우리 집 문 앞에 서 있었다. 가을 저녁, 소녀는 큰 밀짚모자를 쓰고 하얀 원피스를 입고 있었다. 하늘거리는 치마 밑의 다리는 가늘어 여릿했고, 조그마한 발은 맨발로 흙투성이였다. 나는 갑작스러운 소녀의 모습에 당황했다. 잠시 어찌할 바를 모르다가 다시 소녀를 훑어보았다. 어깨를 움츠린 채, 두 손을 깍지 끼어 잡은 모습이 초조해 보였고, 불안해 보이기도 했다. 소녀는 주저하는 소리로 내게 물었다. "혹시, 오렌지빛 머릿결의 소년을 못 보셨나요?" 나는 동화책에서나 나올법한 소녀의 말에 당혹스러워 고개를 갸웃하며 소녀를 바라보았다. 그러곤 나를 바라보는 소녀의 눈빛이 애처롭다고 생각하며 시선을 소녀의 불그레한 볼로 옮겼다. 그런데 무엇 때문인지 모르게 설레었다. 거의 이년 만에 열 살 정도의 어린 손님이 우리 집을 찾아온 것이었다.

　우리 집은 몇 가구 없는 산골 마을에서도 조금 떨어진 산 밑 언덕에 있었다. 나는 이런 외진 곳에 소녀가 찾아온 것이 이상했지만 그보다 왠지 낯설지 않은 친근한 느낌이 드는 게 더 이상했다. 소녀는 어제도 그제도 함께 마주했던 아이 같았다. 마치 우리 환희가 텃밭에서 놀다 집으로 들어선 것 같은 착각마저 들었다. 지금은 세상을 떠나버린 나의 아들 환희. 어쨌든 소녀의 방문은 무기력하고 그늘진 마음에 볕이 비친 느낌이었다. 그리고 그런 느낌은 잿빛으로 뒤덮인 대지에 불어든 실바람 같기도 했다.

　소녀는 푸르게 보일 정도로 맑은 눈을 깜박이며 다시 소년에 관해 물었다. 나는 그런 아이는 알지도 못하고 보지도 못했다고 말할 수 없었다. 그 맑은 눈이 슬픔을 보일 것만 같았다. 집은 어디니? 갈 곳은 있니? 나의 물음에 소녀는 고개를 숙이며 소년을 찾고 있어요, 하고 말했다. 그 말은 슬프게 들렸고, 소녀를 집 안으로 이끌게도 했다. 거실에는 작은 탁자와 책장, 비닐로 싸인 컴퓨터, 티브이 그리고 두 개의 이삿짐 상자가 어수선하게 놓여 있었다. 나는 썰렁한 집 안으로 소녀를 들이고 잠시 망설였다. 해가 저무는 시간에 갈 곳을 잃은 아이처럼 서 있던 소녀였다. 어떻게 이런 산골까지 오게 됐는지 의아했으나 우선은 어린 소녀의 상태를 살피고 부모에게 돌려보내야 한다고 생각했다.

나는 다시금 소녀에게 사는 곳과, 가족에 관해 물었다. 소녀는 묻는 말에는 대답하지 않고 무표정하게 나를 바라만 보았다. 그런 소녀에게 먼저 발을 닦아야 할 것 같다고 했다. 소녀가 흙투성이 발을 내려다 보며 왜 씻어야 하느냐는 듯이 의아한 표정을 지었다. 나는 소녀를 욕실로 데려가 발을 씻겨 주었다. 자신이 씻는다고 했지만 내가 잘 닦아 주고 싶은 마음이었다. 발은 다행히도 다친 곳이 없었다. 발등에 몇몇 쓸린 자국은 풀잎에 쓸려 생긴 생채기 같아 보였다. 비누질로 발가락 사이사이를 깨끗이 문질러주었다. 소녀는 간지럼을 타는지 킥킥대며 잠깐 웃음기를 보였다. 나는 손을 마저 닦아주고 소녀와 거실로 나왔다.

나는 수건으로 발의 물기를 닦아 주며 다시 한번 소녀에게 물었다. 집 주소는 알고 있니? 이름은 뭐지? 역시 이번에도 소녀는 나의 물음에 아랑곳없이 소년의 이야기를 꺼냈다. 소년의 긴 머리카락이 바람에 휘날리면 저 노을빛 같다며 창밖의 하늘을 가리켰고, 또는 집 앞마당에 피어있는 해바라기를 가리키며 소년의 눈이 저 노란 해바라기처럼 따뜻하다고도 했다. 나는 어린아이가 어떻게 이런 표현을 하는지 알 수 없어 소녀에게서 시선을 거둘 수가 없었다. 소녀는 소년의 이야기를 하며 새로운 기운이 솟듯 쉼 없이 말했다. 그리고 내가 소년에 관해서 묻는다면 그 어떤 것에도 답을 줄 것처럼 또렷이 나를 바라봤다. 나는 작은 아이 같지 않은 소녀를 물끄러미 보았다. 그러나 소녀는 나의 모습을 보고는 풀이 죽어 고개를 가로저었다. 그리고 어른에게 꾸지람을 들은 아이처럼 시무룩해졌다. 그 모습 역시 우리 환희를 기억나게 했다.

 우리 집은 환희가 다섯살이 될 때 완공되었다. 늦은 결혼으로 아이를 빨리 가지려 했지만, 환희는 우리를 몇 해 기다리게 하고 태어났다. 너무도 사랑스럽고 귀여운 아기였다. 남편과 나는 환희를 도시가 아닌 자연을 접하며 심신이 맑은 아이로 키우고 싶었다. 틈틈이 모아온 돈으로 땅을 사들였고 두 해를 거치며 작은 집을 지었다. 그리고 그다음 해에 이사했다. 여러 날을 기다리고 준비해 온 전원생활이었다. 남편과 함께 운영하던 보안서비스업도 정리했다. 서운하고 아쉬운 마음보다 귀농 준비를 하고 실천하게 된 것이 무엇보다 뿌듯하고 행복했었다.

 우리는 땅콩을 심고 포도나무도 심었다. 우리 마을은 포도가 달게 영글기로 유명했기에 많은 사람이 찾았고, 살림에 보탬이 되었다. 달걀을 부화시키고 병아리와 닭도 키웠다. 아침마다 풀어 놓은 닭들은 저녁이면 닭장에 들어와 있었다. 가끔은 살쾡이한테 물려가기는 했어도 닭을 키우는 것은 생각보다 쉬운 일이었다. 앞마당 작은 텃밭엔 채소를 키워 찬거리를 했다. 가을이면 집 앞 툇마루 위에 온갖 나물들을 올리고 햇볕에 말려 겨울을 준비했다. 환희는 하루하루 병아리가 커가듯 자랐다. 남편은 마을 어른들의 신임을 얻은 덕에 농사일에 도움을 많이 받았다. 도시와 다르게 이곳은 이웃집의 숟가락 개수도 알 수 있을 정도로 친밀했다. 처음에는 지나친 관심 같아 불편했는데 귀농하고 생활하다 보니 고맙게 생각되었다. 사실 농촌 생활이 힘들고 덜 힘든 것은 마을 주민과 얼마나 잘 어울릴 수 있는가에 달린 것 같았다.

 그렇게 전원생활에 어느 정도 적응이 되어가는 봄날이었다. 환희가 초등학교를 입학하기 며칠 전, 남편은 자주 고장이

나던 우리 집 자동차를 바꿔야 할 때가 됐다고 했다. 아직 어린 환희를 학교에 등하교시켜야 한다는 핑계는 남편이 차를 새로 바꿀 좋은 기회라는 뜻 같았다. 나는 빙그레 웃으며 그러냐고 고개를 끄덕여 주었다. 그러자 남편은 그 뒤부터 환희를 데리고 시내를 자주 오갔다. 하루는 마지막으로 계약서에 사인하러 간다며 함께 새로 사게 될 차를 보러 가자고 했다. 나는 머지않아 폐차하게 되는 우리 집 낡은 차 생각에 마음이 울적하기도 했고, 생리통으로 컨디션이 좋지 않아 함께 나서지 않았다. 결국 남편과 환희는 마음이 들떠서 집을 나섰다.

그런데 그날, 해가 저물어도 남편과 환희가 돌아오지 않았다. 전화를 걸어도 벨은 두어 번 울리다 끊어졌다. 처음에는 내게 연락하지 않는 남편이 서운했다. 새로 계약한 자동차 때문에 신이 나 집에서 기다리는 아내는 잊고 있다고 생각했다. 그러나 시간이 흐를수록 서운했던 마음이 불길함과 초조함으로 변해갔다. 저녁상을 차리면서도 '설마, 혹시, 아닐 거야' 하는 말들이 머릿속을 맴돌았다. 멀리서 우리 집 낡은 차의 엔진 소리가 들려오기만을 기다리며 집 안을 서성거렸다. 그렇게 너무 예민해져 벽시계의 초침 소리가 귀에 거슬리던 시간이었다. 탁자 위 전화기에서 벨이 울렸다. 그리고 벨소리와 함께 누군가 현관문을 두드렸다. 가슴이 쿵 내려앉았다. 마을 이장님이 급하게 다그치듯 소리쳤다. "환희 엄마 큰일이 났구먼, 같이 병원에 가야 쓰겠어. 무슨 일이래. 빨리 나와 봐요." 하고.

그렇게 남편과 환희가 사고로 세상을 떠나자, 나는 한동안 멍했다. 처음에는 실감이 나지 않았고, 나중엔 넋이 나가 정신을 차릴 수 없었다. 일 년 정도 지나서야 내가 아직 살아있다는 것을 느끼고 마을을 떠나기로 마음먹었다. 고통만 안겨주는 이 집에서는 도저히 살 수 없었다. 고요하면 고요할수록 덤벼드는 추억들은 숨도 쉴 수 없을 만큼 나를 괴롭혔다. 텃밭은 엉망이고 닭장의 닭들도 집을 찾지 않았다. 포도밭에 포도는 시들했고 땅콩밭은 짐승들이 헤집어 망가져 있었다. 나는 모든 것을 잊고 싶었다. 왜 그런 슬픔이 나에게 일어나야 했는지 화가 치밀다가 무기력해지곤 했다. 몇몇 동네 어른들은 내가 가여운지 가끔씩 음식을 가져다주었다. 그러나 그런 친절도 귀찮고 불편했다. 그저 하루하루가 길고 슬프기만 했다. 환희가 가지고 놀던 장난감, 뛰어다니던 마당, 남편이 치던 울타리, 함께 만든 탁자, 의자, 가구 하나하나가 모두 슬픔으로 이어졌다.

그런 와중에 둘러본 집안은 차마 눈 뜨고 볼 수 없는 지경이었다. 식탁 위에는 열심히 만들어 담가 놓았던 효소 병들에 먼지가 쌓였고, 언제 먹던 것인지 모를 땅콩과 건빵이 접시에 놓여 있었다. 싱크대 옆 상자에는 양파들이 파란 싹을 올리다 썩어갔다. 음식물을 넣어 놓고 저장한다는 것이 무의미해진 냉장고는 비어 있었다. 거실의 나무 기둥에 매달린 옥수수는 작년 그대로였고, 병아리 부화기의 노란 빛은 억지스러운 사랑을 강요하는 것 같았다. 환희를 떠올리면서 닭에게서 알을 빼앗은 짓이 잘못이었다는 생각에 시달리기도 했다.

나는 모두 남기고 떠날 생각이었다. 차라리 번잡한 도시라면 이런 슬픔과 우울에서 벗어날 것 같았다. 어렵게 장만했던 집을 부동산 정보지에 매매 물건으로 올려놓았다. 사소한 뒷일들은 마을 이장님께 부탁했다. 그리고 두 개의 상자에 옷가지들과 환희의 스케치북, 오래된 연애편지, 가족사진 몇 장 등을 나눠서 넣었다. 혼자 살아가게 될 도시의 삶이 두려웠지만 그 두려움이 나의 슬픔을 잊게 해줄 것으로 생각했다. 그랬는데 그렇게 집을 떠나려 했던 마지막 날 오후에 소녀를 만난 것이었다.

어쨌든 나는 썰렁한 집안에 소녀를 이끈 것이 미안스러웠다. 방의 온도를 훈훈하게 하면 이런 썰렁함이 가실지도 모른다는 생각에 보일러를 켰다. 윙윙거리며 돌아가는 보일러 소리가 오랜만에 인기척을 느끼게 했다. 나는 거실의 등도 켰다. 높은 천장에 매달린 노란 등이 거실 창에 비쳤다. 마치 해가 진 검푸른 하늘에 뜬 둥근 달처럼 보였다. 나는 소년의 이야기를 열심히 하던 소녀의 작은 손을 잡고 거실 탁자 앞에 함께 앉았다.

"모자를 벗는 게 낫지 않을까?"

커다란 밀짚모자는 어디서도 보지 못한, 정말이지 동화에서나 나올법한 희한한 모자였다. 갈대와 들풀 줄기를 얼키설키 엮어 놓은 어설픈 햇빛 가리개 같았다. 소녀는 모자를 벗었다. 그리고 그 순간 나는 모자를 벗은 소녀의 모습에 너무 당황스러워 뭔가 잘못됐다는 생각에 휩싸였다. 소녀의 머리는 머리카락이 없어 미끈했고, 파란 핏줄마저 투명하게 보일 만큼 하얗고 반반했다. 머리카락만이 아니라 눈썹도 없었다. 소녀의 얼굴빛이 유난히도 희게 보인 것이 아마도 그 때문이었던 것 같았다. 나는 애써 놀란 마음을 누르며 물었다.

"어떻게 된 일이니? 어디가 아픈 거야?"

소녀는 내가 놀라는 것을 아무렇지 않게 바라보며 말했다.

"우리에겐 놀라운 일이 아니에요"
"우리?"

소녀는 지친 듯 어깨를 축 내렸다. 나는 아픈 아이가 우리 집에 온 것 같아 걱정되어 다시 이런저런 것을 물었다. 소녀는 관심 없는 표정으로 거실을 두리번거리며 주위를 둘러보았다. 그러다 거실의 물건들을 호기심 어린 눈빛으로 하나하나 살폈다. 그런 소녀에게 집이 어디냐고 다시 한번 묻자, 난감한 듯 고개를 숙였다. 그러곤 조금 전 깨끗이 닦아 준 발을 꼼지락거렸다. 나는 시무룩해진 소녀를 보며 내일 경찰서에 연락하거나 보호소로 보내야겠다고 생각했다. 소녀는 다시 거실을 둘러보다가 말했다. 목이 말라요. 물 좀 주세요. 나는 식탁 위에 있던 돌배 효소 병의 먼지를 닦아내고 밀봉된 마개를 열어 물에다 그것을 타 주었다. 소녀는 몇 모금을 삼키고 신기한 맛이라고 했다. 나는 한마디 했다.

"재작년 가을에 담근 효소인데 네가 처음이란다."

그런데 소녀가 눈을 깜박이지 않고 나를 바라보다가 갑자기 눈물을 흘렸다. 당혹스러웠다. 무엇보다 알 수 없는 것은 소녀의 눈을 보며 나도 모르게 울컥 목이 메인 것이었다. 소녀의 슬픔은 마치 풀밭에 내려앉는 이슬처럼 나의 마음을 젖어

들게 하는 듯했다. 나는 한동안 소녀를 곁에 두고 앉아 있었다. 누구와도 가져보지 않은 낯선 시간이었다. 아무 말도 없이 앉아 있던 소녀가 일어섰다. 그러고는 거실 밖의 어둠 속을 응시하며 이야기를 시작했다. 가끔은 거실을 돌며 말을 잇기도 했고 다시 앉았다가는 벽에 기대어 자신의 이야기를 풀어 놓았다. 쉽게 알아들을 수 없는 내용이었다. 마치 어느 신화 속에서나 있을 법한 이야기였다. 더욱이 열 살 정도의 소녀가 할 말도 아니었다.

창에 비친 등이 달 같아요. 두 개의 달이 뜬 것처럼 보여요. '둘'이란 것도 소년에게서 처음 들은 말이에요. 우리에게는 '하나'만 있었거든요. '하나' 이외에는 없었어요. 당신은 이해할 수 없을 거예요. 저도 처음에는 그랬으니까요. 소년이 말하기를 우리의 얼굴에는 눈이 두 개라고 했어요. 저는 그런 말은 없다고 했어요. 하지만 소년은 내게 말했어요. 눈이 하나, 그리고 또 하나가 더 있으면 '둘'이라고 했죠. 우리는 그때부터 그렇게 말하기로 약속했어요. 그리고 그 뒤로 소년과 저는 약속이 많아졌어요. 저는 소년의 곁에 있는 것이 즐거웠어요. 소년과는 그렇게 처음인 것들이 많았거든요. 당신이 저의 이런 말을 믿어 주길 원하는 건 아니에요. 사실 믿음이란 믿고 싶은 마음일 거예요. 그러니 굳이 믿어보려고 노력하지 않아도 좋아요. 마음은 스스로 생겨나고 자리 잡는다고 소년이 말했어요. '처음'이라는 당신의 말에 소년이 그리웠어요. 그리고 그 말은 저를 기쁘게 하고 슬프게도 했어요. '처음'이라는 것을 아세요? 이 세상에서 가져보지 못하고 느껴보지 못한 것을 갖게 될 때 하는 말이기도 하죠. 처음 본 소년의 오렌지빛 머릿결은 아름다웠어요. 나의 손가락으로 소년의 긴 머리카락을 쓸어내릴 때면, 제가 바람이 되고 빛이 되는 듯했어요. 소년은 가끔 저의 어깨에 머리를 기댔고, 저는 소년을 안으며 행복했어요. 그런 행복은 처음이었으니까요. 하지만 제가 떠나온 곳에서는 그 머리카락을 숨겨야만 했죠. 우리는 모두 머리카락이 없는데 소년만은 달랐어요. 오렌지빛의 머리카락은 계속 자라났어요. 소년은 그런 자기의 모습을 자랑스러워했어요. 그러나 우리 어른들은 못마땅하게 바라보았어요.

"우리 어른이라니?"

의아해하는 나의 물음에 소녀는 다시 말을 이었다.

당신이 제 말을 이해할 수 없겠지만. 우리는 열매에서 태어나요. 열매의 씨앗은 엘로우싸이드코뉴어란 새가 부모가 될 어른들에게 물어다 줘요. 작은 씨앗을 땅에 심으면 싹을 틔우고 땅을 껴안으며 자라요. 줄기에서는 노란 꽃이 피고 꽃이 지면 열매가 열리죠. 작은 열매는 점점 커지고 단단해져요. 우리는 열매가 다 자라서 스스로 갈라질 때를 기다려요. 가끔은 크기도 전에 열매가 갈라져 작은 아이가 태어나기도 했어요. 열매에서 아이가 태어나는 시간은 아무도 몰라요. 정성으로 가꾼 열매가 열리게 되면 당신과 같이 키가 크고 풍성한 머리카락을 가진 커다란 아이가 태어나요. 그렇게 태어나는 우리는 시간이 지나면서 조금씩 작아지고 어른이 돼요. 그런데 소년은 달랐어요. 소년도 처음 태어났을 때는 다른 아이들과 같이 키가 크고 머리카락이 풍성했어요. 그런데 저는 조금씩 작아지고 머리카락이 없어지기 시작했지만, 소년은 그렇지 않았지요. 키가 작아지지 않았고, 머리카락도 없어지지 않았어요. 소년의 부모는 슬펐지요. 슬픔은 또 다른 슬픔을 만들어 내는 것 같아요. 우리는 이별을 새로운 씨앗을 맞이하는 당연한 것으로 생각했었지요. 적어도 소년이 사라지기 전까지만 해도 말이죠. 소년이 슬퍼하고 있다는 것을 안건 소년이 사라지기 얼마 전이었어요. 소년이 작아진 저를 업고 들판을 걷다 하늘을 보며 이야기를 한 날이었죠. 왜 하늘은 항상 푸른지, 노을은 왜 하늘을 붉게 물들이는지. 그러다 소년이 혼잣말처럼 말했어요. '모든 게 자연스럽게 변하고 있어, 그런데 나는 그대로야.' 그때야 알았어요. 저는 어른이 되어가고, 소년은 아직도 키가 큰 아이였던 거예요. 아름다운 머릿결을 가지고 있었지만 마음속은 슬픔으로 가득했어요. 소년이 이상한 말을 하기 시작했어요. '아름답다.' '슬프다.' '그립다' 같은. 우리는 소년의 그 말이 두려웠어요. 어느덧 우리들은 소년은 어른이 될 수 없다며 피하기 시작했어요. 소년과 함께 있으면 어른이 되지 못한다고. 그래서였는지 소년에게는 친구가 없었어요. 항상 혼자 무언가에 대해 골똘하거나 알 수 없는 그림들을 땅 위에 그리며 지냈어요. 어느 날, 엘로우싸이드코뉴어가 숲을 날던 아침이었죠. 소년이 혼자 호숫가에 앉은 모습을 보았어요. 새벽의 호수는 밤사이에 별을 담아 놓은 듯 반짝였고 바람은 소년의 머릿결을 스치며 숲을 오렌지빛으로 물들이는 것 같았죠. 저는 소년의 어깨에 손을 얹었어요. 소년은 눈물을 흘리고 있었는지 손으로 눈가를 닦으며 저를 바라보았어요. 한없이 슬픈 표정이었지요. 우리는 작아지고 또 작아지면서 어른이 되어 곧 이별하게 되죠. 하룻밤 새 작은 씨앗이 되고, 어디선가 엘로우싸이드코뉴어가 날아와 데려가지요. 그리고 햇살

가득한 땅 위에 뿌려져 다시 태어나요. 그랬기에 우리는 새로운 씨앗을 가져다주는 옐로우싸이드코뉴어를 반겼지만 소년은 그렇지 않았던 거예요. 자신은 그렇게 다시 태어나지 못한다는 것을 알고 있었으니까요. 큰아이로 남을 거라고 얘기했으니까요.

나는 소녀의 이야기를 이해할 수 없었다. 그럼에도 이야기를 들으며 환희를 떠올렸다. 옐로우싸이드코뉴어가 우리 집에 씨앗을 건네고, 나는 그 씨앗을 심어 우리 환희를 키우듯 정성스럽게 가꾸는 상상을 했다. 흥부의 박처럼 커다란 박이 열리고, 그 박에서 환희가 나오는 상상이었다. 소녀의 세상에서처럼 커다란 환희가 태어난다고 해도 상관없었다. 나는 왠지 소녀가 있던 세상에 우리 환희가 있을 것만 같다는 생각을 하며 속삭이듯 말했다.
"소년이 사라졌다면 어디로 간 것일까?"
소녀는 무릎을 세워 두 팔로 안고 앉아 있었다. 얼굴을 무릎 위에 얹고 아무 말 없이 조용했다. 나는 괜히 물었다고 생각했다. 소년이 어디로 사라졌는지 알고 있다면 이렇게 낯선 곳까지 찾아오지 않았을 텐데. 나도 소녀 곁에 앉았다. 그리고 잠이 든 것처럼 앉아 있는 소녀가 다시 이야기하기를 기다렸다. 소녀는 거실 탁자 위 액자를 물끄러미 바라보았다. 아직 상자에 넣지 않은 액자의 사진 속에서 환희가 밝게 웃고 있었다. 소녀가 천천히 손을 들어 액자를 가리키며 말했다.

"션"

몇 년 전, 튤립 축제가 열린 놀이공원에 갔었다. 세상의 튤립이 모두 그 공원에 피어있는 듯한 기분이었다. 환희는 색색의 꽃을 보며 신기해하고 즐거워했다. 로봇 캐릭터가 그려진 풍선을 손에 꼭 쥐고 꽃밭 사이를 뛰어다녔다. 나는 노란 도화지 같은 튤립밭 앞에 환희를 앉히고 사진을 찍었다. 환희는 날아갈 것 같던 풍선을 잡아끌어 가슴에 안고는 다시 줄을 풀어 하늘로 올리며 재미있다고 웃었다. 그렇게 풍선 놀이를 하던 환희가 풍선을 놓치고 말았다. 나의 옷자락을 붙들고 풍선이 날아갔다고 눈물을 글썽거렸다. 자기가 끈을 놓쳐버렸다고 큰소리로 울음을 터트렸다.

그때의 사진을 보고 있으면 모두가 거짓 같기만 했다. 튤립도, 풍선도, 환희도 모두 그대로이고 나는 잠시 꿈을 꾸고 있는지도 모른다는 착각이 들었다. 어느 날 갑자기 남편과 환희가 사라져 버린 것을 믿을 수가 없었다. 나는 사진을 붙들고 울었었다. 환희는 어디 있냐고 소리쳐 부르기도 하고, 멍하니 사진 속 환희를 바라보기도 했다. 그런데 '션' 이라니? 나는 고개를 갸웃하며 소녀를 바라보았다. 소녀는 다시 말했다.

"션"

"무슨 말이지?"

"션은 아름답다는 말이어요. 아름다운 것은 사랑과 같다고 했어요. 소년이 그렇게 말했어요."

소녀는 한참을 무언가 생각하고 나에게 물었다.

"사진에 있는 어른이요."

나는 소녀의 말이 엉뚱하다고 생각했다. 그런데 소녀는 다 그치듯 연이어 내게 물었다.

"당신은 션을 찾나요?"

그러더니 사진을 더 가까이 보고 싶다며 탁자로 향했다. 나는 소녀의 물음에 대답하지 않고 액자를 집어 들었다. 왠지 이곳을 도망치듯 빠져나가려 하는 마음을 소녀에게 말할 자신이 없었다. 소녀는 대답을 기다리듯 나를 바라보았다. 나는 짐 상자 안에 잡았던 액자를 넣으며 덮개를 덮으려 했다. 그런데 그 순간 반짝거리는 것을 본 것 같았다. 상자 안에는 반짝이는 물건을 넣지 않았기에 덮개를 열고 유심히 살폈다.

상자 안에는 몇 벌의 옷과 화장품 그리고 탁자 서랍의 물건들이 뒤섞여 있었다. 나는 마구잡이로 쓸어 담은 물건들 안에 반짝이는 물건이 있을 리가 없다고 생각했다. 그런데 그렇게 마구잡이로 넣은 물건들 사이에서 요요가 눈에 들어왔다. 환희가 별 모양의 형광 스티커를 다닥다닥 붙인 동그란 요요였다. 빙글빙글 돌 때마다 테두리가 빨간, 파란빛으로 번쩍이던 요요는 환희가 가장 아끼고 좋아했던 장난감이었다.

환희에게 놀이는 집 앞의 텃밭과 개울 그리고 닭장의 병아리들을 쫓는 것이 전부였다. 별다른 장난감도 없던 환희에게 놓쳐버린 풍선 대신 사준 것이 요요였다. 환희는 조그마한 손으로 온종일 요요를 돌려 잡다가 잠이 들곤 했다. 그리고 한동안 귀찮게 물었었다. '엄마, 내가 던졌는데 어떻게 다시 내 손으로 딸려 오지?' '엄마, 이 안에 뭐가 들은 거야?' '엄마, 신기하지?' 그때를 생각하면 요요는 정말 신기하게 건전지도 없이 반짝거리며 잘도 돌았었다.

"이 장난감, 우리 환희가 가지고 놀던 요요인데 한번 해 보겠니?"

나는 사진을 상자에 넣고 요요를 꺼내 시범을 보였다. 먼저 끈을 요요에 빙빙 돌려 감았다. 끈 끝의 고리에 손가락 중지를 끼웠다. 그리고 감아쥐었던 요요를 앞으로 던져 떨궜다. '씽' 하고 떨어지던 요요가 땅에 닿을 듯이 풀어졌다가 다시 요술 공처럼 내 손에 딸려 들어와 잡혔다. 소녀의 눈이 반짝였다. 신기한 듯 미소를 띠며 다시 한번 해달라고 했다. 나는 방바닥을 향해 던지고, 소녀를 향해 던져 번쩍번쩍 빛을 내며 돌아가는 요요를 선보였다. 소녀는 마치 우리 환희가 그랬던 것처럼 깡충 뛰기도 하고 손뼉을 치며 탄성을 내기도 했다.

한참을 재미있게 구경하고 있던 소녀가 손을 내밀었다. 나는 소녀에게 요요를 건넸다. 소녀는 요요의 끈을 감고 방바닥을 향해 던졌다. 주르륵 끈이 풀리며 떨어지는 요요였다. 소녀는 다시 끈을 감고 던지기를 두어 번 했다. 감겨 올라오지 않고 풀어져 버리는 요요를 들고 내게 가르쳐 달라고 어린아이처럼 졸랐다.

"자, 봐봐. 이렇게 팔에 힘을 빼고 요요를 밀어서 던지듯 손목으로 툭 떨쳐 봐."

나는 소녀의 손을 함께 쥐고 손목을 까딱여서 요요를 던졌다. 요요는 빙그르르 빛을 내며 떨어져 돌아가다 마지막에 다시 감겨왔다. 소녀는 신이 나서 던지고 또 던지며 빙글빙글 도는 요요를 잡았다가 던지기를 계속했다.

"힘들지 않니?"

"아니요. 재미있어요."

"밤이 늦었는데 조금이라도 잠을 자야 내일 소년을 찾을 수 있을 거야."

잠시 멈칫하던 소녀가 다시 요요를 던졌다. 무슨 생각에 잠긴 것인지 빙빙 도는 요요에 시선을 두고 그저 반복적으로 손을 놀리는 것 같았다. 움켜쥐고 던지고 다시 움켜쥐고 던지고. 요요는 쥐불놀이의 불꽃처럼 번쩍거리며 빙빙 돌고 또 돌았다.

"이 요요 말이에요. 제 손에 딸려 오지 않을 수 있나요?"

소녀의 물음은 무심하게 들렸고 나 또한 무심히 답했다.

"끈이 끊기면 다시 감겨오지 않을 거야"

소녀는 다시 요요를 몇 번 던지다가 두 손으로 요요를 감싸 쥐고 가슴에 품었다. 나는 그런 소녀에게 말했다.

"요요를 네가 갖는 것이 나을 것 같구나."

그렇게 요요를 던지던 소녀가 갑자기 별을 보자고 했다. 나는 거실의 불을 껐다. 소녀는 내 손을 이끌고 창 앞으로 갔다. 그리고 별을 바라보며 말했다. 저 별들은 요요처럼 나를 따라왔어요, 하고. 검은 하늘에는 유난히도 많은 별이 반짝이며 빛을 내고 있었다. 소녀는 피곤했는지 별을 바라보며 누웠다. 나도 소녀의 곁에 누워 별을 바라보았다. 소녀는 별을 보며 소년의 이야기를 했다. 나도 별을 보며 남편과의 만남과 사랑 이야기를 해주었다. 소녀는 마치 자신의 이야기처럼 그리움이 가득한 눈빛으로 나를 바라보았다. 나는 환희의 이야기도 들려주었다. 환희는 별처럼 작은 씨앗으로 내 안에 심어졌고, 나의 배 속에서 작게 꿈틀거리며 자라나 태어났다고 했다. 소녀는 무척 신기하다며 눈을 깜빡였고 숨도 쉬지 않는 듯이 조용히 들었다. "환희는 큰 울음을 내며 태어났단다. 갓 태어난 환희의 손가락은 겨울을 지난 나뭇가지에 움튼 여린 잎 같더구나. 그런 아기 환희가 어느덧 병아리처럼 뒤뚱거리기도 하고 강아지처럼 폴짝 이기도 했지. 처음 앞니가 나오던 날과 유치원 가방을 메었던 날은 감격스럽다고 할 만큼 대견하기도 했어." 나의 이야기를 듣던 소녀가 물었다.

"환희는 어디로 갔을까요?"

나는 새삼 환희의 요요를 보며 곰곰이 생각했다. 환희는 세상에 없지만, 항상 나의 가슴안에 생생히 그려지는 순간들로 살아있다고. 내가 끊어내지만 않는다면 환희는 언제나 나와 함께인 것이라고. 나는 다시 소녀의 손에 있는 요요를 바라보며 말했다.

"글쎄. 저 별 어딘가에 있을지도 모르지만, 요요처럼 놓지 않으면 언제나 가슴안에 그리움으로 살아있을 수도……"

나의 시선을 바라보던 소녀가 두 손에 요요를 잡고 팔을 들어 올렸다. 뭔가 새로운 것을 알게 된 것처럼 기운차게 말했다.

"요요군요!"

나는 미소를 지어 주었다. 그러곤 속삭였다.

"네가 나를 편안히 해주는구나."

소녀의 얼굴에 어린아이 같은 천진한 웃음이 번졌다. 처음 우리 집 앞에서 슬픈 듯이 나를 바라보던 소녀의 모습이 아니었다. 소녀는 잠시 소년을 잊은 듯 보였다. 자신이 있던 곳의 이야기를 하고 우리 마을에 대해 이런저런 것을 물었다. 그렇게 한동안 이야기를 나누며 때로는 소리를 내어 웃기도 했다. 이야기는 서로에게 이해를 주지 못했어도 이상하게 '그렇구나' 하는 온전한 마음을 갖게 했다. 어쨌든 소녀는 다시 소년의 이야기를 시작했다. 나는 소녀의 이야기에 귀 기울여 듣다가 어느 시점부터인가 소녀의 이야기가 꿈결의 소리처럼 들려오기 시작했다.

"소년이 사라지고서 저는 소년을 그리워하며 찾기 시작했어요. 그래서 슬펐나 봐요. 그런데 당신을 보며 환희에 대한 그리움이 슬프기보다는 아름답게 보였어요. 사진 속의 환희는 당신의 가슴안에 살아 있는 것 같았어요. 그래서인지 소년이 했던 말이 생각났어요. 사랑은 아름답고 영원하다고. 어쨌든 요요처럼 말이죠……."

나는 아주 오랜만에 깊은 잠이 들었다.

날이 환히 밝아져 있었다. 개운하게 기지개를 켜다가 퍼뜩 소녀가 생각났다. 나는 이리저리 방 안을 훑으며 보았다. 혹시나 하여 이부자리를 살펴보기도 했다. 그러나 어제의 소녀는 보이지 않았고 별다른 흔적도 없었다. 괜스레 마음만 헛헛해질 뿐이었다. 소녀가 누웠을 자리가 아직 따스한 것같은 느낌마저 들었다. 그래서 꿈이었다고 하기에는 너무도 선명한 기억을 되짚고 있을 때 창밖에서 새의 지저귀는 소리가 들렸다. 나는 현관문을 열고 두리번거렸다. 혹시나 마당에 엘로우싸이드코뉴어가 날고, 밀짚모자를 쓴 소녀가 요요를 돌리고 있지나 않을까 해서였다.

문을 열고 나선 세상은 고요했다. 가을로 들어서인지 바람은 쓸쓸하고, 마른 나뭇잎은 허공에 흩날리고 있었다. 간밤에 살쾡이에게 쫓겼을 우리 집 오골계 한 마리가 마당에서 총총 거렸다. 감나무의 감은 영글다 지쳐 땅에 패대기쳐진 것처럼 곳곳에 퍼질러 놓여 있었다. 텃밭 옆 키 큰 해바라기는 누런 씨앗을 담고는 고개를 숙였고, 그 옆 키 작은 해바라기는 아직도 볕을 쫓아 고개를 쳐들고 있었다. 나는 닭장을 살폈다. 몇 마리의 닭들이 나를 반기듯 발밑으로 몰려왔다. 그리고 그 닭들 곁에 조그마한 병아리들이 어미 닭의 뒤를 따랐다. 그동안 눈에 들어오지 않았던 작은 병아리들도 잘 자라고 있었다. 너무도 기특하기만 했다.

 멀리서 차 소리와 사람들의 바쁜 말소리가 들려왔다. 생각건대 동네 아주머니들이 작은 트럭에 올라타고 밭으로 가고 있을 것이었다. 아마도 고구마를 캐기 위한 품앗이일 터였다. 변함이 없는 일상들이 너무도 당연하게 시작되는 아침이었다. 소녀와의 만남이 꿈속이었다면 이곳을 떠나기 전, 나에게 마지막으로 주어진 선물일 것이라는 생각이 들었다. 나는 다시 무기력한 일상처럼 돌아서서 현관문 손잡이를 잡으려 했다. 그런데 그때 햇빛으로 유리 문손잡이가 반짝했다. 순간 요요가 떠올랐다. 정말 요요가 상자에 있었던가를 확인하고 싶어졌다. 그래서 거실로 들어가 상자를 열어보았다. 요요는 상자 안에서 반짝이고 있었다.

　나는 마당으로 나와서 요요를 돌려보았다. 그리고 아침 공기 안에서 괜스레 소녀를 찾아보기도했다. 소녀는 풀잎 무늬가 그려진 흰 원피스를 입고 하얀 얼굴에 동그란 눈을 깜빡이고 있을 것이었다. 꿈속에서 소녀가 들려주었던 이야기가 어렴풋이 떠올랐다. 그리고 무언가 속삭임처럼 내 귀에 들려왔다. 션! 하고. 갑자기 바람이 씨이잉 소리를 내며 마당의 나뭇잎을 쓸며 불어왔다. 마치 요요가 돌아가는 소리 같았다. 내 손을 떠나 돌다가 마지막에 다시 감겨 돌아오던 요요, 환희가 즐겁게 던져 잡던 요요, 꿈속의 소녀가 신기해하며 던져 잡던 요요의 씨이잉 소리가 집 마당을 휘돌았다. 해바라기꽃의 고개가 까딱하고 흔들렸다. 소녀가 해바라기를 바라보며 소년의 눈빛이 해바라기꽃처럼 따스하다고 했던 말이 생각났다. 그러면서 더불어 상상도 했다. 혹시 우리 환희의 해바라기가 소녀의 나라에 있는 것은 아닐까? 하는. 상상은 다시 다른 상상들로 이어졌다, 환희가 키 큰 해바라기 곁에 서 있는 작은 어른으로 그리고 다시 작게 아기로 그러다 더 작아져 해바라기의 작은 씨앗으로…….

　마당에 해바라기가 처음 피게 된 것은 몇 년 전 환희가 유치원에서 받아온 꽃씨를 심고부터였다. 남편은 집 앞마당 한편에 울타리를 겸해서 해바라기를 심자고 했다. 우리는 우선 환희가 가져온 해바라기씨를 심었다. 환희는 씨를 심으며 정말 그렇게 큰 꽃이 이렇게 작은 씨가 자라서 피어나는 것이냐고 물었었다. 나는 그렇다고 말해 주면서도 싹이 나오지 않으면 어쩌지? 정말 큰 해바라기가 피게 될까? 하는 마음이었다. 환희는 씨앗이 있는 곳에 푯말을 세우고 물을 주었다. 가끔 꽃씨 봉투의 해바라기 사진을 보며 푯말 주위를 기웃거리곤 했다. 해바라기는 싹을 틔우고 몇 달 뒤 환희보다 더 크게 자라서 노란 해바라기꽃을 피웠다. 그때 우리는 너무도 기쁘고 행복했었다.

    그다음 해에도 우리는 해바라기를 심었다. 환희는 해바라기에서 씨를 얻어 다시 심게 되는 것을 무척이나 신기해했다. 자기가 심은 해바라기가 씨를 주고 그 씨를 다음 해에 다시 심어 울타리를 친다는 것이 자랑스러웠는지 으쓱거렸다. 그러고는 초등학교 1학년이 되면 더 많은 해바라기씨를 심겠다고 한 손 가득한 씨앗을 씨앗 봉투에 넣어 두었다. 그러나 해바라기씨는 뿌려지지 않았다. 나는 사고가 난 뒤로 해바라기를 잊고 있었다. 그런데 어떻게 두 송이의 해바라기가 다시 자라고 꽃을 피웠는지 모를 일이었다. 우리 집의 울타리가 되어줄 해바라기꽃들을 상상했던 환희였는데. 나는 해바라기 앞에서 요요를 돌리는 환희의 모습을 떠올려 봤다.

　나는 고개 숙인 해바라기 꽃에서 몇 개의 씨를 털어 손에 올렸다. 아직 덜 영글었는지 껍질이 희끗희끗하고 알이 차지 않았다. 아직은 해바라기가 해를 더 받고 바람을 맞아야 꽃 안의 씨가 까맣게 익고 단단해질 것 같았다. 나는 생각했다. 내가 이곳을 떠나지 않고 계속 남아있다면 다시 해바라기씨를 털 것이고, 씨를 털면 우리 집의 기특한 닭들에게 모이로 조금 주고 몇 알은 고이 간직해 둘 것이고, 겨울이 지나 봄이 오면 마당에 해바라기씨를 심을 것이고, 싹을 틔울 수 있게 가꿀 것이다. 소녀가 소년을 잊지 않는 것처럼 나도 매년 해바라기 꽃이 활짝 피는 것을 기다릴 것이라고. 그러고는 혼잣말을 했다. 내가 잊지 않는 한 환희는 우리 집 마당에 해바라기 꽃처럼 피어나겠지.

　어느덧, 마음이 바빠졌다. 우선 집 안에 있는 상자 속 물건들을 풀어 놓고, 가구에 쌓인 먼지를 털어내고, 냉장고를 정리하고, 병아리도 챙겨야겠다고 생각하며 현관문의 손잡이를 잡았다. 그런데 그때, 다시 씨이잉 씨이잉하고 요요가 돌아가는 소리가 귓가에 들리는 듯했다. 왠지 꿈속 소녀가 나를 지켜보는 것 같기도 했다. 그리고 소녀의 말소리가 바람에 실려 내 마음으로 들어오는 것 같았다. '다시 내게 올 거예요. 내가 끈을 놓지 않으면 말이죠.' 이상하게도 아침 햇살을 받은 해바라기의 노란 꽃잎이 요요의 빛처럼 반짝였다.

사블레

"사블레 드릴까요?"

204호는 보일 듯 말 듯 고개를 끄덕였다. 나는 휠체어를 연못가의 벤치까지 밀고 가서 고정했다. 그리고 그녀를 일으켜 벤치에 앉혔다. 굴곡진 등받이에 몸이 기울지 않게 잘 기대어 놓고 숄을 다시 둘러주었다. 과자를 조각내어 204호의 입에 댔고, 204호는 새 둥지의 새끼처럼 입을 벌렸다. 입을 오물거리는 204호의 모습은 '지나온 시절 어느 순간의 행복이 이랬어.'하고 말하는 것 같았다.

사블레

204호는 항상 잠들어 있었다. 깨어 있는 시간은 하루 중 식사를 할 때와 화장실을 갈 때, 그리고 간식으로 사블레를 먹을 때뿐이었다. 가끔은 눈을 뜨고 주위를 두리번거리기도 했지만 그럴 때도 꿈결인 것처럼 여겨졌다. 나는 매번 식사시간이 되면 204호를 깨워 밥을 먹였고 약을 챙겨 주었다. 이틀에 한 번은 샤워를 시켜주고, 체조 시간이면 휠체어를 밀며 복도를 거닐고, 함께 정원에서 볕을 쬐기도 했다. 일요일이면 시설 안에 있는 예배당에 갔다. 204호의 핏기 없는 얇은 입술에 발그레한 립글로스를 발라주고 단정한 외출복을 입혀 휠체어에 앉힌 뒤 예배당 안으로 밀고 갔다. 하지만 204호는 그곳에서도 고개를 숙이고 대부분 잠이 들어있기는 마찬가지였다. 낮과 밤의 구분이 없는 204호의 잠은 치매 때문이라고 했다. 어떻게 그런 치매가 걸렸는지 알 수 없지만 204호의 치매는 내게 휴식 같은 시간을 안겨 주기도 했다.

요양원은 도심을 벗어난 실버단지 안에 있었다. 3개 동의 낮은 주거 아파트와 함께 지어진 요양 병동은 시설도 좋지만 서비스가 더 좋다는 소문으로 대기자가 많았다. 들리는 말로는 요양원 입원이 단지 내 아파트 입주자 우선이기에 덩달아 아파트값도 오른다고 했다. 겉보기에 요양 병동의 외관은 아파트와 차이가 없었다. 지상은 녹지로 둘러싸여 있었고, 정성스럽게 가꾼 공원에 요양 병동과 아파트가 잘 어우러져 있었다. 요양 병동 옆 정원의 연못에는 이름 모를 물고기가 유유히 헤엄쳤고 곳곳에 있는 벤치는 언제나 앉아 쉴 수 있도록 깔끔했다. 계절이 바뀌어도 꽃들은 쉴 새 없이 피었고 가지 많은 정원수는 그늘을 주고 바람을 탔다. 새들이 지저귀며 날아드는 모습은 숲에서처럼 자연스럽고 평화로웠다.

하지만 그곳의 풍경은 마냥 멋지게만 보이지 않았다. 이상하게도 쓸쓸하고 우울한 기운이 감돌았다. 정원에 거니는 사람이 거의 없어 외로움이 배어 있는 것 같았다. 아파트 건물 안에서는 그 고요가 더 심했다. 몇 번의 산책 시간, 204호가 탄 휠체어를 밀며 아파트 동과 연결된 통로를 지나 아파트의 복도를 오간 적이 있었다. 굳게 닫힌 회색 현관문이 나란한 복도는 상류층에서 인기가 있는 아파트라고 하기에는 스산했다. 나는 휠체어의 바퀴가 구르는 소리만 크게 울리던 복도를 지나며 철문 안에서는 어떤 움직임들이 있을까 궁금해지곤 했었다.

그래도 요양 병동 안에는 활기가 있었다. 헬스장과 수영장, 편의점, 예배당, 미용실, 병원, 약국, 재활치료실이 함께 있는 건물에서는 간호사와 간병인들 그리고 몇몇 주민들이 활발하게 움직였다. 요양인들은 매일 시간에 맞추어 함께 식사하고, 체조하고, 레크리에이션을 했다. 산책 시간에는 복도를 거닐었고, 곁을 지키는 요양사들은 동네 이웃을 만나 이야기하듯 서로 소곤댔다. 모든 병실의 문은 열려있었고 갖가지 증세의 환자들은 방을 지나치는 간호사와 요양사의 관심을 받으려고 투정의 소리와 몸짓을 했다. 그러기에 요양원에서는 일상들의 소란과 고요가 주거 아파트나 공원과는 다르게 모두 공유하게 되었다. 204호는 2층에 있는 다른 16개 병실의 중앙에 있었다. 병실 앞 로비에는 간호사실과 안내 데스크가 있는 탓에 종종 수선스러웠다. 그러나 환자의 상태를 알리고 급한 상황이 있을 때를 생각하면 그리 나쁘지 않은 자리였다.

병실은 시설 좋은 원룸텔 같았다. 몸이 불편한 환자를 위해 설계된 방은 물론이고 욕실의 좌변기와 샤워 시설도 세심했다. 싱크대에는 인덕션, 전자레인지, 그릇 건조기가 설치됐고 살림을 할 수 있을 만큼의 간단한 조리기구들도 수납되어 있었다. 세탁기, 냉장고, 3인용 소파와 탁자 그리고 독일제 자동 침대와 더불어 간병인의 잠자리로 꽤 괜찮은 보조 침대가 있었다. 내게는 만족한 근무조건이었지만 그렇게 좋은 시설이 그들에게 정말 필요한 것일까 하는 생각이 들곤 했다. 환자 대부분은 몸을 가눌 수 없었고 의식도 온전하지 못했기에 환자보다는 간병인을 위한 배려 같았다. 그런 고급 시설과 차별화된 일대일 케어는 그곳의 특별한 서비스였다. 드물게 한 방에 두 명의 환자가 있기도 했다. 그러나 그것도 방이 비워지기까지 대기 상태일 뿐이었다. 그 모든 것이 누구를 위한 것이었든지 내가 이곳에서 요양보호사로 근무하게 된 것은 행운이었다. 그러기에 하루의 시작이 고되다고 생각되지 않았고 두더지 소굴 같은 지하 방의 우리 집을 나서는 발걸음이 가벼웠다.

  오늘도 출근 시간에 맞춰 전철을 탔다. 송정역까지는 거의 한 시간을 가야 했다. 새벽 다섯 시경이어서 아직 전철 안은 붐비지 않았다. 멀찍이 한 남자가 스마트폰에서 시선을 떼고 정차하는 역을 확인하고 있었다. 곧 내려야 할 역이 다가선 듯 보였다. 나는 재빨리 그 앞으로 가서 섰다. 전철을 타고 빈자리에 앉게 되는 날이면 왠지 그날은 기분 좋은 일이 생길 것 같았다. 내게 딱히 기쁘거나 행복하다고 할 만큼 좋은 일은 없지만 그래도 별다른 사건과 사고가 없다면 그것만으로도 충분히 기분 좋은 일이라고 할 수 있었다. 그리고 그런 생각과 함께 가끔은 막연한 설렘 같은 것이 일기도 했다. 그 느낌은 지루한 일상에 신선한 바람이 불 것 같은 것이었다. 남자는 다시 스마트폰에 시선을 두었다. 내릴 기색을 보이지 않았다. 나는 실망하고, 그래도 조만간 자리를 비울 것이란 기대를 해 보기로 했다.

  남자 옆에는 고등학생으로 보이는 여학생이 앉아 있었다. 여학생의 몸이 남자에게 점점 기대어졌다. 갸우뚱 숙인 고개와 긴 머리카락이 차가 흔들릴 때마다 출렁였다. 책가방인 듯한 백팩을 짧은 치마 위에 얹고 두 팔은 풀어져 있었다. 가방 위에 뒤집혀 있는 스마트폰이 놓여있었고 연결된 이어폰이 학생의 귀에 꽂혀 있었다. 마치 배터리 충전선 같아 보였다. 그 모습을 보며 엉뚱한 생각을 했다. 지난밤 소진되었을 여학생의 체력이 고속 충전되는 것이라면 좋겠다고.

 남자가 종로3가역에서 내렸다. 나는 그 빈자리에 앉았다. 여학생은 잠시 몸을 곤추세우고는 다시 잠이 들었다. 전철 안은 어느새 비좁아져 있었다. 앉아 있는 내 무릎이 앞에 서 있는 사람의 다리와 부딪칠 것처럼 가까워졌다. 탁한 공기 때문인지 피로감이 왔다. 아직도 사십여 분을 더 가야 하는데 옆자리의 학생은 점점 더 내 어깨를 짓누르며 기대왔다. 어깨를 움직여 자세를 고치게 하고 싶었다. 그러나 너무도 곤히 잠든 학생을 깨우는 것도 미안스러웠다. 사실 내릴 곳을 지나치지 않게 깨우는 것이 중요한지, 아니면 그렇게라도 피곤을 더는 휴식이 중요한 것인지 알 수 없었다. 학생의 가방 위에 놓인 스마트폰이 아슬아슬하게 떨어질 듯했다. 나는 스마트폰을 물끄러미 보며 생각했다. 떨어지면 주워주면 되지, 잃어버리는 것은 아니니까.

나는 초등학교 6학년 때부터 전철을 타고 등하교를 했다. 개봉역에서 학교가 있는 종로5가역까지는 전철로 40분 정도의 거리였다. 매일 전철역을 오가며 걷는 것도 지치는 일이었다. 집으로 가는 전철에서는 항상 잠이 들었었다. 앉아 있을 때는 고개를 이리저리 박고, 서서도 잠이 들어 다리를 휘청거렸다. 그렇게 졸거나 잠이 들어 종점인 인천까지 가서 되돌아오기가 여러 번이었다.

그런 어느 날 학교에서 친구가 작고 동그란 노란 열매를 주었다. 살구 같기도 하고 귤 같기도 한 것이 향기는 뭐라 말로 표현할 수 없게 달콤했다. 친구는 자기 집 마당에 있는 탱자나무의 열매라고 했다. 나는 손으로 감싸다가 내 손에 밴 향을 맡아보고, 다시 얼굴에 비비며 주위에 맴도는 향기를 확인했다. 신기한 일이었다. 아마도 향수라고 하는 것은 이런 열매를 꾹 짜며 담아 놓았을지도 모른다고 생각했었다. 탱자를 터뜨려 보고 싶었다. 어떻게 그런 향을 풍길 수 있는지 껍질을 까고 안을 확인하고 싶기도 했다. 하지만 그렇게 하면 속이 터진 탱자는 향기를 잃고 버려질 것 같아 소중히 가방에 넣었다.

학교 수업이 끝나고 또다시 지루한 전철을 탔다. 그날은 바로 빈자리가 생겨서 앉게 되었다. 나는 탱자가 잘 있는지 궁금했다. 무릎 위에 놓인 가방 속으로 손을 넣고 탱자를 만지작거렸다. 그리고 생각했다. 만일 내가 가방에서 탱자를 꺼내면 모두가 나의 탱자를 바라보거나, 향기로운 향이 나는 곳이 어디일까 궁금해할 것이라고. 그래서 은근히 기대되는 마음으로 책가방에서 탱자를 꺼내었다. 그러나 어른들은 내 책가방에서 나온 작은 탱자는 관심도 없었고 탱자의 향기는 그들의 코에 닿지도 않는 듯했다. 섭섭한 마음이 들었다. 탱자의 향기는 나에게만 머물고 취하게 할 뿐일지도 모른다는 생각이 들었다. 나는 탱자의 향이 날아가지 않고 오래오래 내게 머물도록 두 손으로 꼭 쥐고 있었다. 그리고 여느 때와 같이 잠이 들었다. 그렇게 잠이 들어있는 사이에 차는 종착역인 인천까지 가고 말았다. 안내 방송에 깨어보니 내 손안에 있던 탱자가 사라지고 없었다. 데굴데굴 굴러 어디로 굴러갔을지 모를 탱자를 텅 빈 전철 안에서 찾았다. 도대체 어디로 간 것인지 아직도 그때의 울적함과 섭섭함이 가끔 내 삶 속에서 되살아나곤 했다.

탱자를 떠올리게 한 여학생의 스마트폰이 기울어진 가방의 끝까지 밀려나 있었다. 아무도 학생의 스마트폰에는 관심이 없어 보였다. 나는 스마트폰을 살짝 들어 학생의 배 쪽으로 밀어주었다. 그러며 스마트폰에 켜져 있는 동영상을 흘깃 보았다. 아마도 동영상 강의인듯했다. 나는 여학생이 잠든 상태에서 듣는 강의라도 머릿속에 남겨지는 것이 있지 않을까 생각했다. 어디선지 수면 중 뇌에 주는 자극도 무의식적으로 저장된다고 들은 적이 있었던 것 같았다.

204호는 침상에 있지 않으면 휠체어에 앉아 있었다. 방안의 티브이는 항상 켜져 있었고 휠체어는 티브이 앞에 놓여 있었다. 나는 204호가 티브이를 보고 있는지 아니면 소리를 듣고 있는 것인지 알 수가 없었다. 리모컨은 나의 손에 있었고 채널을 돌려도 204호는 반응 없이 고개를 숙이고 앉아 있었다. 볼륨을 키워도, 줄여도 잠잠했다. 어떨 때는 204호가 티브이의 번쩍이는 광선을 즐길지도 모른다는 생각이 들기도 했다. 언제인가, 창으로 어스름하게 해가 지며 어둠이 드리워지고 있던 날. 나는 인기가 있는 가요프로를 보느라 어둑한 병실의 불을 켜지도 않고 티브이에 빠져 있었다. 옛 가수들의 잔잔한 노래가 끝나고 요란한 광선을 번쩍번쩍하며 젊은 가수가 나왔을 때였다. 204호가 '으음'하고 고개를 들었다. 나는 204호의 반응이 반가웠다. 그러나 그런 마음을 표현한다는 것이 그저 언제나처럼, 사블레 드릴까요? 하는 물음으로 대신 되었다. 대부분의 물음에 답이 없었던 것처럼 나 또한 답을 기다리지 않고 사블레를 조각내어 204호 입에 대주었다. 204호는 입을 다물고 뭔가를 확인하듯이 두리번거렸었다. 무엇을 확인하려 했는지 알 수 없었지만 번쩍이는 빛이 그녀를 잠시 현실로 돌아오게 만든 것 같았다.

전철이 심한 곡선 길을 달리다 양평역에 섰다. 여학생은 내게 기대었던 고개를 반대로 흔들다가 깨어났다. 그러곤 급히 가방과 스마트폰을 챙겨 자리에서 일어나 서둘러 출입문으로 향했다. 너무 곤히 자던 것이 창피해서일 수도 있겠고, 아니면 내려야 할 역이 지났을 수도 있었다. 어쨌든 여학생은 전철 문이 닫히기 바로 전 발 빠르게 전철을 내려섰다. 나는 여학생의 행동을 보며 204호의 반응과 유사하다는 생각을 했다. 다시 달리기 시작하는 전철의 창문 밖으로 두리번거리며 역을 확인하는 여학생의 모습이 보였다.

요양원에 도착하여 김 요양사와 교대를 했다. 그녀는 탈의하는 동안 밤사이에 일어났던 크고 작은 일들을 풀어냈다.

"203호는 오늘이 고비일 것 같다고 해. 이제 방이 비면 201

호에 있던 두 사람 중 한 사람이 그 방으로 가겠지."

이곳의 죽음은 무뎌진 칼로 삶을 모질게 끊어 내는 것 같았다. 하루하루 이어지는 지루한 고통은 슬픔을 무감각하게 만들었다. 그러기에 오히려 죽음은 위협적이거나 두렵지 않았다. 그저 이번 달 들어 첫 번째라는 둥, 벌써 세 번째라는 둥 입에 오르다가 기억에서 사라지는 일이 되었다. 203호는 음식을 거부했었다. 코에 연결된 호수로 영양액을 주입하며 버틴 날들이 몇 개월째였다. 그런데 그것마저 싫다며 한두 달 전부터 수시로 코의 호수를 빼냈다. 간호사와 요양사가 주의했지만, 순식간에 일어나는 일이라 결국은 손발을 묶어 놓았었다. 손과 발이 묶인 203호는 한동안 엄마, 엄마. 하며 소리쳐 부르다 요즘은 지쳤는지 조용했다.

김 요양사가 다시 말을 이었다.

"그렇게 소리를 치며 엄마를 부르던 할머니가 이젠 정말 엄마를 만나러 가려나 봐."

나는 아무 대꾸도 하지 않고 휠체어에 앉은 204호를 바라보았다. 백발의 커트 머리는 오늘도 단정했고 소라 색 카디건 위의 푸른 숄은 휠체어를 가릴 만큼 컸다. 무릎에는 모란인지 장미인지 분명치 않은 꽃 그림의 가벼운 담요가 덮였고, 두 손은 모아 감싸 쥐었는데 가녀린 손가락이 작고 고왔다. 간호사의 말로는 평생을 바느질과 뜨개질을 하며 아이들을 키웠다고 했다. 두 자식 중 한 명은 대학교수라고 했고 또 한쪽은 기업가라고 했다. 그들은 가끔 204호를 방문하여 먹다 지칠 만큼의 사블레와 한 뭉텅이의 요구르트를 냉장고에 채우고 잘 부탁한다는 상투적인 인사를 하고 갔다. 204호는 자신의 자식들이 왔는지도 갔는지도 모르고 잠든 듯이 눈을 감고 있었고, 가족들은 204호와 같이 있는 것이 어색하고 불편해 보였다.

옷을 다 갈아입은 김 요양사가 퇴근할 생각을 않고 자리에 앉았다.

"216호 알지?"

"응. 병원 원장이었다던 할아버지?"

"아이고, 그래도 남자라고. 내가 어제 오후 그 방 언니가 일이 있다고 일찍 퇴근하는 바람에 잠깐 시간을 내어 할아버지 샤워를 시켜줬잖아. 글쎄 사타구니를 씻기는데 그게 서더라니까. 죽지 못해 산다고 그렇게 입만 열면 말하던 양반이……."

나는 그녀가 마음에 들지 않았다. 수다스러운 것도 그랬지만 무심코 내던지는 말들이 신경에 거슬렸다. 어느 날인가도 퇴근을 하려다 204호의 기저귀를 한 번 더 갈아주려 할 때였다. 그녀는 나에게 무척이나 선심을 쓰듯 말했었다. '그냥 놔 둬. 한 번 더 싸면 내가 갈아 줄게. 그냥 퇴근해.' 나는 그녀가 나를 배려하는 듯이 말하는 것을 무시할 수 없어 그냥 퇴근한 적이 있었다. 그러곤 집에 와서 혹시나 204호가 듣고 있지는 않았는지, 기저귀를 밤새 갈지 않은 것은 아닌지 걱정되어 마음이 개운하지 않았다. 다음 날 아침에 출근하여 방금 간 듯 뽀송한 기저귀를 확인하며, 나는 그녀가 밤새 204호를 방치한 걸 알 수 있었다. 그 뒤로 그녀와의 이야기는 즐겁지 않았다. 이번에도 불편한 이야기가 길어질 것 같아 204호의 휠체어를 밀며 산책하러 나가야겠다고 했다. 김 요양사는 휠체어를 타고 복도를 오가는 것은 운동이 되지 않는다는 말을 쏟아붙이듯이 하고 나갔다. 나는 또 개운하지 않은 마음이 들어 오늘은 꼭 아파트 정원이라도 산책 삼아 나갔다 와야겠다고 생각했다. 사블레와 음료수를 챙기고 휠체어에 앉은 204호의 어깨에 푸른 숄을 흘러내리지 않게 다시 둘러주었다. 그리고 방을 나와 엘리베이터 앞에 휠체어를 세우고 내려가는 버튼을 눌렀다. 데스크의 간호사가 우리를 보며 어디를 가느냐고 물었다. 바람을 쐬겠다는 말에 간호사는 빙긋이 미소를 지었다. 왠지 못마땅하다는 표정 같아 보였다.

 정원은 5월의 봄을 보였다. 조금 전 출근하며 왜 보지 못했던가 싶게 나무의 잎들은 짙어져 있었고 하늘은 푸르렀다. 아직 진득한 열기가 없는 따사한 햇빛으로 눈이 부셨다. 잘 가꾸어진 잔디에 휠체어가 바퀴 자국을 남길 것 같았지만 아랑곳하지 않고 힘껏 휠체어를 밀며 햇볕으로 들어섰다. 그런데 그 순간 204호가 고개를 들었다. 흔들어 깨울 때만 마지못해 고개를 들어 식사하고, 샤워하고, 옷을 갈아입던 204호였는데. 나는 휠체어 앞으로 가서 204호를 마주 보았다. 곱게 빗겨진 흰 머리카락이 이마에 흘러내려 바람 따라 들썩거렸다. 모아 쥐고 있던 손가락은 펴져 무릎 담요를 쓰다듬고 있었다. 가늘게 벌어져 있는 눈꺼풀 사이로 갈색의 눈동자가 이리저리 움직이기도 했다.
"사블레 드릴까요?"
 204호는 보일 듯 말 듯 고개를 끄덕였다. 나는 휠체어를 연못가의 벤치까지 밀고 가서 고정했다. 그리고 그녀를 일으켜 벤치에 앉혔다. 굴곡진 등받이에 몸이 기울지 않게 잘 기대어 놓고 숄을 다시 둘러주었다. 과자를 조각내어 204호의 입에 댔고, 204호는 새 둥지의 새끼처럼 입을 벌렸다. 입을 오물거리는 204호의 모습은 '지나온 시절 어느 순간의 행복이 이랬어.'하고 말하는 것 같았다. 나도 204호 곁에 앉았다. 그리고 사블레를 입에 넣었다. 씹지 않아도 녹아나는 과자는 달콤했다. 어릴 적 이 과자를 조금씩 나눠가며 먹던 때가 기억났다.

　과자가 귀하던 시절 집에 찾아온 손님이 사블레를 선물로 사 온 적이 있었다. 과자는 설탕의 단맛과 다르게 고소하고 부드러웠다. 바삭하게 부서지며 입안에 들어와서는 스르르 녹아 넘어가던 기억. 나는 그때 아껴 먹어야겠다는 생각으로 동생들과 나눠 가진 사블레 몇 개를 종이에 싸서 다락에 숨겨 놓았었다. 다락 안의 과자를 한 조각 입에 넣고 나와서 오물거릴 때면 동생들이 무얼 먹고 있느냐고 물었었다. 나는 말을 할 수 없었다. 입을 벌리면 달콤한 향이 퍼져 동생들에게 숨겨 놓은 사블레를 빼앗길 것 같았다. 기억해 보면 과자 한 조각일 뿐이었는데 그것이 왜 가장 행복했던 순간으로 기억되는 것인지. 고등학교를 졸업하고부터 엄마의 병원비와 동생들의 학비는 숨길 것 없는 빈 통장을 갖게 했다. 결혼 후에도 생활이 궁핍하기는 마찬가지였다. 하루 벌이 남편은 자신의 건강에만 관심을 쏟고 다 큰아이들은 부모의 관심을 귀찮아했다. 모두 입안에서 까끌거리는 모래알 같았다.

"맛, 나, 다."

나는 204호가 또박또박 말하는 것을 듣고 깜짝 놀랐다. 처음이었다. '맛나다'란 말을 정확히 들었으면서도 다시 확인하려고 204호에 물었다.

"네?"

"좋아."

정말 204호가 말을 한 것이었다. 이런 이야기를 나눈 적이 없던 터라 신기했다. 204호를 향해 또다시 물었다.

"여기 좋죠?"

나의 물음에 204호는 갑자기 생각지도 못한 말을 했다.

"꿈."

무슨 꿈이라는 것인지 도통 알 수 없는 204호의 대답이었다. 말을 잊어버린 것처럼 소리라고는 신음 같은 '음음' 소리만 내던 204호와 이야기를 나누는 것은 처음이었다.

"무슨 꿈이요? 지금요? 꿈이 아니에요. 깨어계시니 참 좋네요. 전 항상 할머니가 주무시고 있는 것인지 궁금했거든요."

그러나 고요했다. 나의 소리는 허공에서 떠돌다 흩어져버린 것만 같았다. 연못의 작은 분수에서 뿜어져 나오는 물기둥 끝에서 방울져 떨어지는 물방울만이 토닥토닥 물 위에 떨어지며 소리를 내었다.

나는 다시 과자를 204호 입에 넣어주었다. 그리고 음료수 빨대를 입에 대어 주었다. 투명한 빨대로 노란 음료가 힘겹게 딸려 올라가는 것이 보였다. 그러다 빨대 안의 음료가 멈칫하고 도로 쭉 내려갔다. 204호의 졸음이 또 시작된 것이 분명했다. 나는 204호의 입에서 빨대를 슬그머니 빼고 음료수 컵을 벤치에 올려놓았다.

그때 어디선가 탱자 향이 풍기는 것 같았다. 나는 향을 찾아 일어섰다. 204호는 무릎 덮개를 손가락으로 몇 번 쓸다가 언제나처럼 다시 미동도 없이 고요했다. 가끔 자동차 소음이 들리다가는 사라졌지만 그건 오히려 우리가 세상 밖의 세상에 있다는 착각을 하게 했다. 매일 반복되는 일상과 그 일상 속에 묻혀있던 사소한 소리와 움직임들이 멀리 떨어져 있는 세상의 이야기 같았다. 나는 지금, 이 순간, 탱자 열매를 잃어버려 슬퍼하고, 몇 개의 사블레를 다락에 숨겨 놓고 뿌듯해하던 어린 시절 어느 날에 있는 것 같았다. 시간이 흐릿해지고 공간의 경계가 없어진 듯했다. 알 수 없는 기시감에 204호를 바라보왔다. 204호가 고개를 끄떡했다. 또 잠이 든 듯 끄떡이던 고개가 조금 더 수그러졌다. 어쩌면 달콤한 사블레를 입안에서 오물거리다 세상 밖의 세상으로 가 있을지도 모른다는 생각이 들었다. 행복했던 어느 날, 바느질하며 아이들을 키우던 시절의 어느 날로.

나비가 날아왔다. 처음에는 주스의 향 때문이라고 생각했다. 나비는 204호의 무릎 덮개 위에서 날개를 팔랑이며 빙빙 돌았다. 무릎 덮개에 그려진 빨갛고 노란 꽃의 색으로 꿀이 있는 꽃이라고 착각했을지도 모를 일이다. 떨어진 과자 부스러기에 개미가 모여들었다. 제법 통통한 두세 마리의 개미가 과자 부스러기를 들고 어딘가로 나르고 있었다. 길을 헤매지 않고 익숙하고 빠르게 기어가고 있는 개미들. 나는 개미들을 보며 저 조그마한 과자 부스러기를 얼마 동안 먹게 될까 궁금했다. 아마도 그것을 먹을 동안은 행복할 거였다.

개미보다 큰 나는 개미보다 더 큰 걸음으로 잔디 위를 걸었다. 잔디는 폭신했고 촉촉하기까지 했다. 바람결에 슬쩍슬쩍 탱자의 달콤한 향이 스치듯 지나갔다. 연못 주위를 걸었다. 벌써 하루살이들이 수선화와 튤립꽃 위에서 개구리 알덩이처럼 뭉쳐 날고 있었다. 휠체어를 벗어나 벤치에 앉은 204호, 그리고 나비, 개미, 하루살이, 나무와 꽃과 바람, 연못의 물소리와 햇살. 모두가 고요하면서도 무언의 소리를 내는 것 같았다. 음악 같기도 하고 사랑의 속삭임 같기도 했다. 마음이 설레었다. 마치 탱자를 조물조물하며 행복해했던 그 날처럼 잃어버렸던 탱자를 다시 손에 쥐고 있는 것 같았다. 기쁨인지 반가움인지 행복인지 모를 것들이 가슴을 마구 두드렸다. 사실 어른이 되어 탱자를 사 본 적이 있었다. 하지만 그 향이 전과 다르게 억지스럽게 짙었고 부드럽지 않으며 독하기만 했다. 그런데 지금, 어린 날의 그 탱자 향이 어디서인가 불어왔다. 나만이 알 수 있는 그 날의 향이었다. 두근거리는 가슴으로 벤치에 앉아 있는 204호를 바라보았다.

204호가 나를 바라보고 미소를 짓고 있었다. 처음 보는 미소를 지으며 무슨 말인가를 하고 있었다. 나는 204호 앞으로 걸어가며 미간에 힘을 주고 귀를 기울였다. 그리고 무슨 말인지 큰 소리로 물었다.

"네? 뭐라고 하셨죠?"

204호의 입 모양이 '꿈이야.'하고 말하는 것처럼 보였다. 꿈이라고? 나는 또다시 뜬금없는 말을 하는 듯한 204호를 향해 걸어갔다. 그리고 무엇이 꿈인지를 물으려 했다. 그러나 204

호는 자신의 말도, 나의 말도 듣고 있지 않았던 것처럼 고개를 숙이고 곧 잠이 들어 버렸다. 나는 묻고 싶었던 말은 하지도 못한 채 점심시간을 알리는 벨 소리를 듣고 204호를 깨우며 말했다.

"이제 점심시간이에요. 들어가야죠."

나는 204호를 부추기고 일으켜 휠체어에 앉혔다. 이상하게도 물먹은 솜처럼 무거워진 204호였다. 휠체어의 발 받침에 발을 올려놓으니 발이 아래로 툭 떨어졌다. 숨소리도 들리지 않는 것 같았다. 당황스러워 204호의 코밑에 손가락을 대 보았다. 가늘게 새어 나오는 숨결을 확인하고 휠체어를 밀었다. 204호가 무엇이 꿈이라는 것인지 알 수 없는 이야기를 하고, 다시 잠든 것이 아쉬웠다.

노인이 되면 어린아이가 된다던 말은 식사할 때의 모습을 보고하는 말 같았다. 모두가 턱받이를 하고 식탁에 앉아 있는 모습은 유아원의 아이들과 다를 바 없었다. 요양사들은 어린아이를 다루듯 노인을 어르고 달래며 식사를 도와야 했다. 몇몇은 손이 불편하여 음식을 입에 넣어주어야 했고, 스스로 밥을 먹는 사람들도 음식을 떨어뜨리고 입에서 흘렸다. 205호는 오늘도 식판 앞에서 다른 사람의 음식을 탐했다. '나는. 나는.' 하고 소리치다 팔을 뻗어 204호의 그릇에 담긴 밥을 한 수저 떴다. 205호의 담당 요양보호사인 정 요양사가 나에게 미안하다며 한숨을 푹 쉬고 혼잣말을 했다.

"도대체 어쩌라는 건지. 입에서 나오는 말이라고는 '나는'이라는 말밖에 없으니 참으로 답답하네."

그러다 나와 눈이 마주치자 입을 삐쭉이며 멋쩍어 아무 말이나 쏟아대듯 말했다.

"205호 아들이 검사라지? 그러면 뭐 해, 곁에 사람만 있으면 큰소리로 '나는. 나는' 하는데. 누가 함께 있고 싶겠어. 너무 시끄러워."

나는 아들이 검사인 것하고 무슨 상관인가 싶은 생각으로 아무런 대꾸를 하지 않았다.

205호는 정 요양사의 말은 아랑곳하지 않고 계속 소리를 쳤다. 나는 혹시나 205호가 우리의 말을 다 알아듣고 있을 것 같아 마음이 불편했다. 아마도 그 불편함은 며칠 전 205호의 모습이 떠올랐기 때문일 수도 있었다. 모두가 낮잠 시간을 맞춘 것처럼 잠이 들어 조용한 오후였다. 204호의 휠체어를 밀며 병실의 복도를 지나다가 문이 열린 205호의 방 앞에서 잠시 멈칫했다. 소파에 앉아 빨래를 가지런히 개고 있던 205호가 나와 눈이 마주치자 지긋이 미소를 지었다. 뭔가 들키고 말았다는 머쓱함 같기도 하고, 말을 나누지 않았어도 나를 잘 알고 있다는 표정 같기도 했다. 참으로 묘한 기분이 들던 순간 정 요양사가 호들갑을 떨며 나타났었다. 나는 다시 복도를 걷기 시작했다. 등 뒤로 정 요양사의 '언제 깨어나셨데요, 티브이라도 틀어 드려요?' 하는 말과 205호의 '나는. 나는' 하는 외침이 들려왔다. 오늘도 205호는 '나는'을 외치느라 식사시간이 길어질 것이었다.

식사시간이 길기는 204호도 마찬가지였다. 매끼 식사가 죽에 가까운 연한 밥으로 일반인이라면 한두 번 씹고 넘길 양이었지만 작은 스푼의 밥을 입안에 오래 담고 있다가 삼키는 탓에 식사시간이 길었다. 늘 204호가 음식을 씹고 있는 것인지 오물거리다 삼키는 것인지 알 수가 없어서 삼키는 것을 확인하고 다시 입에 밥을 넣어야 했다. 그런데 오늘은 식사시간이 짧게 끝났다. 이상하게도 한두 수저를 받아 오물거리다 삼키고는 입을 다물었다. 수저를 입에 대면 가늘게 벌어지던 입술이 꿈쩍이지 않았다. 조금 전 정원에서부터 뭔가 이상한 기운이 느껴지기는 했지만 이렇게 밥까지 밀어내다니 걱정이 되었다.

"왜 그러세요. 오늘은 밥맛이 없으세요?"

204호는 정원에서처럼 아무런 반응이 없었다. 그래서였는지 나도 식사 생각이 없어졌다. 보통은 노인들이 식사를 마치면 요양보호사들과 함께 모여 식사를 했는데 오늘은 그러고 싶지 않았다. 나는 204호를 데리고 소란스러운 식당을 나와 방으로 돌아왔다. 그리고 조금 이르게 204호의 몸을 씻기고 쉬워야겠다고 생각했다. 식사도 하지 않은 204호의 몸이 오늘따라 무직하게 느껴져 샤워 의자에 옮겨 앉히는 것이 힘들었다. 204호는 간간이 '음, 음.' 하는 소리를 내었고 나는 그 소리를 들으며 204호의 주름지고 딱딱해진 피부의 곳곳을 비누 거품으로 문지르고 샤워기 물로 쏠어내었다. 뽀득뽀득한 수건으로 물기를 거둬주고 백발의 머릿결도 곱게 빗어 넘겨주었다. 새로 꺼내 놓았던 내의를 입히고 목욕탕에서 나오니 거실 창으로 여름 햇볕 같은 따스한 빛이 방을 환히 비추고 있었다. 나는 왠지 마음이 급해졌다. 빨리 204호와 함께 정원으로 나가서 다시 벤치에 앉아 있고 싶어졌다. 그래서 204호를 바라보며 말했다

"산책하기 좋은 날이에요."

사블레 63

204호는 무릎에 놓인 손의 집게손가락을 움찔거렸다.
"기저귀를 차야 할까요?"
무심코 나온 말이 머쓱해서 다시 말했다.
"조금 전의 소라색 카디건을 입는 게 좋겠어요. 저는 그 카디건을 입은 할머니의 모습이 좋거든요. 할머니도 그랬으면 좋겠어요. 숄과 무릎 담요도 필요할 거예요. 사블레와 음료도 필요하겠죠."

우리는 요양 병동을 나와서 다시 정원에 들어섰다. 몇 시간 만에 나뭇가지의 잎들이 더 짙어진 것처럼 보였다. 촉촉하던 잔디도 풋풋하게 느껴졌다. 나는 휠체어를 밀고 벤치로 향했다. 그러곤 어제도 그제도 이곳에서 볕을 쬐었던 것처럼 자연스럽게 204호를 다시 벤치에 앉히고 나도 곁에 앉았다. 사블레를 조금 떼어 204호의 입에 댔고 204호는 입에 넣어 준 과자를 오물거렸다. 나도 과자를 조금 떼어 입에 넣었다. 204호와 못다 한 이야기를 나누고 싶었다. 탱자 이야기와 사블레 이야기, 그리고 그보다 더 많이 204호의 사블레 이야기와 꿈에 대해 듣고 싶었다. 그러나 204호는 아까와 달리 아무런 반응을 보이지 않았다. 그저 사블레만 받아먹었다.

나는 졸음이 왔다. 고개가 끄떡했다. 204호의 입에 넣어 줄 사블레 조각을 들고 잠이 들었던 것 같았다. 나도 모르게 눈이 감겼던 짧은 순간 동안 수분이 지나간 듯이 시간이 잘렸다가 이어진 느낌이었다. 옆에 눈을 감고 있는 204호를 보며 나에게 졸음이 전염되었을지도 모른다고 생각했다. 자세를 바로 하고 초여름 바람을 들이켰다. 손에 들려 있던 사블레를 204호 입에 넣어준 뒤, 나도 조금 떼어먹었다. 그리고 또다시 눈을 감았다. 입안에 사블레의 귀퉁이가 부서지며 솜사탕이 꺼지는 것처럼 녹아들어 갔다. 버터의 고소한 향과 함께 여운만 남고 사라져가는 사블레.

그런데 어느 순간 누군가 내 입술에 사블레를 대어 주었고 나는 자연스레 받아먹었다. 꿈결인 걸 알고 있었지만 행복했다. 그냥 행복했다. 아주 귀한 것을 먹고 있다거나 또는 세상에서 가장 맛있는 과자를 먹고 있어서가 아니었다. 이런 내 마음을 아무도 알 수 없고 알아주지 않아도 나는 지금 웃음 나게 좋았다. 그리고 나도 모르게 중얼거렸다.

"꿈이라고 말했던 것을 알 것 같아요."

개미가 발목에 기어올라 간지럽게 했다. 바람은 적당히 불며 탱자 향기를 내게 보내왔다. 작은 분수의 물방울 소리는 음악 소리처럼 아름다웠고 머리 위에선 가느다란 나뭇가지에 앉아 있던 새가 가지를 출렁였는지 잎들이 사르락 소리를 내었다. 햇볕은 나뭇잎들 사이를 들락이며 얼굴을 다독이는 것 같았다. 분명 예전 언제인가 내게 이런 날이 있었을 것이란 생각이 들었다. 탱자와 사블레의 추억은 내 얼굴에 어른거리는 햇볕 조각 중 하나일 뿐일 것이야.

"할머니도 이런 날이 있었을 거예요."

나는 내 말소리가 귀에 들려와 꿈에서 깨어나 퍼뜩 눈을 떴다. 시간이 꽤 지났는지 하늘은 해의 붉은 기운을 넘기며 잿빛을 드리우기 시작했다. 옆에 앉아 있던 204호는 여전히 고개를 숙인 채 잠들어 있었다.

"이제 들어가야겠어요."

204호는 고요했다. 항상 그래 왔는데 오늘따라 조금 다르게 보였다. 입가에 미소가 있고 두 팔은 무언가를 안고 있는 것처럼 동그랗게 모여 있었다. 어찌 된 일인지, 한 손에는 사블레 조각까지 들고 있었다. 나는 살그머니 204호의 코밑에 손가락을 대어 보았다. 훈훈한 숨결이 느껴지지 않았다. 순간 가슴이 철렁했다. 그러나 호들갑 떨고 싶지 않았다. 다른 사람에게 알려야 한다는 생각보다 204호의 잠은 어떤 것일까를 생각했다.

그리고 조금 전 내 입에 넣어진 사블레가 204호의 손에 쥐어진 사블레의 반쪽일지도 모른다고 생각했다.

해가 기울고 정원 등이 노랗게 빛을 내었다. 나는 204호의 곁에 앉아 정원 등에 모여드는 나방들을 무심히 바라보았다.

건물 안에서 여러 사람이 몰려나오며 누군가의 이름을 불렀다.

"한미순 님. 어디 계세요. 204호 할머니! 서은숙 요양사님!"

204호 할머니 이름이 '한미순'인가? 그동안 병실 문 앞에 붙어 있는 방의 번호만 흘낏 보아왔었다. 왜 지금껏 문 옆에 있던 이름 석 자를 눈여겨보지 않았던 것일까. 한미순 할머니를 찾는 소리가 점점 가깝게 들려왔다. 그리고 그렇게 이름을 부르며 가까이 모여든 사람 중 한 사람이 잠이 들어있는 할머니의 어깨를 흔들었다. 벤치에 앉아 있던 한미순 할머니가 옆으로 기우뚱하다 쓰러졌다. 무릎 위에 있던 과자 봉지에서 사블레가 흩어져 떨어졌다. 정원의 노란 등에 나방들의 날개 부딪는 소리와 사람들의 흥분된 말소리가 섞여 들렸다.

'타닥타닥' "언제부터였어요?" '타닥타닥' "일단 요양사님은 204호실을 정리하세요." '타닥타닥' "아! 그리고 운명하신 시간이 어떻게……." '타닥타닥'

잔디 위에 떨어진 사블레가 사람들의 서성대는 발걸음에 부서지고 있었다.

쉽게 나오지 않았던 말

　아버지는 손을 멈추고 담배 개비를 다시 담뱃갑에 넣었다. 그리고 가까워져 오는 버스와 나를 번갈아 보며 무언가 쉽게 나오지 않는 말을 하려는 듯이 마른침을 삼켰다. 어젯밤에는 누구나 다 외롭게 사는 것이라며 짧게 말하고, 지금은 할 말이 너무 많아서 말의 앞머리를 찾지 못하는 것처럼 주저하는 모습을 보였다. 바지 주머니에 넣은 손이 담뱃갑을 매만지고 있는지 헐렁한 바짓가랑이까지 흔들거렸다. 그러는 사이 버스가 도착했다. 나는 아버지에게 전화로 말씀하시라고 하고 버스에 한 발을 올렸다. 그런데 등 뒤에서 아버지의 말이 들려왔다.

　"아빠는 너 때문에 산다. 사랑한다."

쉽게 나오지 않았던 말

 겨울방학이 되자 기숙사에 있던 친구들은 자기 집으로 돌아갔다. 그러나 나는 방학이어도 기숙사에 머물렀다. 매번 그랬다. 강촌에 할머니 댁이 있지만 반기지 않을 테고 나도 그곳에 머물고 싶지 않았다. 그리고 대학 생활비를 버는 것이 더 중요하다는 생각도 있었다. 오늘은 12월의 마지막 날이었다. 나는 아침부터 구인 사이트를 열고 일할 곳을 찾았다. 여러 곳에 문자를 넣고 이력서를 넣었다. 답이 없던 업체에는 전화를 걸어보기도 했다. 그러나 모두 구인이 끝났다거나 장기 근무를 할 사람을 뽑는 거였다. 속상하고 우울했다. 이게 모두 크리스마스를 앞두고 현태와 함께 있으려고 아르바이트를 그만둔 탓이었다. 나는 핸드폰을 만지작거리다 현태가 생각났다. 현태가 SNS에 올린 사진들을 보며 며칠 전 크리스마스이브가 기억이 나서 더 울적해졌다. 그날은 정말 최악이었다. 일주일이 지난 지금도 여전히 자존심이 상하고 비참한 심정이었다. 그러나 지금, 이상하게도 나를 그렇게 만든 현태를 보고 싶었다.

현태는 크리스마스이브에 1학년 후배 미선이와 함께 있었다. 나는 그런지도 모르고 현태와 함께 있기 위해 편의점 아르바이트를 포기하고 학과 언니의 자취방을 하루 빌렸었다. 케이크를 사고 컵에 안개꽃도 꽂았다. 붉은 와인은 냉장고에 넣어 두고 친구의 집에서 와인 잔을 빌려 놓기도 했다. 약속된 시간이 다가왔다. 여러 개의 작은 초에 불을 켜고 음악도 잔잔하게 틀었다. 향초에서 풍기는 허브 향이 좋았다. 벽에 기대앉아 현태를 생각했다. 나를 바라보던 눈빛, 미소, 친절한 말씨. 그 모든 것이 마치 내 몸을 어루만지는 듯하여 더욱 설레었었다. 방에 깔린 연둣빛 요를 바라봤다. 그리고 현태와 사랑을 나누는 장면을 상상했다. 나의 가슴과 배를 지나 다리 사이를 파고들며 내게 안기면 나는 그를 꼭 안아 줄 것이다. 첫 키스처럼, 사루비아의 꽃물 같은 달콤한 시간이 되도록. 나는 그때까지만 해도 현태가 나를 사랑하는 것이 틀림없다고 생각했었다. 나를 꼭 안아주던 현태의 품에서 가슴이 터질 것 같았던 순간이 떠올라 다시금 가슴이 떨려왔다. 그러나 자정이 다 되어가도 연락이 오지 않았다. 초조해지기 시작했다. 핸드폰을 들고 현태에게 전화를 했다. 벨이 15번이나 울리다 나온 소리는 전화를 받을 수 없다는 안내음이었다.

크리스마스가 지나고 만난 자리에서 현태가 말했다. 사랑한 것이 아니었고 키스는 실수한 것이니 미안했다고. 조선 시대도 아닌데 입맞춤 한 번에 순결을 바치는 여자처럼 굴지 말라는 것이었다. 우리는 친구 사이일 뿐이고 자기와 미선이 사이를 방해하지 말아 달라는 말까지 덧붙였다. 나는 도무지 이해되지 않았다. 내게 키스하며 거칠게 숨을 몰아쉬던 현태였다. 내가 뿌리치면 울기라도 할 듯이 간절했었다. 그런데 어떻게 그리도 침착하고 싸늘하게 나를 거절할 수 있는지. 몇 달 동안 친절하게 미소를 지으며 다가와서 착각하게 만들어 놓고는 미안했다는 말 한마디로 만남을 끝내고 떠나다니, 나쁜 새끼! 하고 욕이 나오면서도 슬펐다.

하기는 나를 슬프게 했던 사람은 현태뿐이 아니었다. 작년에 복학한 영훈 선배도 있었다. 나는 선배를 좋아했다. 키도 크고 얼굴빛도 하얀 것이 귀공자 같아 호감이 갔다. 다른 친구들과 다르게 가볍지 않은 옷차림도 좋았지만, 무엇보다 유머러스한 것이 좋았다. 선배의 곁에 있으면 웃을 일이 많았고 즐거웠다. 나뿐만이 아니라 학과 학생 전체가 그 영훈 선배의 팬이 되었다고 할 정도로 인기 있는 선배였다. 나는 선배의 눈에 띄고 싶어 화장하고, 머리를 매만지고 옷도 예쁘게 입고 다녔다. 선배의 동아리에 가입해서 자주 만날 기회도 만들었다. 음료를 나눠 마시고 점심을 같이하고 과제를 함께했다. 메신저 친구도 되고 SNS에도 드나들며 흔적을 남겼다. 어느 날은 선배가 나의 어깨에 손을 얹으며 대학 생활을 즐겁고 활기차게 해서 귀엽고 예쁘다며 칭찬했다. 뿌듯하고 행복한 날이었다. 조금만 더 노력하면 칭찬보다 더 좋은 말을 들을 수 있을 것 같았다. 절로, 나를 바라보며 좋아한다거나 사랑한다고 고백하는 선배를 상상했다. 하지만 선배가 자신의 SNS에 새로 올린 사진을 보게 된 날 상상은 짧게 끝나버렸다. 두꺼비같이 생긴 여자와 얼굴을 맞대고 두 손가락으로 하트 모양을 하고 찍은 사진을 본 순간 슬픈 마음에 비참하기까지 했다. 우울한 며칠을 보낸 뒤 선배에게 애인이 있느냐고 진지하게 물었다. 선배는 그렇다고 했고 자신이 오해할 행동을 했다면 미안하다고 말했다. 다음부터는 조심하겠다며 나를 피하기 시작했다. 그런 선배를 볼 때마다 나는 기분이 나빴다.

　이런저런 생각들로 머리가 어질하고 가슴이 답답했다. 어디라도 가서 바람을 쐬면 조금 나아질 것 같았다. 책상 위에 쭈그러져 있던 배낭에 책을 챙겨 넣어 메고 기숙사를 나왔다. 밖은 추위 때문인지 아니면 명절 연휴 때문인지 드물게 몇 사람만 보이고 한가로웠다. 나는 헐렁한 거리를 걷다가 가슴까지 시려오는 듯한 추위에 몸을 움츠렸다. 가로수의 가지가 유난히 휑해 보였다. 갑자기 많은 사람 사이에 끼어 있고 싶었다. 가까운 지하철역으로 갔다. 역시나 한산한 도시와 다르게 사람들이 북적이고 있었다. 손에 선물 세트와 짐 꾸러미를 든 사람들을 보며 왠지 나도 처음부터 할머니 댁을 가려 했던 것처럼 전철 노선도 앞에 서서 강촌역을 찾았다. 그리고 자연스럽게 전철을 타고 강촌역까지 갔다.
　역에 도착하자 내려서기가 망설여졌다. 설 명절만 아니었어도 할머니 댁을 생각하지 않았을 텐데. 눈엣가시처럼 나를 반기지 않을 할머니였지만 딱히 갈 곳도 없었고, 몇 해 찾지 않았다는 것이 할머니 댁에 가는 그럴듯한 핑계가 되기도 해서 역에 내려섰다. 그러곤 마을로 들어가는 버스를 탔다.

　버스를 타고 바라보는 강촌역의 풍경은 예전과 다르게 활기가 있었다. 몇 해 전만 해도 공사가 한창이었던 산 중턱에는 커다란 스키장 광고판이 세워져 있었다. 그리고 눈 덮인 하얀 산 위에서 돌이 구르듯 색색의 사람들이 미끄러지며 내려오고 있었다. 그 옆 높은 철탑 위에는 번지점프 깃발이 펄럭였다. 두 발이 묶인 사람이 물고기를 잡는 물총새처럼 순식간에 떨어지는 것이 보였다. 여자의 비명이 날카롭게 마을을 울리다가 멀어졌다. 버스 옆으로 사륜 바이클와 자전거가 나란히 달렸다. 나는 지난여름에 현태가 했던 말이 생각났다. 자전거도 못 타는 바보라고.

　현태가 자전거 여행을 하자고 했었다. 그러며 스마트폰으로 검색하고 보여준 곳이 이곳이었다. 번지점프 사진과 사륜 바이클 사진이 나와 있는 홈 사이트였지만 사실은 자전거보다 번지점프를 하고 싶어서였을 것이다. 현태는 번지점프를 좋아했다. 나는 모르는 척하고 자전거를 타지 못하니 차라리 남이섬을 가고 싶다고 했다. 진심은 혹시나 이곳에 오면 밤 골의 할머니나 고모를 보게 되지 않을까 하는 우려 때문이었다. 그런 불편한 마음으로 현태와 여행을 하고 싶지 않았다. 물론

놀이 단지와 유흥가에서 할머니와 고모를 만나게 될 것이란 상상은 괜한 걱정일 수 있었다. 현태는 내게 재미없는 여자라고 했다. 나는 현태의 말을 듣고 재미가 뭘까 했다. 즐거운 것인가? 나는 그 뒤로 현태를 즐겁게 해야 한다는 생각뿐이었다. 하지만 현태의 말처럼 나는 아무리 노력을 해도 재미없는 사람일지도 모른다는 생각이 더 컸다.

버스가 천천히 고갯길을 오르며 달리다가 내리막에 들어서 속도를 냈다. 어느덧 밤골이 가까워지고 있었다. 하차 버튼을 눌렀다. 그런데 벨 소리가 들리지 않았다. 그런데다 버튼에 불도 들어오지 않았다. 정차 버튼이 고장이 난 것 같았다. 차라리 잘됐다 싶었다. 정거장을 지나치면 그냥 서울로 돌아갈 마음이 들기도 했다. 그런데 버스는 밤골 정거장 부스에 정확히 섰다. 그리고 운전기사가 룸미러로 나를 보며 큰 소리로 말했다. "밤골입니다. 내리세요." 나는 급히 가방을 둘러매고 버스에서 내렸다. 그러곤 한참을 버스 뒤꽁무니를 바라봤다. 어깨에 걸친 배낭이 무거웠다. 쓸데없이 가방에 여러 권의 책을 넣었다고 생각했다. 마음도 무거운데.

바람이 찼다. 목도리를 단단히 두르고 외투 주머니에 손을 넣고 걸었다. 도로를 벗어나 10분 정도를 걷고서야 할머니 집이 보이기 시작했다. 기와지붕 위로 흰 연기가 오르고 있었다. 아직 이른 시간인데 혹시 나를 기다리며 저녁 준비를 하는 것이 아닐까 했다. 그럴 리가 없다는 것을 알면서도 생각과 마음은 서로 같지 않을 때가 많았다. 이런저런 생각을 하며 대문 앞에 이르렀다. 언제나처럼, 삐딱하게 열어젖혀 있는 파란 철문이 삐걱대고 있었다. 발로 철문 끝의 귀퉁이를 쓱 밀어 보았다. 군데군데 파란 페인트가 벗겨져 붉은 녹을 피우고 있는 문이 부르르 떨었다. 조금씩 늘어가는 붉은 녹은 '무궁화꽃이 피었습니다.'처럼 눈 돌린 사이 땅따먹기를 하고 있었다. 대문의 사각 귀퉁이마저 녹으로 곧 부서져 내릴 것 같았지만 그래도 대문은 쉽게 제 모습을 버리지 않고 파란 대문으로 덜렁거리고 있었다. 알 수 없는 것은 이 파란 대문도 마찬가지였다. 걸게도 없는 문을 열어도 닫아도 딱 한 폭만큼 삐딱하게 벌어져 있었다.

 항상, 나를 반기는 건 복실이뿐인 것 같았다. 노견의 태가 나는 복실이가 왕왕왕 짖으며 달려들었다. 좋다는 것인지, 낯설다는 것인지, 꼬리는 심하게 빙빙 도는데 짖는 소리는 앙칼졌다. 한동안 씻기지 않아서 하얀 복실이가 털이 누런 복실이로 변해 있었다. 괜스레 미안한 마음이 들었다. 나를 대하는 것이 복실이 만도 못한 놈들 때문에 마음이 아팠다는 것에 마음이 더 아팠다. 복실이의 짖는 소리로 할머니가 부엌에서 인기척을 냈다, "누구냐" "저예요 연이." 변한 것이 없었다. 똑같은 물음에 똑같은 대답이었다. 할머니는 왔냐는 말과 함께 그릇을 달그락거리고는 칼질 소리를 다시 냈다. 겨울이면 부엌의 그릇들은 서로 들러붙어 있었다. 음식을 할 때면 아궁이 위 큰 솥에 있는 뜨거운 물을 설거지 그릇에 부어 그릇을 녹여 놓아야 했다. 지금도 뜨거운 물에서 건져낸 그릇이 김을 모락모락 내고 있을 것 같았다. 도마는 가운데가 움푹이 패여 거뭇한 칼자국들이 잘게 나 있을 테고, 칼자루에서 자꾸 빠져나오던 부엌칼도 빨간 끈을 칭칭 동여매고 있을 것이었다. 할머니는 부엌의 노란 전등 아래서 침침한 눈을 비벼가며 음식을 만들고 있을 것이고. 나는 종종 어쩌면 우리 엄마가 나를 낳고 백일이 지나자마자 집을 나간 이유가 저 어두침침한 곳에서 쪼그리고 앉아 아궁이에 불을 지펴야 하는 구닥다리 부엌 때문이라는 생각이 들곤 했었다.

 할머니가 있는 부엌으로 향했다. 그리고 조금만 힘을 주면 연결 쇠가 빠질 것 같았던 부엌문을 조심히 당겼다. 나무 문이 덜커덕하고 불안한 소리를 내며 움직였다. 전에는 나무 문짝이 나를 내리칠 것 같아 불안했었는데 이제는 문이 떨어질까 걱정되는 마음이었다. 부엌문은 나무판으로 엮은 오래된 문이라 빈틈이 숭숭 있었어도 겨울의 찬바람은 막아주었다. 할머니는 아버지가 번듯한 직장에 다니면 제일 먼저 부엌문을 고쳐야겠다는 말을 자주 했었다. 나는 부엌에 발을 들이고, 할머니 그동안 안녕하셨어요? 하고 다시 인사했다. 할머니는 아무런 반응 없이 도마 위에 놓인 무언가를 다지고 있었다. 내가 찾지 않았던 2년여 동안 할머니의 등이 더 굽은 것처럼 보였다. "뭐 하세요?" "뭘 하긴. 아비가 온다잖냐. 아궁이에 장작을 더 넣고 건넌방에도 불을 때라. 냉골에서 자고 싶지 않으면 말이다." 나는 오랜만에 아버지를 보게 될 것을 생각했다. 가끔 잘 지내냐는 문자에 '네'라고 답글을 보낸 것이 전부여서 왠지 서먹할 것 같았다.

　부엌을 나와 건넌방을 가려고 올라선 대청마루가 몇 걸음에도 얼음 위를 걷는 듯이 발바닥이 따갑게 시렸다. 건넌방은 말이 방이지 온기가 없을뿐더러 여러 가지 살림들이 정리 없이 쌓여 있었다. 침구는 대충 놓여있고 9월로 멈춰있는 음력 달력과 여름내 쓰인 모기장은 못에 걸쳐져 색 바랜 벽지를 가리고 있었다. 고개 숙인 선풍기와 버려도 주워가지 않을 부엌

살림들이 구석마다 먼지를 뒤집어쓴 채 한 자리를 차지했다. 가방을 내려놓고 먼저 시린 발을 녹이고 싶었다. 아귀가 맞지 않아 기우뚱 열리는 옷 서랍에서 오래전에 기워 신던 덧버선이라도 있을까 찾아보았지만 할머니 냄새가 나는 허드레 옷가지뿐이었다. 발이 시리다 못해 점점 아려왔다. 할머니의 털고무신이라도 신고 빨리 방에 불을 때 놓고 언 발을 녹여야 할 것 같았다.

  마당 한 편에 있는 찢어진 퇴비 봉투에 불을 붙였다. 건넌방 아궁이 안에 볏짚을 조금 모아 넣고 불씨를 키웠다. 어디서 얻어온 것인지 모를 나뭇조각들과 마른 가지들을 땔감으로 넣었다. 매운 연기가 마당에 가득 퍼졌다. 해가 떨어지며 찾아드는 어둠이 하얀 연기 때문인지 마당 안으로 들어서지 못하고 있는 것 같았다. 아궁이 안의 불꽃이 점점 커졌다. 나무 조각들은 어둠도 빨아들일 듯이 무섭게 열을 올리며 타들어 갔다.

  어려서는 불 때는 것이 재미있었다. 깊은 아궁이 속으로 빨려 들어가는 불꽃을 보고 있으면 나무가 빨간 불을 끌어 잡는지, 불이 나무를 잡아끌어 가며 불꽃을 키우는 건지 알 수 없었다. 아궁이 속은 온통 벌겋게 달궈지고 있었다. 노랗고 붉은 불꼬리들이 이리저리 춤을 추며 불구덩이 속으로 나를 유혹

하듯 움직였다. 화끈거리는 열기에 운동화의 코가 누렇게 눌어붙는 것도 모르고 아궁이 앞으로 다가갔었다. 나도 모르게 현란한 불꼬리에 정신이 빨려가고 있는 듯할 때 할머니가 크게 외쳤다. 고무 타는 냄새가 난다! 할머니가 곁으로 와서 정신을 어디에 두고 있느냐고 등을 내리쳤다. 그런 모습을 보고 있던 고모는 히죽이 웃으며 말했다. '창훈이를 닮아 불장난을 좋아하나 보네.' 고모는 나를 못마땅해했다. 대학에 가겠다고 했을 때도 시집이나 갈 사람이 써먹지도 못할 공부는 왜 하느냐고 했다. 우리 집 장남을 봐도 불 보듯 뻔한 짓거리라고도 했었다. 아버지를 말하는 거였다.

고모가 뒷간에 있었는지 허리춤을 고쳐 잡으며 마당으로 들어섰다. "미연이 왔냐." "예 고모. 방학이고 새해니까." 고모는 항상 기척도 없다가는 어디서 불쑥 나타나곤 했다. "네가 어딜 가냐. 별수 없지." 고모는 언제나 나를 달가워하지 않았다. 시집도 가기 전에 어린 조카를 돌봐야 했으니 그럴 수 있다고 생각했다. 그래서 이해하려고 노력했다. 할머니는 집안의 기둥이었던 아버지에게 남부럽지 않은 뒷바라지를 해주려고 고모에게 은근히 희생이란 것을 강요했던 것 같았다. 고모는 할머니에 대한 불만을 내게 화풀이했다. 어릴 때부터 들어야 했던 '그 썩을 년은 애를 낳아 놓고는 품지도 않고, 엄한 사람만 암 덩이를 붙이고 살게 만들어 놨어.'하고 말하기도 했다. 나는 열심히 공부했다. 그 암 덩이라는 소리를 듣고 싶지 않아 자립하려 했다.

부지깽이로 아궁이에 땔감을 조금 더 깊이 밀어 넣었다. 메케한 연기도 사그라졌는데 눈이 따가워 눈물이 났다. 꼬리를 까딱거리고 옆에 앉아 있던 복실이가 예전처럼 내 곁에 와서 앉았다. 왠지 고모의 목소리를 들으니 다시 슬프고 불안하던 차였다. 등 뒤에서 물건을 내치는 소리가 났다. 복실이와 나는 놀라서 뒤를 돌아보았다. 고모가 개 밥그릇을 발로 찼는지 그릇이 뒤집혀 있었다. 통통한 배를 내밀고 두 다리를 벌리고 서 있는 고모의 모습이 심술궂게 보였다. 고모는 놀라는 우리를 보고 피식 웃고는 불만 가득한 눈빛을 하고 며칠이나 있을 거냐고 물었다. "내일 가야 해요. 그리고" 말도 맺기 전에 고모는 품었던 이야기처럼 거르지 않은 말을 시작했다.

"아버지가 돈을 부치고 있니? 아르바이트로 버는 돈은 얼마나 되려나. 졸업하면 취직은 잘 된다니? 나는 이제 네 덕이라도 받고 살아야겠다. 너 알지? 내가 너 키우느라고 아무것도 못 한 거. 너 때문에 되는 일이 없었잖아. 지긋지긋하다. 밭

농사를 짓고 장터로 물건 팔러 나가 돈 몇 푼 버는 거 말이다. 누군 이 나이에도 시집을 두 번이나 갔다던데 내가 이 꼴이 된 건 모두 너희 부녀 때문이야. 아니지, 그년 때문이지. 아마도 그년은 잘 먹고 잘살고 있을 거야. 나도 그렇게 살아야 했었는데. 창훈이는 언제야 또박또박 돈을 부치겠다는 건지. 돈이라도 쓰고 살면 이렇게 서럽지는 않을 텐데. 요즘은 돈만 조금 있으면 할 것이 많더라. 저 고개만 넘으면 세상이 달라. 도대체 할머니는 아직도 네 아버지만 바라보고 사는 세상이 다인 줄 아니 내가 속이 터진다."

부엌에서 진한 고깃국 향과 참기름 냄새가 고소하게 났다. 딸랑이는 압력솥의 방울 소리가 힘찼다. 고모는 부엌을 향해 가며 못마땅한 말을 이었다. 또 시작이네. 그래봤자 창훈이 처지에 무슨 좋은 소식이 있겠어. 그 썩을 년이 창훈이 복을 다 가져간 것이구먼. 아마도 그년은 우리를 싹 잊고 잘살고 있을 거야. 우리 엄마만 안됐지, 고모의 긴 푸념에 할머니가 말했다. "이년아 다 때가 있는 것이야. 내가 엊그제 점을 봤는데 오십 초반에 운이 튄다더라. 좀 만 더 기다려 봐야 알아." 딸랑거리는 밥솥의 방울 소리와 함께 빠른 타박의 말들이 오갔다. 아이고, 내 팔자는 어떻고. 엄마는 내 팔자는 궁금치 않은가. 항상 창훈이, 창훈이, 창훈이가 밥 먹인 적 있어? 난 그 새끼 딸년 키우느라고 죽어지낸 지가 몇 년인데 그동안 우리 불쌍하다고 생활비라도 좀 부쳤냐고. "시끄러워 이년아, 내가 너를 붙들었냐, 창훈이가 널 붙들었냐. 밥 처먹고 할 짓 없음 애라도 보는 거제. 뭔 큰일 했다고 지랄이야." 나는 이곳을 빨리 벗어나고 싶었다. 그래서 내일 아침 일찍이 다시 서울로 올라가야겠다고 다짐했다.

그래도 오랜만에 보게 될 아버지가 궁금하기는 했다. 장학금을 받고 가게 된 대학 입학식에 아버지는 말끔히 면도하고 왔었다. 처음 있는 일이라서 어색하고 왠지 창피스럽고 할 말도 없어 데면데면하다 칼국수를 한 그릇씩 먹고 헤어졌었다. "열심히 공부해라. 미안하다." 그 말이 전부였다. 그때 아주 잠시 외롭지 않은 것 같은 마음이 살짝 자리했다. 그랬기에 기숙사의 사무적인 현관문도 어스름한 복도의 나란한 방문들도 두렵지 않았다. 입소하는 친구들이 그들의 부모들과 나누는 소란들에도 작아지지 않던 마음이었다. 하지만 그때뿐이었다.

"어머니, 저 왔어요."

아버지가 왔다. 변함없는 목소리. 깃털도 날리지 못할 숨결처럼 힘 빠진 소리가 마당에 흩어졌다. 할머니는 점점 귀가 어두워진다더니 아버지의 인사말에는 신발이 벗겨질 듯이 뛰어나왔다. "아이고 왔나. 고생했다. 춥지? 방에 불 지펴 놨다. 어서 들가라." 고모는 귀찮은 손님을 맞이하듯 부엌에서 고개만 내밀고는 "왔나. 들어가서 몸 녹여라. 엄마가 너 온다고 힘이 철철 나는가 보다." 아버지는 건넌방 아궁이 앞에 엉거주춤 서 있는 나를 보고 무표정하게 말했다. "미연이 왔구나. 그런데 아빠를 보고도 어째 반갑지 않은가 보다." 나는 마음이 반갑기도, 아니기도 긴가민가했다. 적당한 대답을 찾지 못하고 좀 전에 왔다는 말로 얼버무리고 다시 아궁이 앞에 앉았다.

"미연아, 들어가자."

"조금 뒤에 밥상 차려서 들어갈게요."

아버지는 할머니와 고모의 눈치를 보며 지나가는 말처럼 말의 끝을 흐리고 방으로 들어갔다. 항상 그랬다. 고모의 심한 매질과 할머니의 험한 말에도 날 위해 감싸는 법이 없었다. 무엇이 아버지의 입을 다물게 했는지 어렴풋이 알 것 같았기에 나도 아버지처럼 눈치를 보는 벌을 받아들여야 했다.

정성껏 차린 상을 들고 안방으로 들어갔다. 할머니는 아버지의 밥그릇에 고봉밥을 떠서 들고 들어왔다. 그러곤 아버지와 마주 앉아 그간 궁금한 것들을 둑 터진 듯이 풀어냈다. "그래, 새로운 직장은 어때? 직원은 많고? 무슨 일하는 곳이야? 사장은 괜찮은 사람이고? 일은 힘들지 않아? 밥은 잘 먹고 다니고?" 아버지는 단 몇 마디로 답을 다했다. "아, 예, 그럼요, 아, 예. 걱정하지 마세요."

고모는 밥상 옆에 앉아서 혀끝을 차다가 엄마는 정말 물어보고 싶었던 것을 물어보라며 아버지를 향해 말했다. "만나는 색시 있어?" 아버지는 우적거리며 씹던 밥과 찬들을 녹이슨 기계가 뻑뻑하게 돌아가듯이 돌려 씹다가 밥 수저를 놓고 배가 부르다고 일어났다. 할머니가 안타까운 눈빛을 보이며 말했다.

"와, 밥을 그것만 먹고 그래. 국에 밥을 말아서 팍팍 좀 먹지."

"오면서 시장기에 김밥 하나 사 먹어서 배가 금방 차네요."

갑자기 말이 없어진 밥상 위로 티브이에서 나오는 연예인들의 말과 웃음소리가 떠들썩하게 흘렀다. 그런데 이상하게도 시끄럽게 출렁이는 소리가 오히려 쓸쓸하고 썰렁한 분위기를 만드는 것 같았다. 왠지 서늘하고 우울한 분위기였다. 아버지는 할머니가 서운해한 것 같았는지 피곤한 표정을 지으며 다시 말했다.

"피곤하네요. 건넌방에서 눈을 붙여야겠어요."

"와. 그래도 좀 더 먹지. 가만있어 봐라. 밥상 치울 테니 여기에 누워라. 내 금방 자리를 펴 주마."

"아니에요, 건넌방으로 가지요 뭐. 미연아, 피곤하지? 자라. 방이 따뜻하다."

나는 차라리 온기가 없는 마룻바닥에 요를 깔고 눕고 싶다는 마음으로 말했다.

"내 걱정하지 마셔요."

이렇게 식구들이 서로 어색한 분위로 마음이 불편할 때면 이곳에 내가 없었다면 좋았을 것 같다는 생각에 사라져 버리고 싶었다. 왜 내가 태어나야만 했을까. 무엇 때문에 내가 태어났을까. 모두가 나 때문이었다. 안방도 건넌방도 내 자리는 없었다. 아무도 나를 따뜻하게 안아준 적이 없었던 것처럼 차디찬 마룻바닥이 익숙하고 편할 것 같았다. 할머니는 오랜만에 와서는 건넌방으로 가버린 아버지에게 섭섭했는지 괜스레 고모에게 투덜거렸다.

"아 야, 뜨신 커피라도 창훈이한테 타 줘봐라. 너는 하나밖에 없는 동생인데 어찌 그리도 정 없이 그러냐."

"뭐라고! 정이 없다고! 정 없는 년이 조카를 키운다고 청춘을 다 보내나."
"이 썩을 년아. 누군 연애질도 잘하더구먼. 그런 재주도 없어 이리 늙어버리고 누굴 타박해."
네 사람이 먹고 난 설거지 걸이가 산더미였다. 안방의 티브이 소리는 부엌까지 들려왔다. 올해의 연기 대상은 두두두두. 날이 얼마나 찬지 티브이 소리도 냉랭하게 들렸다. 그릇을 헹구어 건져내면 바로 그릇끼리 쩍쩍 붙어버렸다. 나는 서로 붙은 그릇들을 보며 중얼거렸다. 날이 차면 그릇들도 자기들끼리 철썩 붙는데.

밤이 깊었다. 부엌의 아궁이는 아직 따뜻한 기운이 남아있었다. 달빛이 찬바람과 함께 부엌문의 갈라진 틈으로 들어왔다. 서울보다 빛이 밝고 바람은 매서웠다. 복실이를 아궁이 앞에 앉혔다. 그리고 오랜만에 털을 쓸어내려 주었다. 보신탕 거리가 되지 않고 잘 버텨내고 있어 기특했다. 복실이가 내 손길을 피하듯 몸을 움칠했다. 그러다 이내 기억이 되돌아왔는지 예전처럼 바닥에 배를 깔고 누웠다. 나는 복실이를 내려 보며 할머니 댁에 오지 말았어야 했다고 생각했다. 복실이만도 못한 현태 때문이었지만 여기도 마음의 위로를 주지 못하는 건 마찬가지였다. 나는 잠든 복실이가 깨어나지 않도록 조심히 일어나 안방으로 향했다. 그러다 고개를 돌리고 건넌방을 바라봤다. 방의 불은 꺼져있고 조용했다. 나는 무엇에 이끌린 듯 건넌방의 문 앞에 섰다. 그리고 시린 두 손으로 얼굴을 비비며 아버지에게 작은 소리로 말했다.

"아버지 주무세요?"

"아니다."

".........."

너무 추워 몸이 굳어 버릴 것 같았다.

"아직 거기 있니?"

"예."

"뭐 하니 추운데. 들어와라."

나는 얼른 문고리를 잡았다. 얼어 있던 쇠고리가 손에 들러붙어 저릿했다. 이 집의 문짝들은 온전한 것이 없었다. 건넌방의 창호 문도 걸개가 빠져 힘을 주어 열거나 꼭 닫아야 했다. 구멍이 나서 기워 붙인 창호에 또 창호를 붙여 막은 흔적들이 가득했다. 닳아빠진 문턱으로 바람이 술술 불어 들었다. 나는 고개를 숙이고 방 안으로 들어갔다. 구들의 따뜻함이 발바닥에 전해졌다. 훈훈한 방안에서 아버지는 꼿꼿이 앉아 담배를 태우고 있었다. 빨갛게 타들어 가는 불이 아궁이 속의 불꽃만큼이나 마음을 흔들어 놓는 듯했다. 나는 아버지 곁에 앉았다. 그리고 함께 조그만 유리 창문을 통해 달을 멍하니 바라보았다. 달이 할머니의 등처럼 굽어 있었다. 나는 아무 생각도 나지 않았다. 아버지도 그런 것 같았다.

"너 담배 태우냐?"

"아뇨"

우리는 다시 멍하니 달을 바라보았다. 가끔은 들고양이가 소리를 내었고 부엉이가 울었다. 그리고 멀리 자동차 소리도 간간이 들렸다.

"아버지, 엄마는 왜 저를 낳으셨어요?"

조용했다. 고양이도 부엉이도 자동차 소리도 나지 않았다.

"아버지 사랑이 뭐예요?"

아버지의 담배 내뿜는 숨소리가 들려왔다. 내가 어떻게 그런 말을 아버지한테 할 수 있었을까. 어쩌면 고요한 어둠 때문이고, 붉게 타들어 가는 담뱃불 때문일 수 있었다.

"아버지. 저 외로워요."

그냥 나도 모르게 입에서 외롭다는 말이 나와 버렸다. 뱉지 말았어야 했던 말에 스스로 놀라 흠칫했다. 아버지도 당황했을 것 같았다. 나는 아버지에게 어떤 답도 원하지 않았다. 그래서 아버지가 못 들은 척 넘어갔어도 상관없었다. 그런데 아버지는 아주 자연스럽게 준비했던 말을 하는 것처럼 내게 말했다.

"누구나 다 외로운 거야. 어쩔 수 없어."

눈물이 났다. 그리고 화가 났다. 그런 대답은 싫다고 말하고 싶었다. 그러나 나는 말을 않고 고개를 숙였다. 마음과 다르게 흐르는 눈물이 아버지에게 보일까 해서 소리 없이 눈 밑을 훔쳤다. 어두워서 다행이라는 생각을 하며 다시 고개를 들어 아버지를 슬쩍 바라보았다. 달빛에 비쳐 보이는 아버지는 눈을 감고 있었다. 더는 말을 하지 않으려는 듯 입술을 굳게 다물고 있었다. 할머니가 말하던 고집스러움이 그대로 담겨 있는 모습이었다. 어쩌면 할머니가 아버지에게 여자 이야기를 묻지 못하는 것이 그 고집 때문이겠지만 나는 아버지의 고집이 싫지 않았다. 왜인지 모르겠다. 그냥 그랬다. 나에게 살갑게 하지 않아도, 할머니와 고모에게서 갖은 잔소리와 푸념을 들어도 아버지의 고집을 생각하면 기분이 나아졌었다.

오랜만에 아버지와 한 방에서 잠이 들었다. 아버지는 가끔

콧물이 나는지 코를 풀고 헛기침을 했다. 등을 돌려 누운 아버지의 모습은 작은 바위섬같이 보였다. 예전에 얼핏 느꼈던 아버지는 당당했었다. 그리고 그땐 그런 아버지의 모습이 좋았다. 하지만 어린 시절 동네 어른들은 아버지에 대해 못마땅하다는 듯 말했었다. 어려서 알아듣지는 못했어도 솔깃한 말이어서 기억에 남아있었다. '창훈이가 티브이에 잠깐 나왔는데 봤는가? 어쩐지 이상한 책을 가져와서는 태우기도 했다던데. 잡혀가기도 했다지 아마. 엄마를 생각해서 공부나 열심히 할 것이지 뭔 짓이래. 나라 걱정하지 말고 제집이나 건사할 것이지.' 나는 나중에야 어렴풋이 아버지를 이해할 수 있었다. 왜 대학교를 중퇴하고 공장을 다녔는지, 그리고 엄마와 헤어진 것까지. 다만 아버지의 굽히지 않았던 그 시대의 민주화를 위한 사명감과 신념이 아버지에게 그렇게 중요한 것인가 의문이었다. 이제 아버지는 무엇을 바라고, 삶에 무엇이 중요한 것인지.

  웃풍이 심한 방이라 아버지가 감기에 걸렸을지 모른다고 생각했다. 내일 아침이면 할머니가 부산스럽게 꿀물을 타고 생강차를 끓여낼 것이었다. 젊은 나이에 남편을 여의고 두 아이를 힘들게 키운 할머니는 아버지가 기둥이고 목숨이었다.

할머니는 아버지가 서울로 유학 가고 대학 입학 통지를 받은 날을 여러 번 되뇌었다. 만나는 사람마다 그날의 이야기를 어제 일처럼 즐겨 말했다. 아버지에 대한 기대와 희망을 품고 있는 할머니가 아버지보다는 행복하다는 생각이 들곤 했다. 나는 등을 돌리고 누워있는 아버지가 왠지 측은하고 작게 보였다. 그래서 왜 나를 낳았냐고 물었던 것이 후회되었다.

　수탉의 울음이 제법 우렁찬 아침이었다. 닭은 왜 아침이면 꺼어억 소리치며 울까 궁금했다. 오래전부터 궁금했는데 아직도 궁금하긴 마찬가지였다. 생각난 김에 스마트폰을 켜고 검색을 했다. 새벽에 우는 수탉은 힘을 과시하는 것이라는 글을 읽는데 따닥따닥 나무 불꽃 튀는 소리가 들려왔다. 그리고 연이어 그릇 부딪치는 소리, 물을 끌어 올리는 모터 소리, 콸콸 쏟아지는 물소리가 뒤섞여 들렸다. 할머니는 닭보다 먼저 새벽을 알리는 사람이었다.
　서울로 가야겠다는 마음은 변함이 없었다. 되도록 이른 시간에 이곳을 떠날 생각이었다. 이곳에서는 마음이 편치 않기도 했지만, 사랑이 뭔지, 그것에 더욱 의문을 품게 하는 곳이었다 예전에 학교 친구가 나에게 물었던 말이 기억났다.

"미연아 너는 뭘 좋아하니?"

나는 그 단순한 물음에 며칠을 생각했었다. 내가 무엇을 좋아했던 적이 있었던가. 그러나 기억은 없었고, '좋다'라는 뜻이 뭘까 했다. 어려서도 그 말을 써 본 적이 없었고, 생각지도 않았었다. 그렇게 곰곰이 생각하던 끝에 아무도 내가 무엇을 좋아하는지 관심이 없었다는 것을 깨달았다. 마음이 슬펐다. 그리고 그 뒤로 '좋다'란 것이 '사랑'과 같은 말일 것으로 생각했다. 그래서 현태나 영훈 선배의 '좋다'던 말을 사랑이라고 착각했었는지도 모를 일이었다. 어젯밤 아버지에게 사랑이 뭐냐고 물었었다. 아버지라면 알 수도 있었을 텐데 외롭다는 말만 하고 돌아누워 잠을 잤다.

서울을 떠나며 챙겨온 짐 꾸러미가 머쓱했다. 집을 나서는데 아버지가 점퍼 주머니에 용돈을 넣어 주었다.

"저 용돈 있어요. 할머니께나 맛난 것 사드리세요. 전 괜찮아요."

"그래도 용돈은 필요할 거야. 공부하기도 쉽지 않지. 잘 먹고 다녀."

아버지는 굳이 나를 따라 나오며 앞서 걸었다. 오늘은 어제보다 바람이 더 세서 눈을 바로 뜨기도 힘이 들었다. 앞서가는 아버지의 모습을 보며 걸음이 저렇게 터덜거렸든가 했다. 문득 어제 밤골까지 타고 온 마을버스가 생각나서 피식 웃음이 났다. 밤사이 코를 풀게 했던 감기가 다 나았는지. 담배 연기 같은 콧김이 아버지 머리 뒤로 퍼졌다. 아버지의 걸음이 빨라졌다. 버스가 곧 올 것처럼 멀리서부터 엔진 소리가 들려왔다. 겨울의 산골은 모습보다 소리가 먼저이기에 멀리 눈길을 주지 않아도 마을버스가 가까이 왔다는 것을 알 수 있었다. 나는 갑자기 '아버지'하고 불러보고 싶었다. 등을 보이고 걷는 아버지가 뒤돌아서 어떤 표정으로 나를 바라볼까. 아마도 현태나 영훈 선배에게서 느낀 것과는 다를 것 같았다.

버스 정류장에 도착했다. 아버지는 담배를 꺼내 물고 주머니에서 라이터를 찾았다.

"아버지, 담배를 줄이세요. 이제 건강을 생각하셔야죠."

아버지는 손을 멈추고 담배 개비를 다시 담뱃갑에 넣었다. 그리고 가까워져 오는 버스와 나를 번갈아 보며 무언가 쉽게 나오지 않는 말을 하려는 듯이 마른침을 삼켰다. 어젯밤에는 누구나 다 외롭게 사는 것이라며 짧게 말하고, 지금은 할 말이 너무 많아서 말의 앞머리를 찾지 못하는 것처럼 주저하는 모습을 보였다. 바지 주머니에 넣은 손이 담뱃갑을 매만지고 있는지 헐렁한 바짓가랑이까지 흔들거렸다. 그러는 사이 버스가 도착했다. 나는 아버지에게 전화로 말씀하시라고 하고 버스에 한 발을 올렸다. 그런데 등 뒤에서 아버지의 말이 들려왔다.

"아빠는 너 때문에 산다. 사랑한다."

찬바람이 세차게 부는 신년의 아침이었다. 버스 안은 손님 없이 헐렁했고, 라디오에서 나오는 아나운서의 말소리로 가득했다. 몇 년 만의 한파로 집마다 동파 사고가 나고 있다는……. 그런데 이상하게도 뉴스의 이야기가 먼 나라의 소식처럼 들렸다. 버스의 창으로 비치는 볕이 따스했다. 훈훈한 히터가 겨울의 찬바람쯤은 아무것도 아니라는 생각을 하게 했다. 뉴스가 끝나고 흘러나오는 뽕짝 가요도 그리 나쁘지 않았다. 버스 안은 봄날처럼 따스한 바람이 부는 듯했다. 그리고 마음도 그랬다. 이상하게 슬프지 않았다.

저녁노을처럼

마당에서 풀벌레 소리와 개구리 울음소리가 들려왔다. 모기장에 날벌레가 붙어서 날개를 푸덕거리고 있었다. 여진은 모기장에 걸린 날벌레를 보며 왠지 안쓰러운 마음이 들었다. 열린 창으로 선선한 바람이 불었다. 마당의 무화과 나뭇잎이 사부작거리고 있을 것 같았다. 여진은 살갖을 스치는 부드러운 바람결을 느꼈다. 가을바람처럼 스산하기도 하고 아릿하기도 했다. 그러다 불현듯 어릴 적 잠자던 자매에게 부채질 바람을 주던 엄마가 기억났다. 그날의 엄마는 작은 소리로 말했었다. '내가 너희 때문에 산다.' 여진은 눈시울이 뜨거워졌다.

저녁노을처럼

　여진은 섬 여행을 하자는 은경의 말에 시큰둥했었다. 서울에서부터 기차와 배를 갈아타며 가는 여행길은 피곤할 테고, 민박도 불편할 것이었다. 거기에다 린 부부의 민박집을 찾는 것은 더욱 마땅치 않았다. 이야기 한번 나눠보지 않은 사람들과의 하루는 스트레스일 수 있었다. 그런데 은경은 그렇지 않은 듯 외달도에 사는 린 부부를 만난다는 기대로 들떠 보였다. 그들이 어떻게 사는지, 외달도는 어떤 곳인지 궁금하다고 했다. 여진은 은경의 린 부부에 대한 애틋한 관심이 유별나 보였다. 몇 해 만의 한국 여행인데 시간을 내어 만날 정도라니. 여진은 은경의 이해되지 않는 모습이 낯설었다. 그리고 그런 낯선 모습은 은경과 떨어져 지낸 기간이 길었다는 것을 새삼 상기하게 했다.

  은경은 이십 대 중반쯤 남편의 해외 지사 발령으로 미국 생활을 시작했다. 처음 몇 해 동안은 곧 돌아올 것이라고 했지만 오랜 기간 미국에 살며 미국 시민권자가 됐다. 가족이었어도 자주 만날 수 없는 은경은 근근이 소식만 전했었다. 그러다 메신저로 무료통화를 할 수 있게 되면서 은경과의 사이가 전보다 살가워졌다. 여진은 화상으로 조카들과 이야기를 나눴고, 은경의 살림살이를 확인하고, 일상의 이야기를 했다. 가끔은 둘 사이의 물리적인 거리감이 느껴지지 않기도 했다. 그래서인지 몇 해 만에 한국으로 나들이 온다는 은경의 말에도 마음의 동요는 적었다. 그에 비해 은경은 엄마의 장례 뒤 오랜만의 여행이고, 섬에 가보는 것도 처음이라며 설렌다고 했다. 사실 은경의 이번 여행은 남편 없이 집 밖을 나선 여행으로 오랜만이라기보다는 처음이란 말이 맞았다.

  린 부부와의 인연은 엄마의 유언 때문이었다. 엄마는 린 씨의 아들이 신부 서품을 받을 때까지 여진과 은경이 도우라고 했었다. 여진은 왜 그래야 하는지 이해되지 않았다. 그러나 은경은 엄마의 임종 앞에서 그러겠다고 약속했다. 그러곤 언니도 당연히 수긍한 것으로 생각했는지 등록금을 내야 할 때면 어김없이 여진에게 보태야 하는 금액을 알렸다. 여진은 적지 않은 금액으로 짜증이 났지만, 엄마의 유언이라 어쩔 수 없었다. 어쨌든 여진은 린 부부의 아들이 신부 서품을 받은 뒤로 그들에게 관심을 두지 않았다. 은경은 여진에게 궁금하지도 않은 그들의 소식을 전했다. 여진은 린 가족의 소식을 들을 때마다 엄마를 기억했고, 가끔은 엄마가 그들과 나눴을 감정은 어떤 것이었을까를 생각하곤 했다.

여진은 아침 일찍 목포행 열차를 탔다. 창가에 앉아 빠르게 지나는 바깥 풍경을 바라보았다. 그런데 웬일인지 무심하던 마음이 자꾸 가라앉는 것 같았다. 몇 번이나 심호흡해도 마찬가지였다. 빨간 지붕과 초록 지붕, 나무 몇 그루, 논과 밭, 전봇대와 늘어진 전깃줄, 작은 능선과 개울. 눈 안으로 들어차는 그림들과 다르게 머릿속은 텅 비어가는 듯했다. 서울에서의 일들이 이제야 뒷전으로 물러나고 있는 듯했다. 그런데 왠지 마음은 홀가분하지 않고 서늘한 기운이 들어서는 것 같았다. 매일 반복되는 생활에서 벗어나는 휴가였다. 오랜만에 은경과 함께하는 여행이기도 했다. 그러나 이상하게도 마음의 한편은 긴장되고 불안했다. 아마도 평소와 다른 은경의 말투 때문일 수도 있었다. 유난히 흥분하여 "이제 한국에 자주 올 거야. 언니와도 함께하고."

여진은 기차의 창밖으로 스쳐 지나는 사물들을 보며 잡히지 않는 감정에 답답함을 느꼈다. 손바닥을 열차의 유리창에 댔다. 차가운 창에 온기가 전해졌는지 창에 닿아있는 손가락 주위에 미미한 띠가 김처럼 서렸다. 여진은 손을 떼고 유리창에 찍힌 손자국과 그 뒤 풍경을 멍하니 바라보다 잠이 들었다. 간간이 실눈을 뜨고 본 창밖은 별반 다르지 않은 풍경이었다. 눈을 감은 동안 손자국이 창밖의 풍경을 스캔하고 있는 것 같았다. 잠에서 깬 여진은 가방에서 물휴지를 꺼내 차장에 찍힌 손자국을 문질러 닦았다. 잠을 잤기 때문인지 기분이 조금 나아지는 듯했다.

목포에 먼저 도착한 은경은 배 택시를 예약하고 여진을 기다리고 있었다. 은경의 곁에는 여행용 가방과 두어 개의 상자가 놓여 있었다. 섬에서는 장보기가 쉽지 않아 근처 시장에서 먹거리를 샀다고 했다. 상자 안에는 큰 수박과 쌈 거리, 생고기가 담긴 팩들이 여럿 있었다. 린 부부에게 줄 선물로 보이는 종이가방도 함께 쌓여 있었다. 여진은 은경을 보며 며칠 전 공항에 도착했던 은경의 모습이 연상되었다. 얼굴의 반을 가리는 선글라스와 빨간 립스틱을 바른 두툼한 입술, 발목까지 늘어진 카디건, 굽 높은 에나멜 샌들을 신고 터벅거리며 걷는 모습이 촌스러워 피식 웃음이 났었다.

은경은 케리어의 손잡이를 잡고 멀리 바다를 바라보며 배가 곧 온다고 했다. 여진은, 짧은 반바지와 민소매의 티를 입고 서 있는 은경을 말없이 바라보았다. 은경의 긴 스카프가 바람결 따라 흩날렸다. 무엇엔가 이끌리듯 하는 스카프가 바다 쪽으로 날아갈 것만 같았다. 여진은 은경의 목에서 풀릴 것 같은 긴 스카프를 다시 잘 둘러 주며 말했다.

"핫팬츠는 좀 과하지 않니?"

은경은 어깨를 으쓱하고 웃으며 말했다.

"뭐가 문제야. 내가 좋은데."

"하긴, 그래서 예쁘게 보이기도 하네."

곧 도착한다던 선장의 말과 다르게 생각보다 긴 시간이 지났다. 그러나 여진은 지루하지 않았다. 하늘거리는 시폰 치마가 다리를 휘감는 느낌이 좋았다. 숨을 내쉬고 다시 들이킬 때마다 바다냄새가 몸 안을 정화하는 것 같았다. 잔잔히 일렁이는 파도가 멀리서부터 하얀 띠를 보이다. 숨고, 또다시 하얗게 거품을 품고 일어나 다가왔다. 오랜만에 느껴보는 해방감이었다. 후덥지근한 여름의 열기도 낭만적이라는 생각이 들었다. 사무실의 갑갑한 칸막이와 에어컨 바람이 없는 것만으로도 여행의 맛을 느끼기에 충분했다.

여진은 바다를 향해 서 있는 은경을 보았다. 짙은 선글라스에 가려진 눈길이 멀리 수평선에 가 있는 것 같았다. 까무잡잡한 피부는 건강해 보였고, 손을 허리에 두고 어깨와 가슴을 편 모습이 당당했다. 탄탄한 두 다리를 조금 벌리고 선 모습은 다소 도전적으로 보였다. 마치 배의 간판 앞머리 위에 선 선장 같은 모습이었다. 여진은 이상하게도 은경이 낯설었다.

작은 배가 부두에 멈춰 섰다. 여진은 은경과 기름 냄새를 풍기는 배에 물건들을 나르고 출렁이는 배의 간판에 올랐다. 짧지 않은 거리를 달려 도착한 섬의 선착지에 린 부부가 나와 있었다. 은경은 린 씨 부인을 껴안으며 반가워했고 여진은 머쓱해서 짐을 챙겼다. 린 씨는 그런 여진의 곁에 와서 먼 곳까지 오느라 수고가 많았다고 인사했다. 여진도 미소지으며 인사를 건넸다. 그러곤 앞서 걷는 린씨 부부의 뒤를 따라 걸었다. 섬은 조용했다. 그래선지 은경의 들뜬 목소리가 마을에 울리는 듯했다. 여진은 슬며시 은경의 손을 잡고 진정시키려 했다. 은경은 여진이 잡은 손을 보며 환한 얼굴로 왜? 하고 묻는 듯한 표정을 지었다. 그러곤 어린아이처럼 들썩이며 걸었다. 여진은 은경이 다른 사람 같아 보였다. 은경이가 기분이 좋으면 저렇게 폴짝거렸던가? 정말 린 부부와의 만남이 기뻐서일까? 하는 생각이 들었다. 여진은 거듭 린씨에게 만나서 반갑다는 인사를 했다. 그러곤 진심이 아닌 마음이 들킬 것 같아 미소를 크게 지었다.

여진은 가끔 자신의 감정 표현이 필요 이상으로 과하다고 생각했다. 깊은 슬픔과 큰 기쁨 앞에서 더욱 그랬다. 정말 그것의 깊이와 크기를 알 수 없어 표현의 정도를 어느 정도로 해야 할까 생각한 적도 있었다. 여진은 오래전 엄마를 묘에 묻고 절을 하며 주저앉아 울었던 적이 있었다. 불효에 대한 후회와 죄책으로 슬펐고 연민으로 서글펐다. 그러나 눈물은 흐르지 않았다. 은경은 손수건이 젖도록 눈물을 흘리며 울었지만, 여진의 슬픔은 건조했다. 어깨를 들썩이고 흐느끼는 게 전부였다. 여진은 주저앉아 울면서 곡소리를 더 크게 낼 것인가와 그만 일어설 것인가를 고민했었다. 그 뒤로 여진은 자신이 엄마를 사랑했던가를 되씹어 보게 됐다. 근래에 삼촌의 임종 때도 여진은 눈물이 나오지 않아 흐느끼는 소리로 슬픔을 대신 보여야 했다. 백 프로 거짓은 아니었어도 백 프로 진심도 아닌 모습이었다.

   은경은 린씨 부인과 친근하게 이야기를 나누며 민박집을 향해 걸었다. 여진은 은경의 뒤를 따라 걸으며 잠시 생각했다. 은경이 엄마에게도 다정했던가? 여진은 은경의 고분고분하고 친절하며 상냥한 말과 행동이 거북했다. 왠지 필요 이상의 과한 표현을 하는 듯했다. 그러다 문득 어쩌면 은경과 린 부부의 사이가 자신이 생각하는 것보다 더 가깝고 허물없을지 모른다고 생각했다. 여진은 린씨에 대해 아는 것이 별로 없었다. 은경의 이야기로는 린씨의 직업이 학원 운전기사였고, 돈벌이가 시원치 않아 린씨의 부인이 재봉 일로 아이들을 키웠다고 했다. 그리고 아이들이 다 크고 난 뒤 고향인 외달도로 내려와 민박업을 하고 있다는 정도였다. 여진에겐 관심도 흥미도 없는 사람들이었다. 그런데 린씨는 여진에 관해 관심이 있었던 듯 물었다.

"서울에서 사업을 한다면서요?"

"사업이라고 하기엔 너무 작은 가게예요."

   린씨는 어색한 분위기가 부담되어서인지 묻지도 않은 이야기를 이었다.

"외달도는 이쁜 섬이에요. 공원도 잘 가꿔져 있고 섬을 둘러싼 수은등이 켜지면 목포에서도 볼거리예요. 이제 수영장도 개장하고 산 넘어 고급 펜션도 곧 오픈한다고 하니 점점 주민이 늘고 상점도 늘 거예요."

과묵해 보이는 린씨가 하루 분량의 말을 수 분 동안 다 쏟아내는 것 같았다. 여진은 린씨의 섬 자랑을 흘려들으며 주위를 살폈다. 작은 동산의 언덕 길가에는 동백나무가 나란히 있었고, 드문드문 있는 집들의 마당에는 잎이 반지르르한 나무가 한그루씩 있었다. 린씨는 그중에서도 두 개의 가지가 굵게 뻗어 있고 잎이 풍성한 나무를 가리키며 저 큰 무화과나무가 있는 곳이 우리 집이에요, 하고 말했다. 그리고 섬에서 가장 크고 오래된 무화과나무라는 말도 덧붙였다. 린씨는 무심하게 흘려 말하듯 했지만 여진에겐 린씨의 자부심이 느껴졌다.

린씨의 집에 먼저 도착한 은경은 집 구경이 한창이었다. 이곳저곳을 둘러보며 좋다, 하고 연거푸 말했다. 마당의 평상에 앉다가는 일어서 너무 좋아! 하며 무화과를 건드려 보고 마당에 있는 수도를 틀어 흐르는 물에 손을 대곤 아! 시원해, 하고 외치기도 했다. 여진은 가방을 들고 어느 방에 들여놔야 할지를 몰라 머뭇거렸다. 린씨 부인은 아차 하는 표정을 지으며 마당의 한편에 있는 방의 문을 열었다.

"도배를 얼마 전에 해서 깨끗해요. 온수도 설치해서 편히 씻을 수도 있고요."

여진은 방이 정말 아늑하다는 인사를 하고 짐을 들여놓았다. 그러고는 방을 둘러보았다. 가구 없이 놓인 침구는 청결해 보이지 않았고 벽에 걸린 모기장에는 죽어 말라진 모기 한 마리가 붙어있었다. 구형 벽걸이 에어컨도 오래된 듯 덮개가 누렇게 변해 있었다. 그나마 새로 한 도배지는 깨끗했다 그러나 벽지에 이름 모를 꽃들이 정신없게 인쇄되어 어지럼증이 날 것 같았다. 여행을 즐기는 여진은 여행지의 숙소만큼은 호텔을 이용했었다. 하얀 시트로 덮인 침대와 헤드 쿠션, 베개, 은은한 빛을 내는 전등이 있는 호텔 방이라면 타지라 해도 아늑하고 평온했다. 하지만 외달도의 민박집은 그런 기대를 하기 힘들었다.

은경은 집이 너무 좋다고 호들갑을 떨며 방으로 들어왔다. 여진은 은경의 말이 진심일지 궁금했다. 은경의 미국 집은 공기가 좋기로 유명한 부촌에 있었다. 주택 단지의 공원에는 헬스장과 수영장이 있고 호화로운 이층집은 방이 남아돌았다.

방마다 딸린 욕실은 은경이 자랑처럼 말했었다. '우리 집 욕실이 언니 집 안방만 해. 샤워는 월풀 안에 서 있으면 자동이야.' 하고. 그런데 여진의 기억에는 은경이 자기 집을 자랑은 했어도 좋다고 말한 적이 없었다. 여진은 은경이 이해되지 않았다.

얼마 뒤 린씨 부인이 평상에 점심상을 차렸다고 은경을 불렀다. 여진은 피곤해서 쉬고 싶은 마음이었다. 하지만 은경은 빨리 식사하고 섬을 둘러보자며 재촉했다. 여진은 은경과 편안한 옷으로 갈아입고 방을 나서 마당의 평상에 앉았다. 은경은 또 감탄을 연발했다. 미역국이 맛있어요! 와우, 전복을 키우신 거라고요? 섬에서 뜯었다는 고사리를 먹으면서도 진짜 국산이네요, 하며 좋아했다. 여진은 정성껏 차린 음식을 먹으며 사례를 충분히 해야겠다고 생각했다. 린씨는 평상 옆에 서서 파리를 쫓다가 무화과나무의 열매를 땄다. 아직 덜 익었지만 먹을만하다고 무화과를 디저트로 먹어보라고 했다. 접시에 놓인 무화과는 벌어진 틈 사이로 선홍색의 속을 보였다. 은경은 나무의 첫 수확이라는 말에 고맙다며 무화과를 집어 들었다. 붉은 속이 터져 나왔다. 린씨는 무화과를 가리키며 은경에게 말했다.

"그 빨간 속이 꽃이에요."

은경은 린씨의 말을 못 들은 듯 반응 없이 한 잎 베어 물었다. 여진은 무화과 속의 빨간 꽃을 보며 흠칫했다. 예고 없이 인호가 떠올랐다.

　여진은 남편, 상훈을 사랑하지 않았다. 그렇다고 싫어하지도 않았다. 여진에게 상훈은 그냥 편한 사람이었다. 상훈은 여진이 좋아하거나 싫어하는 것을 눈치껏 살폈고, 데이트 비용은 물론, 때마다 이벤트를 잊지 않고 챙겼다. 상훈이 여진에게 청혼했을 때 여진은 거절하지 못했다. 자신을 사랑한다는 상훈의 마음을 아프게 할 자신이 없었다. 그리고 여진의 나이가 서른을 넘기고부터 결혼에 대한 부모의 기대는 강요에 가까웠다. 결혼을 앞둔 어느 날이었다. 여진은 더는 상훈과 자신을 속이고 싶지 않았다. 그래서 상훈을 만난 자리에서 맥주를 두어 잔 마시고 말했다. 그만 헤어져요. 상훈은 무엇이 문제냐고 생각을 돌려 달라고 애원했다. 그러나 여진은 그때도 차마 '당신을 사랑하지 않아요.' 하고 말하지 못했다. 여진은 애처롭게 매달리는 상훈을 냉정히 뿌리칠 수 없었다. 시간이 지날수록 주저하던 마음이 결혼할 수밖에 없다는 마음으로 바뀌어 갔다. 결혼식 날, 주위에선 여진의 결혼을 축복했다. 여진은 환한 미소로 행복한 표정을 지었으나 마음은 편치 않았다. 그렇게 상훈과 결혼한 뒤 몇 해가 지나고 인호를 만났다.

 인호는 여진에게 말했다. 운명 같은 만남이라고. 하지만 여진은 인호와의 만남을 행운이었다고 생각했다. 인호는 선량하지도 않고 그렇다고 악한 사람도 아니었다. 자신이 책임을 다해야 하는 가족이 있었고, 명예를 중시하는 사람이었다. 인호와의 사랑은 왜? 라는 의문이 들지 않았고, 서로에게 자유로웠으며, 격렬했다. 만남의 순간은 갑작스러운 사고처럼 일어났고, 사랑의 감정은 자제되지 않았다. 그러나 만남이 길어질수록 서서히 인호와 헤어져야 하는 이유가 보이기 시작했다. 여진은 인호를 불행하게 만들고 싶지 않았다. 여진은 자신을 책망하고 스스로 설득했다. 인호와 헤어져야 한다고.

 어느 날, 인호와의 만남이 회의감에 빠져든 무렵이었다. 여진은 여느 때처럼 인호와 와인을 마시고 사랑을 했다. 인호는 거친 숨을 내며 여진을 안았고, 여진은 숨이 멎을 것처럼 인호를 껴안았다. 거친 숨소리와 뜻 없는 외마디가 방안에 가득했다. 샹들리에의 빛이 여진을 비쳤다. 여진은 눈을 감았다. 샹들리에의 투명한 크리스탈들이 아름다운 음악소리를 만들어 내는 것 같았다. 인호의 가슴에 맞닿은 살갗이 서로의 숨을 나누는 것 같았다. 여진은 인호에게 안겨 사랑한다고 말했다.

　인호는 침대에서 몸을 일으켜 앉았다. 그러곤 두툼한 손으로 여진의 얼굴을 어루만지며 말했다. "언제든지 내가 싫어지거든 말해 줘." 여진을 바라보는 인호의 눈빛이 불안해 보였다. 여진도 몸을 일으켜 앉았다. 그러곤 아무 말 없이 땀에 젖은 인호의 머리카락과 가슴, 어깨, 그리고 팔과 다리를 쓰다듬으며 생각했다. '그리워질 것 같아.'

　여진은 상훈에게 냉정하지 못했지만, 인호에게는 냉정했다. 인호를 사랑하며 거의 날마다 가슴앓이하고, 흥분하고 행복해했다. 그리고 아무렇지도 않게 헤어졌다. 어떻게 그럴 수 있었는지는 알 수 없었다. 단지 그래야 할 것 같은 마음이 강했다. 이별은 슬프지 않았고, 후회와 미련도 없었다. 여진은 가끔 석양을 바라보며 인호가 했던 말을 기억했다. '당신이 저 노을 같아.' 그날, 여진은 노을처럼 붉게 타오르던 꽃 같았다.

　점심을 마치고 여진은 은경과 공원을 산책했다. 앞서거니 뒤서거니 하며 풀어 놓는 이야기도 두서가 없었다. 여진이 뜬금없이 말했다.

　"너는 삶의 의미가 아이들에게 있니?"

"왜 그런 걸 물어? 내가 게을러 보이나 봐?"

여진은 은경의 대답이 의외였다. 엉뚱한 물음처럼 대답도 엉뚱했다. 생각지도 않게 무엇에 대한 게으름을 말한 건지 알 수 없었다. 은경은 자신의 말을 수정하듯 고개를 젓고 다시 말했다.

"아냐, 나는 나 때문에 살아. 그러니까 삶의 의미는 내가 잘 생존하는 것에 있지. 하하하."

여진은 괜한 것을 물었다고 생각했다.

은경은 남편에게 불만이 있었다. 경제권을 가진 남편은 카드 사용만을 허락했고 달마다 카드 사용 명세를 체크하며 간섭했다. 은경은 살림하는 낙이 없다고 했다. 그래서인지 한동안은 아이들에게 모든 에너지를 쏟았다. 한번은 은경이 자신의 아이들 이야기를 하며 모두 부질없다고 했다. 아이들이 이젠 자신의 말을 따르지 않는다고 투덜댔다. 거기에다 두 아이들이 다른 문화에서 자란 탓인지 서로를 이해하기도 힘들다고 했다. 은경이 그런 말을 하고 얼마 지나지 않아 서울에 온 것이었다. 갑자기 언니가 보고 싶다고.

은경이 조금만 더 걸으면 등대가 있어, 하고 말했다. 여진은 은경에게 이곳에 왔던 사람처럼 말한다고 했다. 은경은 씽

굿하고 아니, 블로그에서 봤어, 하고는 여진의 뒤를 따리 걸었다. 여진은 은경의 미국 생활이 그려졌다. 아직도 미국인과 대화가 어렵고 사회생활은 주일 한인교회에서 예배보는 것이 다였다. 은경에게 컴퓨터는 세상과의 소통일 수 있었다. 미국에서 영어 공부를 한다며 한국 학원 사이트의 온라인 강의를 들으면서도 영어에는 자신이 없다며 이웃과 어울리거나 모임에 참석하는 것을 어려워했다. 여진의 생각으로는 인터넷 강의 보다는 생활 속에서 부딪혀 배우면 훨씬 빠르게 익힐 것 같은데 은경은 그렇지 않았다. 집 밖의 외출도 남편과 동행하거나 아이들과 함께였다. 그런 것을 보면 은경의 미국 생활이 안쓰러웠다. 무엇 때문에 미국의 시민권자가 되려고 하는지 의문도 들었다.

　은경은 산책로가 참 이쁘다며 밤에도 걸어보고 싶다고 했다. 은경은 밤에 더 예쁠 거라고 말하다가 갑자기 조용해졌다. 여진은 뒤따르는 발소리가 들리지 않아 돌아보았다. 은경이 쭈그리고 앉아 발을 살피고 있었다. 무언가 잘못된 듯 말했다.

"신발을 잘못 신었나 봐. 민박집 슬리퍼인데 발이 아파."

"그럼 신발을 바꿔 신자."

　은경은 여진의 신으로 바꿔 신고 편하게 걸었다. 여진은 바꿔 신은 슬리퍼가 작아서 얼마 걷다가는 발등이 쓰려왔다. 조금 참아보려 했지만 갈 길이 더 있고 살갗도 벗겨질 것 같아서 신발을 벗어버렸다.

"언니도 발 아파? 그럼 다시 바꿔 신자."

"괜찮아. 맨발로 걷고 싶어서."

여진은 차라리 자신이 맨발로 걸어야 마음이 편했다. 그리고 발에 느껴지는 폭신한 흙길의 느낌도 나쁘지 않았다. 둘은 산책길 옆 좁게 난 나무계단을 올랐다. 푯말에 등대 그림이 그려져 있었다. 조금 더 가면 등대가 나올 것 같았다. 여진은 계단 사이에 비집고 자란 풀과 수선스러운 개미를 피하며 조심스레 걸었다. 은경은 푯말을 보고 마음이 급한지 걸음이 느린 여진을 앞섰다. 그러곤 얼마 지나지 않아 여진을 향해 소리쳤다. "언니. 빨리 올라와. 노란 등대가 예뻐. 우리가 쉴 수 있는 큰 바위도 있고." 여진은 쉴 수 있다는 말에 걸음을 빨리했다.

노란 등대는 아담했다. 사람 한 명이 겨우 들어갈 정도의 조그만 등대였다. 정말 등불이 켜지는지 확인할 수는 없었고, 그냥 관광을 목적으로 만들어진 큰 장난감처럼 보였다. 그러고 보니 산책길의 이름이 '등대 길'이었던 것 같았다. 노란 등대의 곁으로 두 개의 큰 바위가 나란히 있었다. 바위는 마치 물에 굴려 다듬어진 자갈처럼 희고 매끄러웠다. 해송의 늘어진 가지가 바위에 그늘을 드리웠다. 여진은 은경과 두 개의 큰바위 위에 각각 앉고 눈앞의 풍경을 감상했다. 노란 등대와 검푸른 바다, 파란색 도화지에 흰 물감을 꾹 짜 놓은 듯한 하늘과 구름, 수평선 위로 조그만 배 한 척까지 모두 평온하고 아름다웠다. 건너 바위에 앉은 은경도 미소를 띠며 바다를 바라보고 있었다. 여진은 은경의 미소를 보며 어린 시절의 은경이 떠올랐다. 새삼 은경과 함께였던 어린 시절이 눈앞의 바다 풍경처럼 아름다웠다고 생각했다.

은경이 바위에 누웠다. 여진도 따라 누웠다. 두 팔을 팔베개하여 머리를 받쳤다. 다리는 편하게 쭉 뻗었다. 여진은 눈 앞에 펼쳐진 풍경 안에 자신의 두 발이 들어선 것을 보며 '내 발바닥이 바다를 향했던 적이 있던가'하고 기억해 보았다. 좀처럼 하늘을 바라보기 힘든 발바닥이 바다를 향해 있었다. 이상하게도 풍경과 잘 어울렸다. 여진은 고개를 돌려서 은경을 바라봤다. 눈을 감고 휴식하는 모습이 지쳐 있었던 것 같았다. 그렇게 한동안 누워있던 은경이 평소와 다른 말투로 진지하게 말했다.

"나, 이혼하려고 해."

여진은 당황했다. 상상하지 않은 일이어서 어떤 말을 해야 할지 마음이 어수선했다. 잠시의 침묵에 새의 지저귀는 소리가 유난스레 들려왔다. 은경은 여진과 다르게 침착해 보였다. 여진은 은경의 말이 삶의 투정 정도였으면 하는 바람으로 가볍게 말했다.

"이혼이 그렇게 쉽지 않을 거야. 복잡해. 그리고 너는 제부를 사랑하잖아."

은경은 여진의 말에 웃음보가 터진 것처럼 웃었다. 여진은 은경이 변했다고 생각하며 웃음이 그칠 때까지 기다렸다. 은경은 한참을 웃고는 언니가 자기를 너무 모른다고 말했다. 맞는 말이었다. 은경이 여진의 사랑을 모르듯 여진도 은경의 사랑에 대해 모를 수 있다고 생각했다. 여진은 아무 말도 할 수 없었다. 서먹한 시간이 흐르고 침착해진 은경이 말했다. 오랜 시간 생각하고 결정했다고. 이혼의 이유라면 지금은 남편을 사랑하지 않으며, 행복하지 않다는 것이었다. 늦은 나이지만 합의든 소송이든 위자료가 있으니 그것으로 독립을 하겠단 거였다. 여진은 은경이 이야기하는 동안 머릿속에 은경의 아이들과 제부가 어른거려 걱정되었고 마음도 아팠다. 여진은 은경에게 생각을 고쳐먹고 정신을 차리라고 소리를 치고 싶었다.

여진은 은경의 마음을 돌리려고, 너의 결정으로 가정이 깨지고 가족이 상처받는다고 설득했다. 은경은 여진의 이야기를 묵묵히 듣고는 어깨를 으쓱하며 별수 없다는 표정을 지었다. 여진은 마음이 혼란스러웠다. 은경의 선택에 용기를 줘야 할지, 무모하다고 말려야 할지 갈피를 잡지 못했다. 그러다가 차라리 자신이 은경이었으면 하는 생각이 들었다. 자신이 원하는 대로 마음을 따라 행동하는 은경이 부러웠다. 그리고 만일 자신이 은경 같았다면 인호와 헤어지지 않았을 것이라는 생각까지 하게 됐다. 여진은 왠지 모르게 화가 나서 소리쳤다.
"그건 미친 짓이야." 은경은 여진의 말에 반응하지 않았다. 마치 그럴 줄 알았다는 뜻으로 보였다. 은경이 비웃듯이 말했다.
"언니, 착한 척하며 사는 것도 힘들지 않아?"
여진은 어리둥절했다. 누구를 향한 말인지, 혹시 자신이 잘못 들었거나, 은경이 잘못 말한 것 아닌가 했다. 여진은 몸을 일으켜 앉았다. 바위 위에 누워있는 은경의 모습이 태평해 보였다. 여진은 은경에게 자신의 속마음을 들켜 버린 것 같아 불쾌했다. 어린 동생에게 지적을 당한 기분이 되어 자존심도 상했다. 여진은 굳은 표정으로 민박집에 돌아가자고 했다. 여진이 일어나자 은경이 슬그머니 곁으로 와서 신발을 내밀었다. 여진은 말없이 신을 신고 걸었다. 은경은 민박집의 작은 슬리퍼를 신고 조용히 뒤를 따르고 있었다. 여진은 괜히 외달도에 왔다고 생각했다. 은경과 바위 위에서 나눈 이야기들이 마음을 불편하게 했다. 린씨의 집에 가까워지자 은경이 여진에게 뛰어와 팔짱을 꼈다. 여진은 뿌리치고 싶었지만 어색한 분위기로 집에 들어서고 싶지 않았다. 은경도 마찬가지로 그런 마음이리라 생각했다.

  민박집에 도작하자 은경은 발등이 까졌다며 밴드를 찾았다. 린씨는 낚시 도구를 챙기고는 물고기를 잡으러 바다로 나가자고 했다. 은경은 불편한 발은 아랑곳 않고 신난다며 린씨를 따라 나갔다. 여진은 방으로 들어가 에어컨을 켜고 누웠다. 덜덜거리는 에어컨 소리가 귀에 거슬렸다. 한낮의 더위가 방 안을 채우고 있지만 에어컨을 꺼버렸다. 몸에 열이 오르고, 벽지의 어지러운 꽃무늬가 속을 울렁이게 했다. 몸통이 큰 똥파리 두세 마리가 방안을 윙윙 휘젓고 날아다녔다. 여진은 내일 이곳을 떠나야겠다고 생각하며 방을 나갔다. 린씨 부인은 저녁 식사 준비를 하는지 부엌에서 그릇을 달그락거렸다. 그러면서 국을 뭘 끓여야 하나, 고기를 사 왔던데, 마당에 숯불을 지필까, 생선을 몇 마리나 잡아 오려나, 하고 계속 혼잣말하듯 했다. 여진은 린씨 부인을 거들고 싶지 않았다. 관심 없는 일에 관심 있듯이 말하고 표정 짓는 것이 싫어졌다.

여진은 툇마루에 앉아 무화과를 올려보았다, 나무에 매달린 무화과는 투박하고 멋없는데 속에 붉은 꽃을 품었던 걸 보면 신기하기만 했다. 여진은 괜히 열매의 수를 세어보다가는 몇 개까지 세었는지 잊고 다시 세었다. 그렇게 의미 없이 무화과 갯수 세기를 반복하다 퍼뜩 놀라 주변을 살폈다. 아무도 없었다. 하지만 여진은 인호의 목소리를 들은 것 같았다. '당신이 저 노을 같아.' 여진은 고개를 돌려 저녁녘의 하늘을 봤다. 해가 지고 있었다. 하늘이 노을로 붉게 물들어 있었다.

저녁이 되어 잠자리에 들었다. 은경은 산책길의 일은 잊고 여러 이야기를 쉴 새 없이 했다. 물고기를 잡고 돌아오는 길에 고사리를 딴 이야기였다. 여진은 지루했다. 그래서 잠을 자야겠다고 등을 돌렸다. 은경은 오랜만에 같이 자는데 왜 그렇게 빨리 자냐고 서운한 기색을 보였다. 그리고 한동안이 지나서 언니, 자? 하고 물었다. 여진은 아무 말 하지 않았다. 왠지 마음이 편치 않았다. 그러곤 유리창으로 비치는 달빛이 유난히 밝아 눈을 감고 조용히 있었다. 쉽게 잠이 오지 않았다. 방 안에는 왠지 침울한 기운이 돌았다. 은경이 긴 한숨을 내었다.

여진은 신경을 쓰고 싶지 않았다. 그런데 은경이 부스럭거리고 방문을 여는 소리를 듣고 신경이 곤두섰다. 은경이 밖으로 나가는 것 같았다. 그리고 곧 슬리퍼를 끌며 걷는 소리가 멀어져 가며 들렸다.

한 시간은 지났을 것 같은데 은경이 돌아오지 않았다. 여진은 슬슬 은경이 걱정되었다. 어디서 무엇을 하는지 궁금도 했다. 여진은 일어나 방문을 열고 두리번거렸다. 달빛으로 무화과나무의 그늘이 마당에 드리워져 있었다. 수돗가의 마르지 않은 물기는 무화과나무의 그늘처럼 얼룩져 있었다. 툇마루를 비치는 꼬마전구의 열선이 곧 끊어져 버릴 것처럼 힘겨운 나선의 모양을 내보이고 있었다. 여진은 은경의 이름을 부르려다 고요한 마을이 소란해져 린씨 부부를 깨울 것 같아 조용히 일어나 밖으로 나섰다.

여진은 은경이 밤이 더 예쁠 거야, 라고 말했던 기억이 나서 산책로를 향해 걸었다. 길을 따라 수은등이 나란히 켜있었다. 서울의 밤이라면 이런 곳을 혼자 걷기가 으스스했을 텐데 그런 마음이 들지 않았다. 심지어 섬을 빙 돌아 걸을 수도 있을 것 같은 마음이었다. 수은등의 불빛으로 몰려드는 나방이 왠지 측은했지만, 등의 주위에 달무리처럼 둘려진 노란빛은 이상하게도 마음을 편히 해주었다. 여진은 갑자기 은경이 보고 싶어졌다. 차갑게 대했던 잠시의 시간이 후회되어 마음이 조급해졌다. 걸음이 빨라지고 눈길은 산책로의 구석구석을 훑었다. 그러던 중 어디선가 작은 콧노래 소리가 들려왔다. 은경이 틀림없었다. 여진은 소리를 쫓아 급히 걸었다.

은경이 산책로의 벤치에 앉아 있었다. 수은등의 노란 빛무리 안에 들어앉아 있는 듯이 웅크린 채였다. 여진은 나지막한 소리로 은경을 불렀다.

"은경아."

은경이 뒤 돌아 여진을 보며 반기는 듯 말했다.

"뭐하러 나왔어. 그냥 바람을 쐬고 들어가려 했는데."

여진은 은경의 곁에 앉았다. 그러곤 불빛에 그늘진 은경의 얼굴을 빗겨 보았다. 알 수 없는 표정으로 콧노래를 부르는 모습이 측은했다. 은경은 아베마리아를 조용히 부르다가 여진에게 귓속말하듯 말했다.

"언니, 나는 이 노래가 좋아. 마음이 평온해지고 위로가 되거든."

그렇게 말한 은경이 다시 노래를 이었다. 여진은 어릴 적 성가대에서 은경과 부르던 아베마리아를 기억하며 함께 흥얼거렸다. 한동안 잔잔히 노래를 부르던 은경이 여진의 손을 잡았다. 그리고 조용히 말했다.

"사실은 이혼이 겁나고 두려워, 잘하는 건지 불안하기도 해."

여진은 바위 위에서 은경의 마음을 돌리려 했던 말들이 정말 누구를 위한 설득이었는가 되짚었다. 침묵이 이어졌다. 여진은 고개를 숙이고 물끄러미 발을 내려 보았다. 통통한 개미 한 마리가 신발 위로 기어올랐다. 곧 다리까지 올라 간질일 것 같았다. 여진은 개미가 다리까지 기어오르게 놓아둘까 아니면 털어낼까를 생각했다. 그러다 자신의 개미 타령이 마땅치 않았다. 그리고 은경의 지금 상황이 여진의 개미 타령처럼 시답잖은 투정이었으면 했다. 은경의 변화와 그것을 받아들여야 하는 것이 싫었다. 다툼과 설득, 이해의 과정들에 끼어들고 싶지 않았다. 그래서 은경이 조용히 살기를 원했을지 모른다고 생각했다. 은경이 자리에서 일어났다. 그러곤 조금 전과 다르게 밝은 소리로 말했다.

"걱정하지 마! 언니, 사실 기대되고 흥분이 되기도 해. 오랜만에 느껴보는 기분이거든. 미국에 돌아가면 바로 남편에게 말할 거야. 내가 하고 싶었던 것을 하며 살겠다고."

"은경아, 이혼이 아니더라도 방법은 있을 거야."

여진의 조심스러운 말에도 은경은 기지개를 켜듯 두 팔을 위로 쭉 뻗고는 느닷없이 "난 할 수 있어." 하고 소리를 쳤다. 여진은 그런 은경이 안쓰럽다가는 내심 의구심이 들었다. 두렵다면서 저런 황당한 용기와 자신감은 어디서 나오는 걸까 했다. 섣부른 시작으로 좌절하고 결국에는 후회와 자책을 할지도 모르는데……. 여진은 은경에 관해 모르는 면이 많았다고 생각했다. 그러다 뜬금없이 혹시, 누군가를 사랑하고 있나? 하는 엉뚱한 생각까지 하게 됐다. 여진은 바로 그럴 리가 없다고 고개를 젓고 이어지는 상상들을 떨쳐냈다.

집으로 돌아오는 길, 은경이 밤바람이 쌀쌀하다며 여진의 팔짱을 꼈다. 그러곤 앞으로의 계획들을 풀어 놓았다. 묻어 두었던 간호사 자격증으로 취직을 알아보고, 좋아하던 그림 공부를 마저 할 생각이고, 이도 저도 마땅치 않으면 요리에 자신이 있으니 요리 유튜버가 되어볼 생각이라고 했다. 한국에 오기 전 오프라인 유튜버 실습을 겸한 강의 신청을 했다고. 여진은 은경의 말을 들으며 자신이 동생에게 무심했었다고 생각했다. 대화라고는 일상적인 것과 아이들에 관한 이야기가 전부였다. 그러니 은경의 계획들이 갑작스럽기만 했다. 그러나 한편으로는 삶에 대한 열정에 새삼 놀랍고 부러웠다. 그런 용기가 어떻게 나온 것인지 대단해서 진심으로 은경을 응원하고 싶어졌다. 은경이라도 그렇게 살 수 있으면 좋겠다고.

  이런저런 이야기를 하며 어느새 집에 도착했다. 하루가 길고 고단했다. 잠자리에 누우면 곧 잠이 들것 같았다. 은경은 방 안에 들어서자마자 부산하게 모기장을 쳤다. 아까는 모기의 윙윙 소리 때문에 잠들기가 어려웠다며 이제 잠들면 곧 코를 골지도 모른다고 했다. 은경은 피곤했던지 곧바로 자리에 누웠다. 여진도 함께 누웠다. 마당에서 풀벌레 소리와 개구리 울음소리가 들려왔다. 모기장에 날벌레가 붙어서 날개를 푸덕거리고 있었다. 여진은 모기장에 걸린 날벌레를 보며 왠지 안쓰러운 마음이 들었다. 열린 창으로 선선한 바람이 불었다. 마당의 무화과 나뭇잎이 사부작거리고 있을 것 같았다. 여진은 살갗을 스치는 부드러운 바람결을 느꼈다. 가을바람처럼 스산하기도 하고 아릿하기도 했다. 그러다 불현듯 어릴 적 잠자던 자매에게 부채질 바람을 주던 엄마가 기억났다. 그날의 엄마는 작은 소리로 말했었다. '내가 너희 때문에 산다.' 여진은 눈시울이 뜨거워졌다. 왜 이 순간 인호가 생각나는지 모르겠다.

2
너로 향하고

너울거리는 시간

나는 내내 생각했다. 어차피 민의 복권은 내가 줍지 않았다면 잃어버린 것이고, 두 장의 복권 중 민의 것이 당첨되면 원래 내 것인 양하면 된다. 아무리 자기가 꾼 꿈이 대단한 길몽이라도 허세와 욕심으로 가득한 것이 마땅치 않았다. 차라리 잘됐다는 생각이었다. 민은 나보다 형편이 나아 보였고, 솔직히 절실하기로는 내가 더했다. 요즘은 어디서 도둑질이라도 하고 싶은 심정이었다.

너울거리는 시간

퇴근하던 길이었다. 사무실 문 앞에 작은 종이가 떨어져 있었다. 나는 무심결에 지나다 멈칫, 되돌아섰다. 복도에 덩그러니 놓인 종이가 마음에 걸렸다. 말끔하게 청소된 곳에 오점인 듯한 종이를 집어 들고 버릴 곳을 찾아 두리번거렸다. 마땅한 곳이 없었다. 그렇다고 사무실로 다시 들어가 쓰레기통에 버리기는 귀찮았다. 밖에 있는 쓰레기통을 떠올렸다, 종이를 바지 주머니에 넣고 걸음을 옮겼다. 밖은 가을 태풍이 근접했다는 뉴스처럼 제법 바람이 불고 있었다. 그리고 바람 때문인지 날씨가 쌀쌀하게 느껴졌다. 토요일에 별일 없이 집으로 가는 마음이 왠지 쓸쓸했다. 이런 날, 우리 집의 낡은 창틈에서 울리는 윙윙 쳇소리가 더욱 스산할 것만 같았다.

나는 겉옷을 여미고 바지 주머니에 손을 넣은 채 지하철역을 향해 걸었다. 그러면서 주머니 안에 넣은 종이를 만지작거렸다. 종이는 반으로 접힌 카드 영수증 같기도 했고, 메모지 같기도 했다. 나는 누군가 종이를 버린 거라고 여기다가, 한편으로는 중요한 메모지일지도 모른다고 생각했다. 만일 누군가의 중요한 메모라도 나에게 무슨 상관인가 싶었지만, 종이의 내용이 궁금했다. 별생각 없이 바지 주머니 속에 있는 얇은 종이를 꺼내어 펼쳐 보았다. 손에 잡힌 종이가 바람으로 바르르 떨렸다. 팔랑거리는 종이에는 숫자가 나란히 적혀 있었다.

복권 영수증이라니, 분명 내가 사준 민의 복권이었다. 아마도 퇴근하며 핸드폰을 뒷주머니에 챙겨 넣다가 떨궜을 것이다. 민은 항상 제 물건을 챙기지 못했다. 핸드폰, 차 키, 신용카드, 신분증 등을 책상 위에 놓고는, 퇴근하자마자 다시 돌아와 찾은 날이 여러 번이었다. 오늘은 잘 챙겨 넣고 퇴근했나 싶었는데 이번에는 복권을 떨어뜨리고 퇴근한 모양이었다. 나는 지갑 안에 민의 복권을 잘 챙겨 넣었다. 그리고 지갑의 다른 칸에 있는 또 한 장의 복권을 확인했다.

민의 것과 내 것, 두 장의 복권. 행운이 있는 사람은 주운 복권으로도 당첨이 된다던 말처럼 나는 혹시나, 하는 생각이 잠시 스쳤다. 그리고 내게 그런 행운이 있었으면 하는 마음도 함께 들었다. 그런데 만약, 민의 복권이 당첨된다면 왠지 억울할 것 같기도 했다. 그래도 내가 사준 복권인데 위로금으로 10%를 하자는 말은 서운했다. 나는 내내 생각했다. 어차피 민의 복권은 내가 줍지 않았다면 잃어버린 것이고, 두 장의 복권 중 민의 것이 당첨되면 원래 내 것인 양하면 된다. 아무리 자기가 꾼 꿈이 대단한 길몽이라도 허세와 욕심으로 가득한 것이 마땅치 않았었다. 차라리 잘됐다는 생각이었다. 민은 나보다 형편이 나아 보였고, 솔직히 절실하기로는 내가 더했다. 요즘은 어디서 도둑질이라도 하고 싶은 심정이었다.

민은 우리 사원들에게 미스테리한 존재였다. 작년 겨울에 시간제 아르바이트로 입사할 때는 그런대로 평범해 보였다. 그러나 함께 근무하면서 요즘의 젊은 세대와 다르게 독특한 면이 있었다. 우리 사원들 대부분이 그렇게 생각했다. 항해사였다는 것, 작곡한다는 것, 힙합을 좋아하고, 몸에 걸치는 것은 모두 명품인 것. 이해가 안 됐다. 괜찮은 학력으로 꽤 많은 급여를 받는 항해사로 만족 못 하고 왜 아르바이트직을 하는지 궁금했다. 그러다 몇 개월이 지나 봄과 여름을 거치며 괴짜란 생각을 하게 됐다. 목 폴라에 가려졌던 여러 문양의 문신들이 드러나기 시작했다. 목에는 명품 로고, 음표와 이니셜 등이 가득 새겨져 있었다. 습한 더위에도 긴 셔츠를 고집한 이유가 팔에 그려진 화려한 그림 때문이라니. 나는 민이 한심해서 비아냥거렸다.

"다시 배를 타지 그래. 하긴 그런 몸으론 힘들겠지."

"아직 배는 탈 수 있어요."

나는 민이 배를 다시 타든 말든 상관없었지만, 새벽 아르바이트까지 하는 걸 알게 되며 우려가 앞섰다. 혹시나 피곤하여 업무에 실수하고, 나까지 곤란하게 만들면 어쩌나 하는 우려였다. 입사하고 며칠 지나지 않아 민이 늦게 출근한 날이 있었다. 사무실에서 여러 번 연락해도 전화를 받지 않았다. 우리는 어쩐지 개념이 없어 보이던데, 역시나 겉멋만 들어서는, 그래 봐야 시간제 아르바이트면서 무슨 명품이야, 이럴 줄 알았어. 힙합이고 랩이고 제가 무슨 갱스터라고, 진짜 형편이 어렵다는 게 맞아? 하며 수군댔다. 민은 늦은 오후에 출근하곤 사정을 말했다. 우리는 그때야 민이 부모도 없이 자랐고, 하루하루 열심히 살고 있다는 것을 알게 됐다.

민은 하루 서너 시간을 자며 일했다. 사무실에 10시에 출근해서 5시에 퇴근하면 집으로 가서 집안일과 음악 작업을 한 뒤, 새벽 1시에 아파트단지에서 야간 세차 작업을 했다. 그렇게 세차하는 아르바이트를 마치고 집에서 잠시 눈을 붙인 뒤 출근을 했다. 나는 민의 사정 이야기를 듣던 날, 대단한 청년이라고 칭찬하면서도 괜스레 빈정거렸다. "시계만 팔아도 몇 천일 텐데 그렇게 벌어서 또 명품 사는 거 아닌가?" 그러나 민은 아랑곳하지 않고 창고에 있는 제품의 재고를 확인한다며 사무실에서 나갔다. 그리고 그런 일이 있고 며칠 뒤 민이 집을 이사 했다. 명품 시계를 팔아서 전세금에 보탰다고도 했다. 나는 전세 보증금보다 시계값이 궁금했다.

"도대체 시계가 얼만데?"

그러나 민은 엉뚱한 대답을 했다.

"집이 좁아요. 고양이 다섯 마리를 키우기는."

나는 기분이 언짢았다. 지금 우리 집은 두 식구여도 더 작은 곳으로 옮겨야 할 형편인데 고양이 때문에 집을 늘린다고? 나는 집안일로 마음이 심란하던 차에 짜증이 나서 민을 향해 비웃듯 말했다.

"고양이 모시고 사느라 갸륵하다."

민은 그 뒤로 나에게 자신의 이야기를 하지 않았다.

오늘 오전, 민은 아침부터 좋은 일이 있는 것처럼 싱글거렸다. 나는 좋은 꿈이라도 꿨느냐고 물었다. 그러자 기다렸다는 듯이 좋은 꿈을 꿨다며 소곤거렸다.
"예전에도 같은 꿈을 꾼 적이 있는데, 그때 복권을 두 장 사서 고모와 각각 나눴는데 고모가 복권에 당첨됐었어요."
"무슨 꿈?"
"나중에 말씀드릴게요."
나는 솔깃했다. 평소 복권 같은 것에는 관심이 없었다. 그런데 복권 당첨이라는 말에 혹시, 하고 기웃거렸다. 민의 말을 듣고 이런저런 궁리에 빠져 있다가는 뜬금없이 마음이 급해졌다. 이상하게 복권이 당첨될지도 모른다는 생각이 들었다. 민의 고모처럼 민의 꿈에 기대면 왠지 좋은 일이 있을 것 같은 마음이었다.

나는 점심을 김밥으로 때우고 근처에 있는 복권 판매점을 찾아보았다. 평소에는 여러 곳이 보였는데 막상 복권을 사려니 눈에 보이지 않았다. 빠듯한 점심시간, 휴대폰으로 판매점 위치를 확인했다. 두 블록이나 걸어가야 있었다. 복권 당첨 발표는 오후 8시였다. 퇴근을 한 뒤에 사도 되는데 괜스레 조바심이 났다.

빠른 걸음으로 도착한 복권 판매점은 편의점 옆의 구석진 자리에 있었다. 편의점 안에는 중년의 남자가 판매대 앞에 서 있었다. 구부정하게 서서 어깨가 움츠려 있는 모습이 측은해 보였다. 왠지 내 모습을 보는듯했다. 나는 잠시 망설였다. 괜히 돈 낭비하는 것은 아닌지, 그리고 남의 길몽으로 헛꿈을 꾸고 있는 것은 아닌지. 순간, 스스로 한심하여 마음이 음울했다. 그러면서도 한편으로는 좋은 일이 생길 것 같은 막연한 기대가 함께 스멀댔다. 나는 이런저런 생각으로 주저하다가는 점심시간을 다 허비할 것 같아서 가게 안으로 들어섰다. 그러곤 만 원을 내고 두 장의 영수증을 받았다. 복권의 숫자는 무작위였다. 나는 행운이 있기를 바라는 마음으로 두 장의 복권을 바라봤다.

한 장은 민에게 줄 생각이었다. 그런데 두 장 중에 한 장을 선택하려니 두 장에 찍혀 있는 번호가 모두 행운의 번호처럼 보였다. 나는 잠시 고민하고는 번호가 무작위였듯이 복권도 손에 잡히는 대로 민에게 주는 게 낫겠다 싶었다. 그래서 복권 두 장을 얇은 지갑 안에 한쪽, 한쪽 분리해서 나눠 넣었다. 그러곤 재킷의 안주머니에 지갑을 넣고 가슴을 폈다. 뿌듯한 마음으로 편의점을 나서며 앞서 복권을 샀던 남자를 흘낏 봤다. 남자는 아직도 볼펜을 들고 조심히 복권의 번호 칸을 채우고 있었다. 나는 내가 너무 성의 없이 행운을 바라는 것이 아닌가 했다. 어쩌면 나보다 저 남자가 더 절실할지도 모른다는 생각도 들었다. 가슴이 답답해졌다.

요즘은 나도 도움이 필요할 정도로 생활이 어려웠다. 누굴 동정할 형편이 되지 않았다. 곧 집을 비워야 했고, 지금의 전세금으로는 다른 집을 얻기 힘들었다. 아무리 아껴 모아도 적은 월급으로는 어머니와 함께 사는 생활비와 대출 이자를 내면 빠듯했다. 열심히 사는데 왜 자꾸만 더 막막해져만 가는지 무력하곤 했다. 그래서 민의 복권 이야기에 귀가 솔깃했는지도 모른다. 나는 편의점을 나오며 집 문제는 전세 계약 만료까지 어떻게 되겠지, 하고는 근거 없는 희망에 피식 웃었다. 어쨌든 점심시간이 끝나가서 여러 생각할 때가 아니었다.

사무실에 돌아와 자리에 앉아 민을 찾았다. 민은 벌써 창고의 재고를 확인하고는 사무실에 돌아와 앉아 있었다. 그리고 월요일 아침에 발주 넣어야 하는 제품 목록을 정리하는 중이었다. 나는 슬그머니 민의 책상 위에 복권 한 장을 밀어 놓았다. 민은 놀란 눈으로 나를 보며 말했다.

"어? 뭐죠? 복권이잖아요!"

"그래, 네 꿈에 나도 없는 거다. 그리고 나도 한 장 샀다."

민은 무척이나 고마워했다. 내가 사준 복권의 숫자를 보고 심상치 않은 숫자라는 둥, 마음에 드는 숫자라는 둥 호들갑스럽게 좋아했다. 나는 그런 민에게 말했다.

"만일 당첨되면 반은 나눠야겠지?"

민의 표정이 갑자기 굳어졌다. 말도 안 되는 소리를 들었다는 듯 웃음기 없는 얼굴로 심각하게 말했다. 나는 은근히 농담처럼 말했는데 민은 정색이었다.

"그건 아니죠. 되려 과장님이 당첨되면 나눠야 하잖아요. 내 꿈 때문에 사신 건대."

나는 민의 말을 듣고 생각했다. 만일 내가 복권에 당첨되어 상금의 반을 민에게 내줘야 한다면 그건 억지였다. '내가 판매점에 가서 내 돈으로 샀는데 나누자고? 나는 생각해서 복권을 한 장 사줬는데 욕심을 부리다니.' 민이 괘씸했다. 사무실 사람들은 우리의 대화가 슬슬 무겁고 진지해지자 조용히 침묵하고 끼어들지 않았다. 나는 복권 때문에 서먹해진 사무실 분위기가 불편했다. 그리고 민과 어색한 것도 신경 쓰여서 마음이 편치 않았다. 그래서 시무룩한 표정으로 퇴근 준비를 하는 민에게 다가가 말했다.

"우리 서로, 복권이 당첨되면 10%는 위로금으로 주기로 하자 괜찮지?"

민은 바로 굳어진 표정을 펴며 말했다.

"저는 10% 과장님은 20%를 내주는 것으로 해요. 그래야 정당하죠. 꿈 이야기는 과장님에게만 했거든요. 요즘 과장님이 힘든 것 같기도 하고."

나는 주먹이 쥐어졌다. 마음 같아서는 한 대 치고 싶은 심정이었다. 건방지게 아르바이트하는 형편에 누굴 생각한다고 떠벌리는 것인지, 화가 치밀고 자존심이 상했다. 그러나 민은 아랑곳하지 않고 뜻 모를 미소를 지으며 말했다.

"그렇게 하는 것으로 약속한 거예요."

민은 싸움에 승리한 것처럼 의기양양 사무실 문을 열고 나갔다. 나는 잠시 사무실 의자에 앉아 마음을 진정시켰다. 조금 시간이 흐르고 나서 휑한 사무실을 둘러보았다. 3시가 넘어있었다. 주말 근무를 마친 동료들은 모두 퇴근하고 혼자 남아 있었다. 조용한 사무실에서 민과의 대화를 되짚었다. 민의 말이 틀리지는 않았다. 다르게 생각하면 민에게 고맙기도 한데 내가 요즘 너무 민감해 있기 때문이라고 생각했다.

　지하철을 타고 외대역에 내렸다. 조금 걸으면 기찻길 옆으로 우리 집이 있었다. 연립주택이 허름해도 어머니와 단둘이 살기에는 꽤 괜찮았다. 이곳의 집들은 기차 소음으로 주변 전세 시세보다 저렴해서 집을 얻을 때 무작정 계약했었다. 처음에는 적응하기 힘들었는데 살수록 교통이 편해서 좋았고 주변 골목도 친근해졌다. 그렇게 문제없이 살기를 일 년이 지나자, 동네가 어수선해졌다. 재개발한다며 조합이 구성되고 건축 승인까지 났다고 현수막이 걸렸다. 재개발 이야기가 나돌던 곳이었지만 부동산 업자 말로는 기찻길 옆이라 업체들이 건물을 지어도 미분양 될 거란 우려로 섣불리 나서지 않을 거라고 했었다. 그랬는데 두 달 전 생각지도 않은 우편물을 받았다. 육 개월 뒤 이주하기를 바란다는 내용증명이었다. 설마 했는데 결국 재개발을 한다는 소식을 통보받고 가슴이 쿵 했다.
　나는 난감하고 막막했다. 이곳보다 더 좋은 조건의 집을 얻기도 힘들고 그동안 오른 전세금의 시세는 감당하기 힘들 정도로 벅찬 금액이었다. 여태껏 돌이켜보면 허덕이는 삶에서 벗어나질 못하고 있었다. 대학을 입학하고 아버지가 죽고부터 빚은 이상하게 늘어만 갔고, 살림은 쪼그라들었다. 어머니는 평생을 살림만 하던 사람이라 아버지에게 그랬듯이 나에게만 의지하고 있었다. 나는 그런 어머니가 부담이었다. 그러나 어머니는 내 속도 모르는 소리만 했다. 참한 여자를 만나서 결혼하면 살림이 더 나아질 거라고. 그런 어머니의 말은 나를 주눅 들게 했다. 나만 바라보는 여자는 어머니면 족하다고 말하고 싶었다. 그리고 내심 연애는 물론 결혼도 생각하지 않으려 했다. 가끔은 다시 20대로 가서 새로 살아도 지금과 같을까 생각했다. 그리고 요즘, 민을 보며 만일 민이라면. 하는 생각을 해보았다.

민은 무슨 자신감으로 여자 친구들이 수시로 바뀌는지 모르겠다. 그것도 넉넉한 집안 여자들만 만난다니 그 재주가 부러웠다. 나는 사십을 넘기고는 아저씨라고 부르는 소리에 점점 둔감해지고, 줄어드는 머리숱에만 신경이 쓰였다. 그나마 건강에는 이상이 없어서 다행이었다. 적어도 어머니가 돌아가시기 전까지만이라도 아프지 않기를 바랄 뿐이었다. 하긴 나보다 어머니 건강이 더 걱정이었다. 자꾸만 여기저기가 쑤시고 저린다고 말할 때마다 마음이 불안했다. 없는 형편에 아프면 어쩌나 했다. 솔직히 돈 걱정이었다.

전철을 타고 오는 동안에 바깥의 바람은 더 거세져 있었다. 나는 평소에 신경을 쓰지 않던 재킷 안주머니의 지갑을 간간이 확인하며 걸었다. 지갑에 들어있는 현금은 몇천 원이 전부였지만 그래도 당첨금이 몇억인 복권을 가슴에 품고 있으니 잠시여도 마음이 설레고 좋았다. 거리를 걷는 사람들의 걸음마다, 지나치는 상점마다 활기차 보였다. 나는 골목길의 상점을 지나며 별별 상상을 했다. 만둣집을 지나며, 그까짓 일 인분 오천 원. 치킨집을 지나며, 두 마리는 시켜야 배가 부르지. 과일가게를 지나며, 이젠 어머니께 허드레는 사지 말라고 해야겠다, 하는 생각으로 길을 걸었다. 복권 판매점의 환한 간판이 눈에 들어왔다. '1등 당첨 16명.'이라고 적힌 현수막이 복권 판매점의 간판에 걸려있었다. 출퇴근하며 숱하게 지나던 길이었다. '왜 이제 보였지? 16명이나 당첨됐다니 그 정도면 당첨 확률이 높은 것 아닌가?' 이번 복권 당첨 시간까지는 아직 시간이 남았는데 한 장을 더 사고 싶어졌다. 나는 상점 앞에서 지갑을 꺼내 천 원짜리를 세어 보았다. 넉 장뿐이었다. 카드로도 살 수 있나 생각하다 또다시 그럴듯한 말이 떠올랐다. '될 놈은 주운 복권으로도 당첨된다.' 나는 지갑을 다시 가슴에 품고 걸었다.

집에 도착하고 들어서자, 거실에 있던 어머니가 뭐라 말을 붙이려 하는 것 같았다. 눈빛을 보아 주말에 일찍 들어오는 것이 탐탁지 않은 눈치였다. 나는 어머니가 분명 잔소리를 늘어놓겠다 싶어서 피신하듯 바로 방으로 들어갔다. 언제부터인가 어머니 앞에서는 주눅이 들고 말수가 적어졌다. 어머니는 내가 재빨리 방에 들어오자 거실에서 큰소리로 물었다.

"성태야, 저녁은?"

"신경 쓰지 마세요."

"왜, 약속 있니?"

"네"

약속은 없었다. 하지만 어머니가 그러기를 원하는 것 같았다. 거실에서 어머니의 흥얼거림이 들렸다. "그랬구나, 그럼 그렇지, 나이가 몇인데." 어머니는 집 문제에 관해선 관심이 없는 사람처럼 태연했다. 뭘 믿고 아들 연애에만 집착하는지 모를 일이었다. 숨겨둔 비상금이라도 있나 의심스러울 정도였다.

나는 해가 질 무렵 옷을 챙겨입었다. 아무 곳이나 산책 겸 마을을 돌다 올 생각이었다. 이사할 집을 알아보는 건 다음 주말이나 시작할 생각이다. 우선은 오늘 발표되는 복권의 당첨 번호를 확인해야 했다. 어머니는 거실로 나온 나를 보고 반색하며 "점퍼보다 재킷이 낫지 않을까? 그게 너한테 잘 어울려, 점잖아 보이고." 나는 짜증 섞인 소리로 대답했다.

"지금 집 보러 가는 거예요."

어머니는 생뚱맞은 말을 들은 사람처럼 중얼거렸다.

"그래, 집 문제가 있었지. 집은 네가 알아서 해라."

나는 어머니의 말을 뒤로하고 집을 나갔다. 갈 곳이 없었다. 내가 중년의 퇴직자도 아닌데 마치 그 입장의 가장처럼 느껴졌다. 아버지도 이랬을까 싶었다. 집 앞 철길에 전철이 요란하게 지나갔다. 기찻길 담장 위로 보이는 전철의 불빛이 번쩍번쩍했다.

복권 당첨 발표까지 한 시간 남짓 남아 있었다. 배가 출출했다. 넉넉하지 않은 돈으로 배를 채울 메뉴는 많지 않았다. 역 옆의 포장마차에서 어묵과 떡볶이를 시키고 막 먹기 시작할 때 민에게서 전화가 왔다.

"과장님, 제 복권이요. 혹시 보셨어요?"

나는 민의 물음에 대답이 바로 나오지 않았다. 모른 척하며 녀석을 놀려 볼까 했는데 그럴 새도 없이 민이 다시 다그쳤다.

"사무실 앞에서 핸드폰을 챙기다 떨어뜨린 것 같아요. 복권의 숫자가 마음에 들어서 번호도 기억하거든요."

민은 약은 녀석이었다. 내가 말할 사이를 두지 않고 선수를 쳤다. 자기가 번호를 기억한다는 거짓말까지 하고. 나는 어쩔 수 없이 솔직히 말했다. 그래야 할 것 같았다.

"그래, 내가 주워 놨어. 걱정하지 말아라."

"고마워요. 잘 부탁해요."

나는 기분이 상했다. 민이 내 속을 들여다본 것 같았다. 그럴 리가 없는데 기분이 찝찝했다. 처음부터 자기 것을 잘 챙겼으면 이런 일이 없었을 텐데. 민이 나를 속물로 만든 느낌이 들었다. 갑자기 술 생각이 났다. 눈에 보이는 주점에 들어갔다. 카드는 쓰지 않으려 노력했는데 한 번만 쓰자는 생각으로 소주를 시켰다. 그리고 안주로 순대 한 접시를 시켰다. 소주가 달았다. 슬슬 잘 넘어갔다. 오랜만의 알코올이라 속이 싸하고 머리가 핑 돌았다. 복권 당첨 번호는 벌써 확정됐을 시간이었다. 휴대폰으로 결과를 확인할 수 있었지만 조금 더 재킷 안에 두고 싶었다. 마치 연인처럼. 나는 뭔가 가슴 언저리쯤에서 저릿함을 느꼈다. 예전에도 이렇게 저릿한 적이 있었던 것 같다. 기억이 가물거리다 문득 선영이 기억났다.

대학교 때 선영이 그랬다. 우리는 무척 사랑했다. 서로 마음도 통하고 이해도 빨랐다. 그러나 나는 만남이 길어질수록 두려움이 생기기 시작했다. 선영 또한 그랬던 것 같았다. 선영과 헤어질 즈음 우리 집은 아버지가 빚만 남기고 돌아가신 상황이었고, 나는 그 뒤로 계속 채권자들에게 시달리고 있었다. 그래서 선영처럼 대학원은 물론이고 유학은 엄두도 내지 못했다. 서로의 관심사가 달라진 만큼 사이도 멀어졌다. 가끔 학교 친구들에게 선영의 소식을 들어도 나는 외면하고 귀를 막았다. 벌써 20년이 지난 일이 왜 불쑥 튀어나왔는지 마음이 심란했다. 달리는 전철의 바퀴 소리가 유난히 덜컹거렸다. 기찻길 옆의 포차에 앉아 혼자 술을 마시는 처지가 처량했다. 그래서 조금 남은 술을 다 마셔버리고 일어섰다. 복권 당첨 번호가 무엇이든지 맞추기 전까지는 초라하고 싶지 않았다.

벌써 9시가 지났다. 소주 한 병을 마셨을 뿐인데 걷는 걸음마다 보도블록이 일렁였다. 어디 의자에 앉아서 쉬어야겠다고 생각하며 주변을 둘러보는데 핸드폰이 울렸다. 민이였다. 나는 술기운으로 말이 거칠게 튀어나왔다.

"왜 자꾸 전화질이야!"

"죄송해요, 전화가 없으셔서요."

나는 대꾸하고 싶지 않아서 끊어버렸다. 그러자 다시 민에게서 전화가 왔다.

"번호, 맞춰 보셨어요?"

나는 다시 전화를 끊어버렸다. 그러자 바로 다시 전화가 왔다. 나는 전화를 받고 다짜고짜 말했다. "그래 자식아! 복권 맞췄다. 1등 당첨이다. 됐냐?" 그런데 갑자기 어머니의 목소리가 들렸다. "무슨 소리야. 복권 당첨이라니. 정말이냐? 어째 그런 일이. 빨리 들어와라. 정말이야?" 나는 깜짝 놀라서 잘못 나온 말을 수습하고, 덩달아 놀랐을 어머니의 오해를 풀고서야 전화를 끊었다. 그러고 나니 머리가 지끈했다. 하필 어머니는 안 하던 전화를 해서 쓸데없는 소리를 하게 만드는지, 모두 민 때문이었다. 빨리 복권의 숫자를 맞춰봐야 할 것 같았다.

바람이 점점 거세졌다. 상점 앞의 광고 배너가 쓰러질 듯했고, 오래된 건물의 돌출 간판은 삐걱 소리를 내며 흔들거렸다. 건물에 붙은 현수막은 펄럭이다 못해 찢어질 것 같았다. 어디라도 들어가서 바람을 피해야 할 것 같았다. 머리가 어질하고, 다리에 힘이 빠졌다. 환한 실내를 찾았다. 제과점에 들어갔다. 손님 없는 제과점에서 복권을 맞추는 내 모습이 우습게 보일 것 같아서 다시 나왔다. 김이 풀풀 나는 만둣집 앞에 섰다. 재킷에서 지갑을 꺼내려다 주인과 눈이 마주쳤다. 머쓱해서 지나쳤다. 신발 집, 옷집도, 카페 모두가 나를 반겼다. 그러나 어디서도 복권을 꺼내어 보기 민망했다. 그렇다고 집에 들어갈 수도 없었다. 분명 어머니가 뛰쳐나와 무슨 일이냐고 다그칠 테고, 나는 고개를 들어 적당한 곳을 찾았다.

눈에 불이 환히 켜진 건물이 보였다. 외대역이었다. '그래, 저리 가면 되겠다.' 나는 휘청거리며 외대 전철역 계단을 올랐다. 사람들이 붐벼도 나에게 신경 쓸 사람은 없을 것 같았다. 갑자기 가슴이 두근거렸다. 회사에서 점심을 먹은 뒤부터 지금까지의 시간이 길게 느껴졌다. 술을 마시고 걸어서인지 재킷 안에서 훈훈한 열기가 올랐다. 나는 옷의 단추를 풀고 외대역의 승차표 발권기 앞으로 가서 섰다. 그런데 어떤 사람이 표를 구매한다며 자리를 비켜 달라고 했다. 사람은 불쾌한 표정으로 나를 훑어봤다. 나는 기분이 상했지만, 술 냄새가 진하게 풍겨서 그러려니 하고 넘어갔다. 나는 다시 마땅한 곳을 찾았다. 정신을 차리기 좋은 창가가 나을 듯해서 발길을 옮겼다. 그때 또 민에게서 전화가 왔다.

"죄송해요. 궁금해서요."

나는 다그치는 민에게 짜증이 났다. 사실 나는 궁금해도 급하지는 않았다. 차라리 복권 당첨 날짜가 멀었으면 싶기도 했다. 그때까지 기대의 불씨를 지니고 싶었다. 언제나 그랬듯이 과정보다 결과에 낙심했다. 나는 민의 전화를 받고 한숨을 길게 쉬었다. 그리고 이상하리만치 화가 나서 소리쳤다.

"지금 맞춘다. 미친놈아. 내가 전화 안 하면 꽝인 줄 알아!"

나는 창문을 열었다. 바람이 휙 하고 몰아쳤다. 시원했다. 머리가 조금 개운해지는 것 같았다. 그러며 왠지 서운했다. 복권을 맞추고 나면 하루 품었던 기대와 희망이 사라질 것이라는 생각에 마음이 허했다. 내일은, 또 내일은. 갑자기 가슴에 품은 복권 두 장을 그냥 품고만 있을까 하는 마음이 들었다. 민은 나보다 행복할 조건이 많은데. 책임질 가족 없고 빚도 없고 자기 하고 싶은 음악과 자유로운 연애 하며 살면서 행운을 바라면 염치없는 것 아닌가 했다.

창밖으로 우리 집의 불빛이 어릿하게 보였다. 지금 어머니는 안달이 나서 나를 기다리고 있을 거다. 빨리 이야깃거리를 만들어서 집에 가야 했다. 나는 지갑을 꺼냈다. 지갑에 온기가 있었다. 휴대폰을 들고 복권 당첨 번호를 검색했다. 바로 화면에 쌍쌍의 숫자들이 떴다. 나는 마냥 보고만 있었다. 화면이 꺼지면 다시 켜서 바라보았다. 한동안 그렇게 서 있다가 창문으로 들이친 바람에 정신이 번쩍 들었다.

나는 지갑에서 두 장의 복권을 꺼냈다. 그러곤 먼저 내 복권을 잡았는데 손이 흔들려서 초점 맞추기가 쉽지 않았다. A 줄, B 줄, C 줄, D 줄, 마지막 E 줄까지 한 줄에 한 번호도 맞는 게 없었다. 그렇게 요리조리 빠져나가기도 힘들 정도였다. 내가 술에 취해 잘못 보았나 싶어 다시 회차를 확인했다. 한 줄 한 줄……. 역시 맞는 숫자가 하나도 없었다. 하나씩 맞춰가며 조여들던 긴장이 풀리고 기운도 빠졌다. 오천 원이면 한 끼 식사인데 도대체 내가 무슨 짓을 한 건지 한심한 생각에 복권을 찢어 주머니에 넣었다. 그리고 민의 복권도 그냥 찢어 버릴까 했다. 그러나 맞추지도 않고 그럴 수 없었다.

민이 자기 복권 번호를 기억하지 않겠지만, 그래도 맞춰 보고 버려야 한다고 생각했다. 만약 민 것이 당첨되면 나도 그만큼의 득이 있으니 아직 기대할만했다. 나는 취기가 가시지 않은 어릿한 정신으로 민의 복권을 꺼냈다. 그리고 창가에 얼굴을 들이밀고 숨을 크게 쉬었다. 나는 꺼진 휴대폰 화면을 다시 켜고 한 손으로 복권을 잡았다. 복권이 거꾸로여서 제대로 돌리던 순간이었다. 전철이 정차하고 다시 출발하며 회오리바람을 일으켰다. 그 바람에 잡고 있던 복권이 손에서 빠져나갔다. 복권은 바람을 타며 너울거렸다. "어, 어, 어, 내 복권." 내 손에서 벗어난 복권이 바람과 함께 회오리 돌다 창문 밖으로 빨려 나갔다. 나는 당황해서 창문의 벽에 기대어 섰다. 그러곤 철길 위에서 빙빙 도는 종이를 안타깝게 바라보았다. 어디쯤에서 멈추고 내려앉을지 마음이 조마조마했다. 눈길은 복권을 쫓고 또 쫓았다. 그때 여자가 내 이름을 불렀다.

"성태, 성태 맞지?"

나는 잘못 들었다고 생각했다. 그리고 누군지 모르지만 지금 나에게 도움을 줄 사람은 아니라는 생각이었다. 그래서 그저 멀어져 가는 복권을 안타까운 마음으로 바라만 보고 있었다. 그런데 이번에는 여자가 더 가까이 다가온 듯 떨리는 소리로 내 이름을 불렀다. '혹시,' 라는 말을 덧붙이고 조심스럽게 물었다. 여자의 목소리는 낯설지 않았다. 나는 성태냐고 부르는 소리에 잠시 흠칫했다. 그리고 너무 급작스럽게 나의 머리에 스치는 사람이 기억났다. 그래서 누구인지 확인하고 싶지 않고, 알고 싶지도 않았다. 뭔가 잘 뭉쳐있던 덩어리가 흐트러지고 터질 것 같아서 두렵기도 했다. 가슴이 떨리고 진땀이 났다. 아무런 짓도 못했다. 설령 그 목소리가 선영이 아니었다고 해도. 나는 그저 너울거리며 멀어지는 종이에만 집중했다.

내 이름을 부르던 여자는 미안하다는 말을 남기고 사라졌다. 나는 대답하지 않았고 한동안 몸이 굳어 있었다. 여자가 긴가민가하며 다시 내 이름을 불렀을 때부터 나는 종이조각에서 시선을 놓았었다. 정신이 멍해서 아무런 생각을 하지 못했다. 그저 창문 밖의 하늘만 바라보며 중얼거렸다. "하필이면." 구름으로 가려졌던 달의 갈무리가 길게 늘어져 있었다. 조금 전과 다르게 잔잔한 바람이 불었다. 가로등 곁의 가로수 잎들이 이제야 사각거리는 소리를 냈다. 불현듯 어느 날인가 선영과 함께 걷던 날이 추억됐다. 취직은 힘들고, 아르바이트로 생활비를 벌던 시기였다. 오후 늦은 시간이었고 나는 너무 피곤해서 집에 빨리 가서 쉬고 싶은 마음뿐이었다. 그래서 선영이 말없이 걷다가 불쑥 던진 말에 별다른 반응을 하지 않았다. 선영은 감정의 동요도 없이 담담하게 말했다.

"우리, 그만 만나자."

마치 짧은 시의 한 줄을 읽은 것 같았다. 그리고 참 건조했다. 나는 이상하게도 마음이 편안했다. 다행이라고도 생각했다, 선영은 변명하지 않았고 나도 이유를 묻지 않았다. 그 뒤로 나는 어떤 여자도 만나지 않았다. 관심도 없었고 여유도 없었다. 그래서 어머니의 잔소리도 무시했었다. 가끔은 민의 자신감이 부럽기는 했어도 그냥 어쩔 수 없이 가져보는 핑계일 뿐이었다. 몇 달 전, 민이 웃음기 없던 날이 있었다. 나라면 자존심이 상했을 이야기를 덤덤히 했었다. 만나던 여자에겐 스폰서가 있었고 자신에게는 진심이 아니었다고.

어느덧 마지막 열차라는 안내 방송이 나오고 전철 소리가 들리다가 사라졌다. 많은 사람이 열차에서 내리고 갈 길이 바쁘게 역을 빠져나갔다. 나는 아쉬운 마음으로 창밖을 내다보다가 전화기를 들었다. 부재중 전화가 있었다. 민이었다. 나는 미안해서 민에게 문자를 보냈다. '사실 복권을 잃었다. 미안하다.' 그렇게 문자를 보내고서야 집으로 향했다. 몇 분이 지나서 알림음이 났다. 민에게서 온 메시지였다. '왠지 이번 꿈은 아닐 것 같았어요. 신경 쓰지 마세요.' 민이 왠지 나의 진심을 알아주는 것 같았다.

어쩔 수 없는 일

    은주는 실망한 듯 말하고 다시 노조원 이야기로 열을 냈다. 나는 은주의 말이 다른 나라 말처럼 귀에 들리지 않았다. 전화를 끊고 나서 왠지 은주에게 미안한 마음이 들었지만 어쩔 수 없었다. 나는 퍼즐의 빅벤을 내려다보며 생각했다. 내가 다시 은주에게 전화를 걸 일이 생길지라도 지금은 이것이 최선이라고.

어쩔 수 없는 일

 직소 퍼즐 한 조각이 보이지 않았다. 오백 개 중 하나였다. 이틀 동안 거실 바닥에 조각들을 흩어 놓기는 했었다. 그래도 나의 움직임에 쏠려 사라져 버릴 만큼 가볍고 얇은 것은 아니었다. 혼자 있는 공간에서 일어날 수 없는 일이었다. 거실을 쓸고, 주방과 욕실 바닥까지 샅샅이 살펴봤지만 조각은 없었다.

 처음 직소 퍼즐 상자를 열었을 때, 상자 안에는 퍼즐 유액과 종이 밀대, 완성된 실물 크기의 그림, 그리고 오백 개의 그림 조각이 비닐봉지에 담겨 있었다. 조각이 많아 보이기도 했고, 적어 보이기도 했다. 정말 조각의 개수가 오백 개인지 세어 볼

까도 했다. 그러나 쓸데없는 짓 같았다. 그리고 조각들이 눈앞에 있자 괜히 마음이 조급해지기도 했었다. 열심히 하면 주말 동안 그림을 완성할 수도 있을 거였다. 솔직히 불량품이어도 상관없는 마음이었다. 나는 단지 주말 동안 잡념 없이 몰입하여 시간을 보내고 싶을 뿐이었다. 그래서 부담 없이 퍼즐을 샀던 것이고. 그런데 상자에 함께 들어있던 런던 시내의 풍경 사진을 펼쳐보고 우연이 아니라는 마음이 들었다. 어쩌면 입사지원서를 낸 H 여행사에서 일하게 될 거란 시그널 같기도 했다. 퍼즐 사진의 빅벤과 템스강 풍경은 H 회사의 복도에 파노라마 사진으로 장식돼 있었다. H 회사는 새로운 유럽 여행상품과 홍보를 위해 직원을 모집한다고 했었다.

 나는 몇 달 전 다니던 A 회사를 퇴사했다. 정확히는 계약만료였다. 2년 동안 성실히 근무하면 정규직으로 전환된다는 조건을 믿었다. 하지만 회사는 불경기라 재계약은 힘들다고 했다. 다니는 회사마다 매번 비슷한 말을 했었다. 친구들은 나를 대기업에 다니는 정사원으로 알고 있었지만, 사실은 아웃소싱 업체의 파견직원이었다. 두 번의 이직은 친구들로부터 능력자라는 소리를 듣게 했다. 그러다 재계약을 했을 때는 안정적인 회사에 다닌다고 부럽다는 소리까지 들었다. 나는 친구들의 말이 불편했다. 소식을 주고받는 것이 꺼려졌고 만남도 피하게 됐다. 만일 이번에 H 회사의 정규직으로 입사하게 되면 솔직히 이야기해야겠다고 생각했다.

  H 회사에 지원서를 내고 2차 면접까지 치르는데 한 달 이상이 걸렸다. 이틀 뒤 월요일이면 최종합격자 발표였다. 지난 한 달이 빠르게 지난 것과 다르게 마지막 발표를 앞둔 주말의 이틀이 길게만 느껴졌다. 머릿속은 온통 합격 연락이 올까 아니면 오지 않을까 하는 생각으로 꽉 차 있었다. 사소한 집안일과 끼니도 귀찮기만 했다. 뭔가 다른 것에 집중하려 했지만, 마땅히 생각나는 것도 없었다. 토요일 아침부터 지루하고 따분했다. 차라리 동네 시장을 돌아보거나 카페에서 커피를 마시며 시간을 보내는 것이 나을 듯해서 집을 나섰다.

  9월 중순, 아직 물러나지 않은 여름의 더위가 곳곳에 박혀 있었다. 햇볕은 거리의 구석구석을 드러내고, 옷가게와 과일집의 상품들을 빛바래게 비쳤다. 횟집의 둥근 수족관 안에는 전어들이 빙글빙글 헤엄치고 있었다. 마치 은색의 스팽클이 반짝이는 것 같았다. 나는 잠시 수족관의 물고기들을 넋 놓고 바라보다 옆에 세워진 배너에 시선이 갔다. 빨갛게 무친 회 사진에 전어회 무침 삼만 원이라고 쓰여 있었다. 나에게는 부담스러운 가격이었다. 그리고 혼자 먹기엔 많았다. 가게 문을 열고 청소를 하던 횟집 아저씨가 나를 쳐다봤다. 나는 머쓱해서 다시 몸을 돌려 걷기 시작했다.

횟집 옆의 서점에는 폐업을 알리는 안내문이 붙어 있었다. 여러 종류의 책을 가게 앞 진열대에 쌓아 놓고 세 권을 만 원에 팔았다. 동네 서점이 문을 닫게 되어 아쉬운 마음이 들었다. 자주 갔던 서점은 아니었어도 오래된 서점의 향이 배 있어 좋았던 곳이었다. 아마도 인터넷 시장에 밀려 버티기가 버거웠을 것이다. 나도 인터넷을 이용해 책을 사기에 미안한 마음이 들었다. 서점 안은 오랜만에 사람들로 북적였다. 주인은 계산대에 앉아 묘한 표정을 짓고 있었다. 여러 감정으로 착잡한 듯 보였다.

나는 진열대 앞을 기웃거렸다. 책들 옆으로 나란히 쌓인 직소 퍼즐이 눈에 들어왔다. 퍼즐은 300, 500, 1000 조각 제품으로 나눠 있었고, 풍경과 애니메이션 명화 등 장르도 다양했다. 나는 퍼뜩 이틀 동안 잡념 없이 집중하기에 적당한 놀이라는 생각이 들었다. 평소에는 종이 퍼즐 맞추는 것을 미련한 노동이라고 생각해 왔었다. 하지만 퍼즐 상자를 뒤적이며 지루한 시간을 보내기에 딱 좋다고 생각됐다. 퍼즐 300조각은 하루면 끝날 것 같았고, 1000조각은 보름 이상 걸릴 것이라고 했다. 그러면 500조각이 나을듯싶었다. 그런데 500조각의 퍼즐은 한 상자만 남아 있었다. 고를 필요 없이 잘 됐다는 마음으로 집어 들었다. 만 이천 원인 정가를 오천 원으로 할인받아 사고 나서 왠지 공짜 물건을 얻은 것처럼 기분이 좋아졌다. 상자 곁면에 그려있는 런던의 거리 풍경을 보며 카페로 향했다.

  카페에서 아이스커피를 느긋이 마셨다. 나는 아이스아메리카노를 좋아했다. 계절에 상관없이 커피를 아이스아메리카노로 즐긴 탓에 A 회사에 다닐 때는 '아이스'라는 별명이 있기도 했다. 그 별명은 선희가 지어준 것이었고 선희만 나를 '아이스'하고 불렀다. 나는 그렇게 불러주는 것이 나쁘지는 않았다. '아이스'하면 왠지 이성적인 커리어우먼 같은 느낌이 들었다. 그러나 선희는 전혀 다른 의미로 나를 그렇게 불렀을 것이다. 어느 날인가 카페에서 함께 마신 음료값을 내려는 선희에게 나는 각자 계산하자고 했다. 선희는 계산대로 향하던 나에게 '성격도 아이스 하네' 하고 중얼거렸다. 그 뒤부터 선희는 나를 한 번씩 '아이스' 하고 불렀다. 나는 그런 선희에게 나의 용돈 사정을 말하고 싶지 않았다. 카페에서 커피를 마시는 것

조차 나에겐 사치라고.

그랬기에 나는 주로 회사에서 커피를 해결했다. 회사 휴게실에는 냉장고가 있었다. 나는 냉동고에 얼음을 넣어두고 하루에 한두 잔의 커피를 아이스아메리카노로 만들어 마셨다. 하지만 동료들은 달랐다. 회사에 있는 커피메이커의 커피와 커피믹스는 맛이 없다며 옆 건물의 카페의 커피를 마셨다. 그들 중에서도 선희는 유난했다. 아침 출근에도 카페의 커피를 들고 왔고, 점심 식사 뒤에도 카페에서 가장 큰 크기의 커피를 들고 들어왔다. 오후의 중간쯤에도 커피를 사 들고 와서 마셨다. 하루는 커피를 마시고 있는 선희에게 말했다.

"한 달 커피값을 무시 못 하겠다."

아이스아메리카노를 마시고 있던 선희가 컵의 얼음을 흔들었다. 투명한 컵에 담긴 얼음들이 달그락 소리를 내며 돌았다. 선희는 별거 아니라는 듯이 빨간 립스틱 자국이 있는 빨대에 입을 대고 말했다.

"내가 그 정도는 벌잖아."

선희는 항상 내 기분을 상하게 했다. 커피 한 잔을 사도 상여금이 나왔다고 생색을 내곤 했다. 그래서 그날의 말도 내 귀에는 '내가 받는 급여는 너보다 많거든.' 하는 말로 들렸다.

선희는 나와 다르게 정규직으로 입사했다. 처음 선희와 일을 하며 부럽기도 하고 시샘이 나기도 했었다. 까다로운 서류 심사와 3차례의 면접, 그리고 팀워크가 필요했던 프로젝트를 다 수행하고 입사했다고 하여 대단하다고 생각했다. 그러나 나보다 능력이 월등하지 않았고 담당하는 일과 처리하는 업무량도 많지 않았다. 그런데도 급여는 차이가 났다. 나는 나의 급여액을 주위에 알리지 않았는데 선희는 아는 것 같았다. 급여가 거의 두 배 차이가 나고 상여금도 없다는 것을. 월급날이면 뭔지 모르게 체한 듯 가슴이 답답하고 우울했다. 부당하고 억울한 생각이 들었다. 그리고 그런 마음을 더 크게 했던 것은 선희가 내 아이디어를 자신의 것처럼 한 일이었다.

  올해 2월이었다. 달이 시작되는 첫 월요일에 팀장 직급 이상이 모여 전 달의 실적을 분석하고 평가했다. 그런데 회의를 마치고 나온 팀장이 2월 말까지 새로운 미션이 생겼다고 말했다. 회사에서 새로운 여행상품에 대한 직원들의 아이디어 발표 시간이 있을 것이라고 했다. 더불어 아이디어가 선택된 직원에게는 포상금이 있다고 했다. 하지만 비정규직도 기회가 있다는 말은 없었다. 보나 마나 그들만의 잔치일 것이 뻔했다. 어쨌든 선희는 미팅이 있던 주부터 혼잣말을 자주 했다.

그날도 선희는 여러 말을 중얼거렸다. 여행의 감성을 자극하고 공유하는 상품, 단어 선택이 중요할 수 있어, 하며 펜을 손가락에 끼고 책상 위의 보드를 탁탁 두드렸다. 나는 상품 문의를 하는 고객의 전화를 받으며 신경이 쓰여 통화를 끊고 말했다.

"볼펜 소리에 신경이 쓰여. 조금 조용했으면 해."

선희는 어이가 없다는 듯 나를 보다가 볼펜을 내려놓고 말했다.

"네가 내 스트레스를 알 리가 없지. 가끔은 단순한 일만 하는 네가 부럽다."

나는 자존심이 상해서 화가 났다. 마음 같아서는 눈에 보이는 것을 모두 집어던지고, 선희의 머리카락을 쥐어 잡아 뜯고 싶었다. 화장한 얼굴이 눈물로 엉망이 돼 울면서 미안하다고 하는 상상도 했다. 전화벨이 계속 울렸지만 받지 않았다. 선희는 다른 사람을 향해 무슨 일인지 모르겠다는 듯 두 손바닥을 펴고 위를 향해 어깨를 으쓱했다. 나는 그 상태로는 고객 응대를 할 수 없을 것 같아 자리를 떴다.

휴게실로 가서 마음을 가다듬었다. 그리고 마음을 진정시키고 나서 생각을 해보았다. 따져보면 내가 먼저 시비를 걸었으니 화가 날 만도 했다는 생각이 들었다. 선희가 받는 스트레스를 이해하지 못하고 내 생각만 했을지도 모른다는 생각도 들었다. 나는 어느 정도의 시간이 지난 뒤 사무실로 갔다. 선희는 팔짱을 하고 컴퓨터 모니터를 응시하고 있었다. 나는 화해하고 싶었다. 옆자리에 앉아서 함께 일하며 서로 불편하면 내게도 스트레스였다. 그래서 넌지시 네가 스트레스가 많은 것을 몰랐다고, 그래서 힘들었겠다고 위로 섞인 말을 해주었다. 선희는 어색한지 마우스를 잡고 컴퓨터의 작업 창에 커서를 이리저리 돌렸다, 그러고는 자기가 미안했다며 살갑게 말했다. 나도 평소보다 친근하게 화해의 의미로 저녁을 먹자고 했다.

퇴근 후 술자리에서 이런저런 이야기를 나눴다. 선희는 내가 말할 때마다 추임새를 넣기도 하고 뒤로 이어질 이야기를 채근하며 묻기도 했다.

"그래서? 네가 생각하는 고객 심리가 뭔데?"

나는 취기가 올라서 그동안 회사에서 상담하며 언뜻 스쳤던 생각을 으쓱이며 말했다. 가장 중요한 힌트는 고객과의 상담에서 얻을 수 있어, 솔직히 회사의 여행상품마다 여행 후기나 의견 코너가 있는 것은 당연해, 그렇지만 그것보다 앞서 여행을 계획하는 단계에서 고객의 눈길을 끌고 욕구를 만족하게 할 수 있는 무엇이 필요하다는 거지. 선희는 다시 물었다.

"그러니까 그게 뭐라는 거야."

고객 나이대별로 소비의 패턴을 잡고 거기에 맞는 홍보를 하는 거야, 요즘 의외로 30에서 50대까지 패키지여행을 원하는 사람이 많은 걸 알고 있니? 고객의 입장으로 생각해 보면 이해가 돼, 시간도 없고 스트레스는 쌓여만 가는데 여행을 계획하고 관광지를 찾아 예약하는 과정이 번거롭고 귀찮기만 하다고 해, 그러니까 NO 옵션, NO 쇼핑처럼 건조한 단어보다 서정적인 단문으로 마음을 움직이면 효과가 있을 것 같다는 거야, 선희는 계속 일리가 있다고 고개를 끄덕이며 들었다. 그리고 막차 시간이 다 될 무렵까지 우리는 여러 문장을 서로 웃어가며 풀어 놓았다.

그런 일이 있고 한 주가 지난 뒤 회사의 메인 정보란에 선희가 이달의 아이디어맨으로 올라와 있었다. 선택된 아이디어의 내용은 여행상품을 테마별로 묶고, 상품의 이름마다 각기 다른 이야기가 담겨 있는 짧은 문장으로 감성적인 홍보를 하자는 것이었다. 첫 스타트로 선희가 내놓은 문구들이 함께 적혀 있었다. '슬로우로 여유 한 스푼을 더하다' '파스텔 풍경에 물드는 그곳' 등등 내가 했던 말들이 가득했다. 나는 흥분이 되어 선희에게 가서 어떻게 그럴 수 있냐고 따져 물었다. 선희는 미소진 얼굴로 별일 아니라는 듯 말했다.

"누구의 아이디어보다 그것을 캐치 하고 시도하는 것이 중요하지."

나는 할 말을 잊고 자리에 앉았다. 그리고 며칠 뒤 홍보팀에서 새로운 제품 홍보 면이 여럿 만들어졌다. 그중 남미의 쿠바 여행상품에는 흘림체로 '파스텔 풍경에 물드는 그곳'이라고 쓰여있었다. 화사한 색채의 건물과 올드카가 있는 하바나의 사진과 문구였다. 소박하고 부드러운 감성을 느껴볼 수 있는 선물 같은 여행으로 보였다. 선희의 말대로 생각보다 행동하는 것에 의미를 둬야 했다. 하여튼 그 뒤로 회사 이미지는 좋아졌고 실적도 나아졌다고 했다.

아이스아메리카노를 마시며 이런저런 생각으로 시간을 보내고 나니 밖이 어스름했다. 카페에서 나와 집으로 갔다. 집에 도착하여 불을 켜자 조그만 원룸이 휑하게 넓어 보였다. 항상 퇴근하고 나면 집에 들어서자마자 티브이를 틀어 놓고는 했는데 퍼즐을 맞춰야 하는 일이 있다는 생각으로 거실에 앉자마자 상자를 열었다. 그리고 오백 개의 종이 퍼즐 조각들을 거실에 펼쳤다, 조각은 모두 네 다리를 뻗은 거북이 모양이었다. 나는 우선 뒤집혀 있는 조각을 그림이 보이게 바로 놓았다. 그리고 함께 들어있던 그림을 펼쳐보았다. 완성해야 할 그림은 런던시의 풍경이었다. 가본 적은 없지만 마치 가봤던 곳처럼 낯익게 느껴졌다. 그런 데자뷔는 가끔 착각을 일으키게 했다. 예전 은주도 그랬을 것 같았다. 은주는 착각을 현실처럼 이야기하는 재주가 있었다.

여행상품의 상세이미지와 동선, 일정을 익히다 보면 순간 혼란스러울 때가 있었다. 고객에게 여행지를 설명하며 나도 모르게 경험자처럼 말하는 경우가 있었다. 그래서 은주의 말과 행동이 이해되기도 했다. 어느 날 은주가 감상에 젖어 말했다. 파리시를 에펠탑 전망대에서 보면 베르사유 궁전의 정원이 한눈에 보여, 그리고 에펠탑의 불꽃 쇼는 세느강 유람선을 타고 봐야 환상이지, 나는 은주의 이야기에 빠져 듣다가 불쑥 물었다. 정말 유람선에서 에펠탑 불꽃 쇼를 봤단 말이지? 은주는 갑자기 작은 소리로 그건 아니고, 하며 침울한 표정을 지었다. 그 뒤로 은주의 이야기는 믿지 못할 허풍이라 생각했다. 그러나 그렇게만 생각했던 은주의 다른 면을 보게 된 일이 있었다.

 하루는 아침 일씩 부장님이 영업과장과 함께 은주를 회의실에 불렀다. 우리는 무슨 일일까 궁금했다. 반투명 유리로 비치는 그들의 검은 영상이 진지해 보였다. 옆자리의 선희는 뭔가 아는 것처럼 혀를 차며 괜한 짓이라고 했다. 나는 고개를 갸우뚱하다 전에 귀담아듣지 않았던 은주의 말이 생각났다, 비정규직도 회사노조에 가입할 수 있어야 해, 정규직이 아니라고 상여금도 주지 않는 것은 차별대우야. 선희는 은주의 말에 시큰둥했었다. 그리고 나도 머리 복잡한 이야기는 하지 말자고 말을 돌렸었다. 그런데 이번 일이 은주가 했던 말과 상관이 있을 것 같았다. 나는 그때 은주의 말에 공감이 갔지만, 부질없는 일에 신경을 곤두세우고 싶지는 않았었다.

 회의실에서 나온 은주가 한동안 말이 없었다. 다가가서 말을 붙이기가 어려웠다. 쉴새 없이 전화가 걸려오는 중간 은주를 살펴보았다. 은주는 평소와 다름없이 전화를 받고 고객 응대를 했다. 가끔 사무실 밖으로 나가 전화를 하는 것 말고는 아무런 변화가 없었다. 직원들도 궁금하기는 마찬가지였다. 그러나 누구도 묻지 않았다. 그래야 할 것 같은 분위기였다. 그렇게 오전이 가고 오후가 되어서야 사무실 분위기가 나아졌다. 직원들도 자기 일에 바빴다. 무거운 표정으로 앉아 있던 은주에겐 관심을 두지 않았다. 모두 아침의 일을 잊은 듯했다. 나는 그제야 은주에게 다가가 괜찮냐고 물었다. 은주는 의외로 밝은 목소리로 말했다,

"응 괜찮아, 오늘 일은 나중에 설명할게"

그러나 그 뒤로 은주는 우리와 어울리지 않았고 말수도 적어졌다. 그리고 그렇게 몇 달을 더 다니고 퇴사했다. 들리는 말로는 재계약을 하지 못해서 잘린 거나 마찬가지라고 했다. 그러나 선희는 조금 다르게 말했다. 회사로서 재계약을 할 수 없었을 거라는 것이었다. 일종의 괘씸죄라고.

선희가 말한 은주의 괘씸죄는 회사의 운영방침을 바꾸고 근로계약서를 수정하게 했다고 했다. 그날 은주가 부장에게 불려간 이유는 회사가 받은 '차별대우 시정명령서' 때문이라는 말이 있었다. 어찌 되었든 은주의 일이 있고부터 비정규직이던 우리에게도 상여금과 교통비가 나오기 시작했다. 금액은 적었어도 대우가 좀 더 나아지는 것 같아서 좋았다. 하지만 좋지 않은 소식도 있었다. 회사가 기존에 있던 비정규직이 퇴사하면 신입 채용은 아웃소싱 업체에 맡긴다고 했다. 계약 기간이 1년으로 짧아진다는 말도 있었다. 나는 회사와 재계약을

할 시기가 다가오자 불안하기 시작했다. 그동안 열심히 일했는데 설마 정규직으로 전환되는 조건은 지켜지겠지 했다. 그러나 계약만료 한 달 전에 회사에서 메일이 왔다.

아침에 출근하여 아이스아메리카노를 책상에 올려놓고 조금씩 마셔가며 업무를 시작했다. 내가 맡은 일본, 중국 여행상품에 예약된 인원을 날짜별로 체크하고 있을 때 모니터 화면에 매일 알림이 떴다. 나는 업무용 메일이라고 생각했다. 그런데 개인계정의 메일이었다. 스팸일 것으로 여기고 지우려 했는데 회사의 인사부에서 온 메일이었다. 본사는 재계약 의사가 없다는 내용의 글이었다. 나는 메일을 받아보고 머리가 멍하고 몸을 움직일 수 없었다. 아주 큰 해머로 얻어맞은 기분이었다.

나는 기운이 없어 그냥 할 일을 미루고 앉아 있었다. 주위를 둘러보았다. 모두가 바빠 보였다. 그리고 모두가 물결의 흐름처럼 보였다. 내 앞의 은주 자리에는 새로운 사원이 전화를 받고, 서류를 인쇄하고, 복사기를 오가며 분주했다. 나는 일어서서 내 자리를 내려봤다. 편한 등받이와 쿠션이 좋았던 의자. 그러고 보니 내 물건이라고 할 건 하나도 없었다. 차라리 의자도 차갑고 딱딱한 철제 의자였더라면 이렇게 서운하지는 않을 텐데.

  선희가 나를 보고 무슨 일이냐고 했다. 나는 곧 퇴사해야 한다고 했다. 선희는 아쉽다며 정이 들었는데 마음이 좋지 않다고 했다. 나보다 더 시무룩하던 선희가 은주 이야기를 했다. 은주가 부당해고 구제 신청 중이라고 했다. 회사를 상대로 이길 승산은 없지만, 국선 노무사를 선임하고 초심에 들어갔다고 했다. 나는 소식을 듣고 은주가 안쓰러웠다. 꼭 그래야만 하는 걸까? 나도 분하고 억울하지만 은주처럼 나설 용기는 없었다.

  나는 퍼즐을 펼쳐 놓고 밥을 먹어야겠다고 생각했다. 아침 식사를 거르고 커피 한 잔 마신 게 전부여서 배가 고프기도 했다. 외식하고 집에 올 것을 후회하고 라면을 끓였다. 초라한 밥상을 차리고 괜히 서글펐다. 후루루 라면 먹는 소리, 아작아작 김치 씹는 소리가 오늘따라 유난스레 크게 들렸다. 라면을 먹다 말고 거실의 티브이를 켰다. 스토리를 모르는 드라마에서 두 배우가 이야기를 나누고 있었다. 그래도 사람 말소리가 거실에 울리니 조금 나은 것 같았다. 채널을 고정하고 라면을 마저 먹었다. 드라마 속 여배우들이 숲속을 거닐며 이야기를 나누고 있었다. 나는 상을 치우고 설거지를 했다. 그릇 부딪는 소리에 여배우의 말이 함께 묻어 들렸다. '좋아하는 일만 하는 것이 아니라 하고 싶지 않은 일을 안 하는 거야.' 나는 설거지를 마치고 티브이를 꺼버렸다. 그리고 음악을 틀고 거실에 누웠다. 얼굴을 돌려 바닥에 있는 퍼즐 종이를 보며 '퍼즐 맞추기는 평소에 하고 싶지 않은 놀이었는데.' 하고 중얼거렸다. 거실에는 야상곡이 흐르고 나는 스르르 잠이 들었다.

오랜만에 푹 자고 일어난 일요일 아침이었다. 눈을 뜨기가 거북했다. 화장실로 가서 거울을 봤다. 어제 라면을 먹고 잠이 들어 얼굴이 부어 있었다. 거울로 비친 모습이 더 못나 보였다. 오늘은 꼼짝없이 집에 틀어박혀 있어야겠다고 생각하다 퍼즐이 기억났다. 어디까지 했더라? 나는 거실로 가서 퍼즐 조각을 내려봤다. 조각난 그림들이 어지럽게 흩어져 있었다. 500조각을 일요일까지 다 끝내기는 힘들 것 같았다. 굳이 시간을 정할 필요는 없지만 이미 시작한 일이라 끝을 내고 싶었다. 그것도 H 회사의 합격 여부가 발표되는 월요일 전까지. 그러려면 서둘러야 했다.

나는 퍼즐이 다 완성되면 유약을 바를 것까지 생각해서 퍼즐 밑에 깔만한 종이를 찾았다. 큰 도화지가 있으면 좋으련만 쓸만한 것이 없었다. 생각 끝에 집에 있던 종이 호일을 이어붙였다. 기름종이로 쓰는 한지 호일은 퍼즐의 깔개로 제법 괜찮았다. 그러고 보면 H 회사에서 창의적인 사원을 뽑는다고 했는데. 어찌 보면 작고 사소한 부분에서 새로운 아이디어로 문제해결을 해내는 것도 창의적이지 않을까 생각했다. 괜스레 헛웃음이 났다. 내가 정말 입사하고 싶은 마음이 크구나, 종이 호일을 연결해 붙이고 창의적이라고 하니. 어쨌든 입사하게 될 사람은 금요일에 정해졌을 거였다. 색다른 신입사원 채용 과정처럼 그에 걸맞게 뽑힌 능력자는 누구일까 궁금했다.

대부분 회사는 입사지원서의 스펙을 보고 지원자를 걸러내는 것 같았다. 나는 이력서를 낼 때마다 기가 죽었었다. 그래서였는지 서류전형에서 떨어지거나 면접에서 좋은 인상을 주지 못했다. 그런데 이번 H 회사는 달랐다. 지원서에는 사진 첨부가 없고 나이와 출신 학교를 적으면 감점이라고 했다. 다만 진솔한 자소서와 여행사 근무 경험을 중요시한다고 했다. 면접은 블라인드로 보며 입사 뒤 회사에서 요구하는 서류 제출(기본증명서, 가족관계 증명서, 주민등록등본, 최종학교 졸업증명서)를 하면 됐다. 회사의 인사부장은 처음 지원자들이 모인 자리에서 얘기했다. 이번 인사는 회사로서는 모험이라고. 나는 그 말을 듣고 만일 내가 입사하게 된다면 회사의 용기 있는 모험이 옳았다는 것을 보여주고 싶었다. 나의 모자란 스펙과 집안 배경이 내게 있는 재능과 능력의 모든 것이 아니라고.

초등학교 저학년 시절 아버지의 죽음은 내게 슬픔보다는 공포였다. 엄마는 정신이 나간 사람처럼 울다가 멈추기를 반복했고 주위에서는 뭔가 더 큰 일이 일어날 것처럼 쑥덕였다. 장례를 치르고 한동안 낯선 사람들이 집을 드나들었다. 어떤 사람은 엄마에게 사정하듯 조곤조곤했고 또 다른 이는 협박하듯이 으르렁댔다. 그럴 때면 엄마는 나를 방으로 밀어 넣었다. 그러곤 그들에게 큰소리를 치기도 하고 침묵하기도 했다. 나는 당시의 엄마가 점점 수척해져 가는 것을 보며 겁이 났었다. 어쨌든 엄마는 돌아가기 전까지 그때의 일을 어제의 일처럼 내게 하소연했다. 모기업의 노조 파업만 없었어도, 파견 근무만 하지 않았어도, 아버지의 죽음은 사고가 아니라 인재라며 억울하다고 했다.

아버지는 모기업에서 제품의 부품을 하청받는 중소기업에 다녔다. 그런데 모기업의 노조 파업으로 생산에 차질이 생기자 파견 근무를 하게 됐다. 사무 일만 했던 아버지는 완제품의 마무리 작업이라는 말에 부담을 갖지 않았다. 하지만 공장의 생산 설비에 익숙지 않고 작업량도 많아 야근이 잦았다. 파업이 길어지며 피로가 누적된 상태였다. 사고가 있던 날도 오전에 회사의 사무 일을 하고, 점심 식사 뒤 모회사의 공장으로 갔다. 피곤으로 지쳐있던 아버지는 컨베이어벨트 위로 밀려가는 제품을 따라가며 불량체크를 했지만, 기계 속도를 따라가지 못했다. 그래서 컨베이어벨트 속도를 조금 늦춘다는 것이 역으로 작동이 되고, 또 그것을 멈추려고 되돌리다 속도가 비정상으로 빨라졌다. 그 뒤 아버지의 작업복은 고무벨트 밑으로 깔려 끼고, 아버지는 벨트 위로 올라서 옷을 잡아 빼다 기계 안으로 딸려 들어갔다. 엄마 말로는 아버지에게 사고가 나자 모기업과 회사 사이에서 분쟁이 났다고 했다. 서로 책임 회피를 하며 보상금을 미루고, 노조는 안타깝다면서도 급여 인상에 이용하는 듯했다고.

    하여튼 우리는 회사에서 약간의 위로금과 산재보험을 받았다. 그동안 집안일만 하던 엄마가 분식집을 차렸다. 엄마는 아버지가 엄마의 김밥이 최고라고 했다며 자신 있어 했다. 그러나 장사는 잘되지 않았다. 바로 옆 길가에 분식 가맹점이 생기고 나서는 운영비도 건지기 힘들었다. 엄마는 김밥집으로는 나를 대학에 보내기 힘들다며 병원에서 병간호 일을 시작했다. 밤낮이 바뀌고 며칠씩 집을 비울 때도 있었다. 나는 점점 야위어 가는 엄마가 너무 걱정되었다. 빨리 취업을 해서 엄마의 고생을 덜어주고 싶었다. 그러나 취업은 힘들었다. 그래서 우선 계약직으로 다니며 더 좋은 곳으로 이직을 해야겠다고 생각했다.

첫 직장은 여행사였다. 엄마는 자신의 소원이 이뤄진 듯이 행복해했다. 남편과 다녀보지 못한 여러 나라의 여행을 나와 할 수 있다고 생각했던 것 같았다. 어느 날 저녁 엄마가 말했다. 아빠와 결혼 10주년에 유럽 여행을 가기로 약속했었다고, 지금에야 얘기지만 아빠가 죽기 전까지 비자금을 조금씩 모아 놨더라고, 정말 그 돈은 건드리고 싶지 않았는데 어쩔 수 없이 쓰게 되더라고, 그러니 다 쓰기 전에 함께 유럽 여행을 가자고, 그렇게 말하던 엄마의 시선이 식탁 위 가족사진에 머물러 있었다. 나는 그러자고 하면서도 마음이 편치 않았다. 급여는 적고 남아있는 학자금 대출금은 마음의 부담이었다. 거기에다 엄마는 내가 아웃소싱 업체 소속으로 이년 계약직이라는 것을 모르고 있었다. 나도 굳이 엄마에게 말하고 싶지 않앉었다. 그리고 그렇게 털어놓지 않은 것이 되려 잘한 일이 되었다. 엄마는 내가 취업하자 바로 말기 암 판정을 받고 몇 개월 고생하다 세상을 떠났다. 나는 가끔 엄마의 소원을 내가 이뤄야겠다고 생각했다. 그래야 뭔지 모르게 드는 죄책감이 조금이라도 덜어질 것 같았다.

퍼즐의 사각 귀퉁이 부분을 먼저 찾았다. 많은 종잇조각 중에 네 조각을 찾아 놓는 데 생각보다 시간이 걸렸다. 조각 하나를 찾는데 모든 조각을 훑고 뒤적여야 한다니. 어떻게 시작해야 효율적일까. 잠시 완성해야 할 그림판을 보며 생각했다. 우선 색으로 나누자. 퍼즐은 빨간색, 파란색, 군청색, 하늘색, 초록색, 회색, 노란색, 밤색, 흰색, 검정 등 열 가지 색으로 나뉘었다. 나는 순간 스스로 기특해서 혼잣말했다. 잘 될 거야, 그러다 또 중얼거렸다. 연락이 오지 않으면 어쩌지. 나는 생각을 떨치려 도리질을 했다. 그러자 면접관의 말이 떠올랐다. '자소서가 기발하군요. 잘 썼어요.'

나는 자기소개서를 콩트로 써냈다. 회사가 사원 모집을 남다르게 했다면 나도 그만큼 남달라야 한다고 생각했다. 콩트는 여행을 소재로 했다. 나는 이야기 속에서 나의 가족관계와

풍족하지 못했던 성장 과정, 꿈과 희망을 이야기했다. 비정규직으로 일하고 가졌던 콤플렉스도 진솔하게 써넣었다. 그리고 글의 마무리는 주인공이 엄마를 그리워하며 상상하는 것으로 썼다. 엄마와 베네치아의 곤돌라를 타고 저녁놀이 짙은 운하를 바라보는 풍경, 곤돌리에르가 부르는 오 솔레미오가 물 위를 아우르며 퍼지고, 주인공 소영의 독백으로 글을 끝맺었다. 나는 뭐든 잘할 수 있어. 씩씩하게 잘 살 거야, 하고. 면접관은 내게 물었다.

"자소서의 후편이 궁금하군, 주인공은 여행을 마치고 어떤 변화가 있습니까?"

"소영은 자신이 게을렀다는 것을 깨닫게 됐습니다. 아마도 자기 자신에게 충실할 거예요."

"음."

나는 아차 싶었다. 오해의 여지가 있는 대답이었다. 칸막이 건너에 있는 면접관의 떨떠름한 외마디 말에 진땀이 났다. 얼굴에 열기도 올랐다. 그나마 칸막이가 있어 당황하는 모습을 들키지 않아 다행이었다. 나는 나의 말을 설명해야 할 것 같아 다시 자신 있게 말했다.

"저는 회사에 입사하더라도 나태하지 않고 자기 계발에 힘

쓰겠습니다. 그리고 회사의 역량 있는 인재로 인정받도록 노력하겠습니다."
　면접관은 잠시 종이를 뒤척이는 소리를 내며 말했다.
　"수고하셨습니다."
　사무적이고 냉정한 말투였다. 나의 자기소개서가 잘못이었다고 생각됐다. 면접관의 여운 없는 말에 마음이 쓸쓸해졌다. 그리고 언제나 내 편이 되어주었던 엄마가 그리웠다.

　퍼즐 맞추기가 훨씬 수월해졌다. 그림의 오른쪽 아랫부분부터 맞춰가며 점점 범위를 넓힐 생각이었다. 오른쪽 아래에는 파란색의 자동차가 있었다. 모아놓은 파란색 조각중에서 맞는 것을 찾아 넣었다. 그리고 카페의 노란 차양과 빨간색 이층버스까지. 조금씩 물감이 퍼지듯 그림이 맞춰져 갔다. 얼마 지나지 않았다고 생각했는데 해가 지고 있었다. 벽시계를 올려봤다. 6시가 되어갔다. 퍼즐을 확인했다. 10덩이로 나뉜 조각이 수북해 보였다. 어제와 다르게 완성까지 아득하게 느껴졌다. 그러다 거실 바닥에 펼쳐 지고 있는 런던시의 그림을 보고 마음이 더 바빠졌다. 퍼즐을 맞추자. 퍼즐에 집중하자! 한참을 퍼즐에 매달렸다. 공중전화 부스를 맞추고 도로, 가로등, 가로수,

건물까지. 허리와 어깨, 목이 뻐근하고 눈이 피곤했다. 퍼즐이 줄어갈수록 몸의 피로는 늘어갔다. 그리고 왠지 퍼즐의 조각이 모자랄 것 같은 불안한 마음이 들기 시작했다. 역시 그림의 한 조각이 사라졌다. 런던의 빅벤. 그 시계자리가 비었다.

　아무것도 생각나지 않았다. 자정이 넘고 월요일 새벽이었다. 집안 곳곳을 찾아도 보이지 않았다. 퍼즐 조각은 처음부터 없었던 것이 분명했다. 나는 거실 바닥에 놓인 미완성의 퍼즐 그림을 내려보며 궁리했다. 어쩌지? 온몸이 뻐근한데 누워버릴까? 그래도 이대로 끝낼 수는 없었다. 어떻게라도 빈 곳을 채워 넣고 싶었다. 나는 퍼즐이 곧 완성될 거란 기대로 퍼즐 상자에 들어있던 종이 밀대를 비워진 자리에 맞춰 오렸다. 재질이 퍼즐과 같아서 다행이었다. 나는 다시 볼펜을 들고 조심스럽게 오린 종이에 시계의 바늘이 12시 정각을 가리키게 그렸다. 그리고 빈자리에 끼워 넣었다. 그럴듯했다. 퍼즐을 완성하자 지쳐있던 몸과 마음이 풀어져 잠이 들었다.

　휴대폰이 울렸다. 전화기가 식탁 위에서 벨 소리를 내며 드르륵 떨고 있었다. 나는 잠결에 들리는 전화벨이 귀찮아서 무시하려다 퍼뜩 정신이 났다. 잠이 덜 깨어 어질거려 헛발질까지 하며 식탁까지 급히 갔다. 휴대폰을 잡자 울리던 전화음이 멈췄다. 전화기엔 1588-, 070-, 010-000-000 부재중 전화가 여럿 남아있었다. 그중에 9시 35분에 걸려왔던 낯선 번호가 있었다. 가슴이 떨렸다. 혹시? 회사에서 연락이 온 것일 수도 있었다. 나는 마음을 진정시키며 부재중 전화번호를 눌렀다.

"여보세요. 부재중 번호가 찍혀서요. 어디시죠?"

은주였다. 은주는 새삼스럽게 이런저런 안부를 묻다가 슬며시 이야기를 꺼냈다.

"노조를 결성하려고. 비정규직 사원들, 그러니까 우리처럼 인바운드 업무를 하는 비정규직은 노동 시장에서 취약한 대우를 받고 있잖아. 그래서 말인데 너도 동참했으면 해."

은주 말에 의하면 자신은 부당해고 심의 기간이라 비정규직 노조 결성에 결격이 아니라고 했다. 그러나 나는 회사를 퇴사한 상태였고, 은주처럼 기댈 언덕이 돼줄 가족도 없었다. 한 달 벌이로 대출 이자와 생활비로 쓰기도 빠듯했다. 그리고 무엇보다 지금은 생계가 우선이었다. 나는 은주의 말을 건성으로 듣고 빨리 전화를 끊었다. 기다리는 전화를 놓치고 싶지 않았다.

나는 거실을 서성거렸다. 벽시계의 초침 소리가 마음을 초조하게 했다. 11시 30분, 벌써 회사의 발표가 끝났을지 모른다는 생각이 들었다. 비가 내리고 있었다. 예고에 없던 비였다. 나는 창밖의 비가 창에 부딪고, 부딪친 물방울들이 모여 줄기를 이뤄 유리창을 타고 아래로 흐르는 모습을 바라보았다. 마음이 울적했다. 몇 시간 전 완성된 퍼즐을 바라봤다. 거실 바닥에 놓인 퍼즐의 그림은 화창한 런던시의 오후였다. 내가 그려 넣은 시계탑의 시곗바늘은 12시를 가리키고 있었다. 나는 멈춰있는 시계의 바늘처럼 12시에 서 있는 것 같았다.

오후 3시가 넘었는데 전화 연락은 오지 않았다. 채용에서 떨어졌다고 봐야 했다. 역시 나는 부족한 면이 많은 사람이었다. 조건 없는 직원채용에서도 떨어지다니. 나는 멍한 상태로 거실 바닥에 놓인 런던시 그림을 보았다. 퍼즐의 마무리를 해야겠다고 생각했다. 상자 안에 있던 유약을 그림 위에 뿌렸다. 오리고 남은 종이 밀대로 유약을 골고루 펴 바르고 소파에 앉았다. 은주가 생각났다. 은주는 이 시간에도 같은 비정규직원들에게 전화하고 있겠지.

나는 휴대폰을 만지작거렸다. 퍼즐에 그려 넣은 시계탑을 한참 바라보았다. 시곗바늘이 가리키는 12시 자리를 보며 오전에 걸었던 은주의 전화번호를 눌렀다. 그때 휴대폰에서 벨이 울렸다. 번호를 확인할 사이 없이 통화를 눌렀다.
"여보세요."
"안녕하세요. H 회사 인사과장입니다. 축하합니다……."
정신이 얼떨떨했다. 입사 서류 이야기를 한 것 같은데 머릿속엔 온통 '축하'라는 단어만 둥둥 떠다니듯 했다. 흥분된 마음으로 전화를 끊자 곧바로 다시 전화음이 울렸다. 나는 가슴이 철렁했다. 혹시 연락이 잘못됐다는 전화일 것 같아 떨리는 마음으로 전화를 다시 받았다.
"소영이니? 왜 전화를 하고 끊었니."
나는 회사에서 걸려온 전화가 아니어서 다행이라고 마음을 쓸어내리며 말했다.
"응, 별일 없이 그냥. 네가 정말 대단하다고."
"난 또 뭐라고."
은주는 실망한 듯 말하고 다시 노조원 이야기로 열을 냈다. 나는 은주의 말이 다른 나라 말처럼 귀에 들리지 않았다. 전화를 끊고 나서 왠지 은주에게 미안한 마음이 들었지만 어쩔 수 없었다. 나는 퍼즐의 빅벤을 내려다보며 생각했다. 내가 다시 은주에게 전화를 걸 일이 생길지라도 지금은 이것이 최선이라고.

서로 다른 체념

 어쩌면 '이름'이라는 것이 불필요했거나 불편했을지도 모를 일이었다. 그리고 대수롭지 않은 마음이기도 했다. 돌이켜 생각해 보면 서로의 삶에 개의치 않았고 무관심했다. 그래서 그런 이름 따위는 우리에게 거치적거리는 옷가지처럼 구차할 뿐이란 생각이었다. 그녀는 모르지만 적어도 나는 그랬다. 어쨌거나 우린 서로의 몸을 안았다. 젊음의 열정이나 순정도 아니었다. 그것이 사랑이었는지 욕정이었는지 구분을 짓고 싶지는 않다. 단순하게, 나와 다른 한 사람을 부둥켜안고 무언가를 나눈 느낌이었다.

서로 다른 체념

 나는 시력을 잃어가고 있었다. 눈앞의 세상은 점점 좁아지고, 경계가 없어지고, 불투명해져 갔다. 그런 내게 그녀는 희뿌연 덩이로 보일 뿐이었다. 겨울밤의 가로등처럼 원형을 알 수 없는 둥근 빛덩이 마냥. 나는 그녀의 이름을 물을 만도 했는데 그러지 않았다. 그건 그녀도 마찬가지였다. 어쩌면 '이름'이라는 것이 불필요했거나 불편했을지도 모를 일이었다. 그리고 대수롭지 않은 마음이기도 했다. 돌이켜 생각해 보면 서로의 삶에 개의치 않았고 무관심했다. 그래서 그런 이름 따위는 우리에게 거치적거리는 옷가지처럼 구차할 뿐이란 생각이었다. 그녀는 모르지만 적어도 나는 그랬다. 어쨌거나 우린 서로의 몸을 안았다. 젊음의 열정이나 순정도 아니었다. 그것이 사랑이었는지 욕정이었는지 구분을 짓고 싶지는 않다. 단순하게, 나와 다른 한 사람을 부둥켜안고 무언가를 나눈 느낌이었다. 순간 혼자가 아니라는. 그녀를 추억하고 기억할 때면 그냥 희뿌연 안개덩이가 그려졌다. 그녀에 대한 추억이나 그리움은 살갗의 촉감과 내음, 그리고 거친 숨소리 정도였다. 그러나 그것만으로도 그녀를 기억하기에 충분했다.

　나를 찾아올 때의 그녀는 항상 술에 취해 있었다. 왜, 맑은 정신으로는 나를 찾지 않았는지는 그녀가 나를 떠나고 나서 어렴풋이 알 것 같았다. 숨을 내쉴 때마다 풍기는 진한 알코올 내는 내게도 취기가 전해질 것처럼 독했다. 가끔은 그녀에게서 억지스러운 장미 향이 언듯언듯 나곤 했는데 왠지 측은하다는 생각이 들었다. 첫 만남에서 그녀는 피할 수 없는 기세로 나의 어둠 속에 들어왔었다. 그야말로 낯선 만남이었지만 어쩌면 그 낯선 만남이 우리에게 필요했었는지도 모른다. 내가 그녀에 대해 알고 있던 것은 앞집에 살며 다 큰 아들이 있고 가끔 늦은 저녁 외출을 한다는 정도였다. 그 당시 나는, 삶의 변화에 적응하느라 몸과 마음이 부산했다. 주위의 상황들에는 관심이 없었다. 그랬기에 내게 주어지는 이웃들의 관심도 달갑지 않았었다.

　내가 이곳에 이사 온 것은 회사를 그만두고 아내와 헤어진 뒤였다. 서울 변두리에 있는 조용한 연립의 1층이었으나 내게는 호사일 정도로 큰 공간이었다. 처음에는 원룸이나 고시원을 알아볼까 했었다. 하지만 완전히 앞을 볼 수 없게 될 때를 생각하면 뜨내기살이보다는 한곳에 머물며 사는 게 좋을 것 같았다. 망막의 이상을 보이고 시력이 급격히 떨어지면서 이제껏 내가 누리며 살았던 것들이 필요 이상이었다는 것을 깨닫게 되었다. 욕심을 버리고 나의 처지로 포기할 것에는 미련을 두지 않기로 했다. 그러고 보니 잃어가는 시력처럼 여러 인연도 끊기고 있었다. 내게 어둠은 삶의 전부가 되어갔다.
　아침이면 뿌연 빛이 창에 비쳤다. 밝은 아침 햇살은 나의 기억 속에만 있을 뿐이었다. 내게 보이는 모든 것이 약이 다 된 손전등 앞의 사물처럼 희미해져 갔다. 살기 위해 사는 방법들을 새롭게 배우고 익혀야 했다. 점차 어둠 속에 익숙해져 가는 공간과 물건의 자리들만이 내 기억을 차지했다. 어둠은 나를 습관적으로 움직이는 동물로 만들어가는 듯했다. 현관에서 신을 벗고 왼쪽으로 세 걸음을 걸은 후 앉으면 소파가 있고, 소파에 앉아 왼팔을 뻗으면 전화기와 시계와 라디오가 있었다. 소파에서 일어나 오른쪽으로 열 걸음을 하면 식탁, 맞은편에는 냉장고, 또다시 세 걸음이면 싱크대가 있었다. 식사할 때는 더듬거리지 않고 수저를 입 안으로 넣을 수 있었다. 이제 슬슬 몸이 어둠에 익숙해져 가는 것 같았다. 그러면서 또 다른 마음은 그렇게 익숙해져 가면 갈수록 공허가 들어차는 것 같았다. 앞이 보이지 않는 현실보다 나의 노력의 의미를 생각하다가는 무력해지곤 했다.

그런데 잃어가고 있는 것이 있다면 새롭게 얻는 것이 있었다. 몸의 에너지가 다른 기능들의 능력을 상승시키는 것 같았다. 세심해지는 촉각과 예민해지는 후각, 그리고 미세한 소리로도 각기 다른 음향과 톤을 가리게 된 청각처럼 말이다. 옷을 만지면 색이 느껴졌고 바람을 맞는 숨에서는 계절을 알 수 있었다. 자동차 엔진 소리로 차종의 다름을 알고, 사람들의 발걸음 소리는 각기 다른 특징들이 있다는 것을 알았다. 한동안은 연립에 사는 사람들의 발걸음 소리를 들으며 그들의 모습을 상상하기도 했다.

슬리퍼를 끌어대는 듯 찍찍 걷는 201호의 남자, 지팡이를 찍는 '딱' 소리 뒤로 쓱쓱 발을 끌며 걷는 201호의 할머니, 화가 난 것처럼 쿵쿵대며 걷는 202호, 한쪽 발은 철커덕 다른 쪽 발은 칙하며 걷는 301호. 가쁜 숨을 발소리와 보조를 맞추며 걷는 301호의 여자. 통통통 빠르고 가벼운 걸음인 302호 아이. 걸음이 조용한 401호 학생. 고무 밑창이 바닥에 쩍쩍 들러붙는 소리를 내며 걷는 402호. 그렇게 모두가 각자의 소리를 내며 계단을 오르다 문을 여닫고 소리를 멈추곤 했다. 듣고 싶지 않아도 들려오는 소리는 나를 더욱 예민해지게 만들었고 엉뚱한 상상들을 하게도 했다. 그리고 그 상상만큼 내 귀는 더욱 작은 소리도 잡아내어 정보화하려 했다.

  하루는 그런 상상이 극에 달한 적이 있었다. 새벽 시간, 어디선가 여자의 흐느낌 소리가 들렸다. 울음을 토해내지 못하고 삼켜대듯 꺼억 꺼억, 했다. 가끔은 꼭 다문 입에서 빠져나온 신음처럼 으으음, 거리기도 했다. 나는 혹시 창밖에서 나는 소리인가 귀를 기울였다. 그런데 창밖이라고 하기는 조금 멀었고, 가깝다고 하기에는 어느 정도의 거리가 있는 곳에서 들리는 소리였다. 잠을 깨서 뒤척이던 참에 들려온 소리여서 더욱이 신경에 거슬렸다. 나는 슬슬 짜증이 나다가 왠지 궁금해지기 시작했다. 슬그머니 일어나 침대에 앉았다가 마침내 방문을 열었다. 다섯 걸음을 가고 다시 현관 쪽으로 내려서서 문에 귀를 대 보았다. 우리 집 현관문을 건너 그리고 또 한 번 더 문을 건너서 들려오는 소리였다. 위층도 아니었고 현관 바로 앞도 아니었다. 분명 앞집에서 들리는 여자의 흐느낌이었다. 늦은 저녁에 외출했던 앞집 여자가 내가 잠깐 잠이 든 사이에 돌아온 것 같았다.

  그 일이 있고 며칠 동안 앞집 여자의 흐느낌 소리가 머릿속에 맴돌았다. 무엇이 그녀를 슬프게 했을까를 생각했다. 나름대로 시나리오를 쓰다 지우고 막장 드라마를 만들다가 지웠다. 그러고는 어떤 여자일까 하는 생각마저 하게 됐다. 다 큰 아들이 있는 것으로 보아서는 나이가 사오십 대 후반 정도일 테고, 식구는 둘인 것 같은데 함께 사는 아들이 가끔 집을 다녀가듯 했다. 여자는 어두워지면 외출하고 새벽이면 돌아왔다. 나는 그녀가 작고 가녀린 여자일 것으로 상상되었다. 목소리는 작고, 눈은 항상 아래를 향해 있는 소심한 여자일 것 같이 상상되었다. 그러나 그런 상상들은 매번 바로 지워졌다. 앞집 여자가 집을 나설 때마다 현관문을 쾅, 하고 닫던 무례가 생각나서였다. 나는 그 '쾅' 소리에 깜짝 놀라서 기분이 언짢기가 여러 번이었다. 조심성도 없고 예의도 없는, 제멋대로 행동하는 사람이라고 생각했다. 하여튼 그녀의 걸음은 경쾌하지는 않았다. 떠걱 떠걱 걷던 구둣발 소리는 둔탁하고 버겁게 느껴졌었다. 왠지 작은 구두 위로 발등의 살점이 불룩 올라섰을 것 같았다. 어쨌든 앞집 여자에 대한 상상과 추리는 한동안 이어지다가 자연스럽게 잊히고 있었다.

그렇게 잊고 있던 앞집 여자를 마주친 적이 있었다. 어느 날 우연히 집을 나서던 현관문 앞에서였다. 그녀가 먼저 안녕하세요, 하고 인사를 건네 왔고, 나도 '네 안녕하세요.'하고 고개를 까딱였다. 나는 그렇게 인사를 하며 내가 지금 엉뚱한 곳을 보고 고개를 까딱인 것이 아닐까 했다. 빨리 자리를 피하고 싶었다. 지팡이를 잡고 땅을 더듬거렸다. 그녀가 내 앞을 지나서 가며 복도의 문을 열고 조심하세요, 하고 말했다. 나는 그녀가 쓸데없이 친절하다고 생각했다. 왠지 기분이 우울해졌다. 이웃 같지 않은 이웃 사이라는 생각이었다. 서로 집을 나서는 일이 드물어 있는 듯 없는 듯했으니 말이다.

늦가을의 밤이었다. 라디오에서는 날씨특보라며 태풍 '나미'가 동해로 빠져나갈 것이라고 했다. 우리나라는 비껴가지만 '나미'가 워낙 강력하여 피해가 예상된다고도 했다. 나는 오늘 밤을 고비로 태풍의 세력이 약해질 거라는 소식을 마지막으로 듣고 라디오를 껐다. 바람이 점점 세지고 있는 것 같았다. 거실 창틈으로 불어 드는 바람이 '엉엉' 소리를 내며 가슴속까지 긁어대듯 했다. 외풍이 심한 집이라 거실 커튼도 풀풀 흔들리고 있을지 모른다는 생각이 들었다. 나는 거칠게 거리를 휩쓰는 바람 소리에 신경이 쓰여 이불을 뒤집어썼다. 그날 새벽은 세찬 바람 때문이었는지 무심했던 나의 감각들이 예민해져 있었다. 집 밖에서 무엇인지 모를 것들이 뒹굴고 삐걱거리는 소리를 냈다. 그리고 그런 소리와 함께 여자의 구둣발 소리가 들려왔다. 멀리서부터 울려오는 소리는 빠르지도 않고 느리지도 않게 칭칭 대었다. 몸체가 가볍지 않은 여자처럼 둔탁한 소리를 내었고 중간중간 달아빠진 굽에서 드러난 징의 쇠 부딪침 소리가 들렸다. 마치 시멘트 바닥을 파며 생채기라도 낼 듯한 발소리였다. 소리는 점점 가까워져 왔다. 내딛는 구둣발 소리가 불규칙했다. 몸을 가누지 못하고 있는 것으로 생각되었다. 곧 쿵 하고 바닥에 주저앉을 것 같아서 괜스레 불안하고 긴장됐다. 나는 마음이 불편하고 불쾌했다. 그리고 내 귀에서 빨리 그 소리가 사라지기를 기다렸다.

  불쾌한 소리는 우리 집 현관문 앞에서 멈췄다. 열쇠 꾸러미에서 현관 열쇠를 찾는 것처럼 달그락 소리가 들렸다. 그러다 잠잠해졌다. 계단을 오르는 소리도 들리지 않았다. 집 앞에서 멈춰 있는 사람은 앞집 여자가 분명했다. 나는 기다렸다. 빨리 문을 여닫는 소리까지 들어야 마음 편히 잠을 잘 수 있을 것 같았다. 한참 동안을 귀 기울여 가며 기다리다가는 짜증스러워졌다. 알지 못하는 여자가 자기 집에 무사히 들어가든지 말든지 내가 상관할 바 아닌데 괜한 신경을 쓴다는 생각이 들 때였다. '쿵쿵.' 우리 집 현관문을 두드리는 소리 같았다. 나는 잘못 들었다고 생각하며 무시하려 했다. 그런데 그때 소리가 다시 들렸다. '있어?' 나는 나의 귀를 의심했다. 이런 시간에 집 안의 사람을 부르는 사람이 있을 리가 없었다. 환청이라고 생각했다. 가끔 등기 배달원이 '계십니까?'하고 문밖에서 소리를 내기는 했어도 그냥 있느냐고 대뜸 물어오는 사람은 더욱 있을 리가 없었다. 하지만 나는 무엇에 끌린 듯 침대에서 일어나 거실로 나갔다.

  현관 앞은 조용했고 인기척도 없었다. 나는 거실을 거닐며 혹시나 하는 생각들을 했다. 괴한에 쫓기다 흉기에 찔려 우리 집의 문을 두들기게 되었거나, 집의 열쇠를 잃어버려 난감해서 남의 집 문을 두들기게 된 것일지도 모른다는 등등. 그렇게 나는 있지도 않을 상상들을 하며 현관문 밖의 소리에 귀를 기울이고 있었다. 그리고 더는 밖의 상황을 무심하게 대할 수 없어 현관문 앞에서 물었다. '거기 누구 있습니까?' 반응이 없었다. 문을 열어 본다 한들 나의 눈으로는 확인할 수 있는 처지가 못 되었다. 그런데 무엇 때문에 열어 보려 했는지 나도 모르게 그냥 문을 열었다. 그 상황에서 나는 앞을 볼 수 없다는 것을 잊고 있었던 것 같다.

빠끔히 문을 열었다. 희뿌연 덩이가 문 앞을 가로막고 뜬금없이 '여긴 추워.'하고 말했다. 뱉어낸 말에 담뱃대가 묻어 나왔다. 나는 가슴이 두근대고 겁이 덜컥 났다. 공포영화에서처럼 긴장된 어둠 속의 번득임 같은 것이 있었다. 복도의 감지등이었을까. 순간 희뿌연 덩이의 그녀가 나를 밀치고 집 안으로 들어왔다. 의도적이었는지 아니면 술 때문에 휘청였는지 모르지만 나를 밀친 그녀가 술을 아주 많이 마셨다는 걸 알 수 있었다. 그런데 이상하게도 그녀의 색색거리는 숨에 섞여 나오는 진한 알코올 향이 야릇한 설렘을 주었다. 거친 숨소리는 잠시 그녀를 상상하게도 하며 흥분을 일게 했다. 나는 이 무례를 어떻게 받아들여야 할지 몰라 머뭇댔다. 그러나 그녀는 나의 어리둥절한 감정들과 당황에는 아랑곳하지 않고 거리낌 없이 어두운 거실에 있는 소파를 향해 굴러가듯 걸어갔다. 단정한 거실이 낯선 여자의 숨으로 난장판으로 휘저어질 것만 같았다.

어둠에 익숙한 나였지만 불을 켰다. 그녀에게 자기 모습을 확인시켜야 했다. 한밤의 불청객이고 나의 공간을 어지럽히고 앉아 있다는 것을 알아야 할 것 같았다. 하지만 그녀는 단호하게 명령하듯 말했다. '불은 꺼.' 나는 얼떨결에 바로 스위치를 내렸다. 그리고 어찌할지 몰라 쭈뼛이 서서 바보같이 사정하듯 말했다. '이거 봐요. 정신 차려 봐요.'하고. 그녀는 내 말을 듣기나 한 것인지, 아니면 잠이 들어 있는 것인지 알 수 없게 조용하기만 했다. 답답한 일이었다. 한밤중 술에 취한 여자를 잠시 쉬게 해줘야 하는지 아니면 그녀의 가방을 뒤져 집 열쇠를 다시 찾아보라고 해야 할지 갈피를 잡지 못했다.

어색하고 불편한 시간이 흐르고 있었다. 갑자기 탁자의 알람시계가 또랑또랑하게 시간을 알렸다.

"두우 시이."

정말 멍청한 시계다. 친구가 선물한 디지털 알람 시계였다. 조작이 간단하다지만 나에게는 필요 없었다. 시간도 보이지 않지만 언제인가 잘못 건드려서 두 시가 되면 밤낮을 가리지 않고 알람을 울려댔다. 평소에 저 정도는 아니었던 시계가 오늘따라 유난히도 큰 소리로 들렸다. 게다가 이번에는 어디선가 뭔가 때리는 듯한 소리까지 났다. 마치 채찍질을 하는 것처럼 탁, 탁, 탁. 바람 때문이겠지만 꽤 세차게 부딪치는 소리였다. 나는 어디서 이런 소리가 날까 잠시 골똘히 서 있었다. 그리고 생각했다. 만일 내가 이 소리에 집중하고 있었다면 지금 소파에 있는 희뿌연 여자의 구둣발 소리와 문 두드리는 소리를 그냥 지나칠 수도 있었을 텐데 왜 조금 전에는 이 소리를 듣지 못했을까. 무엇 때문인지 몇 달 전 유선방송을 끊었던 것이 떠올랐다. 이젠 티브이를 켜도 화면을 볼 수 없으니 유선을 연결할 이유가 없었다. 컴퓨터도 마찬가지였다. 케이블 연결이 필요 없다는 생각에 서비스 중지를 했었다.

그랬기에 아마도 끈긴 유선 줄이 흉물스럽게 늘어져 바람에 흔들리면서 어딘가 부딪치는 것이라는 짐작을 하던 참에 그녀가 의심스러운 눈빛으로 물었다.

"내가 보여?"

나는 그녀의 모습이 궁금했다.

"보고 있어요."

거실 창으로 가로등 빛이 들고 있었다. 그리고 내가 볼 수 있는 희미한 빛의 작은 동그라미 안에 희뿌연 덩이가 들어차 보였다. 희뿌연 덩이가 부스럭거리며 수선스러운 소리를 냈다. 그리곤 내게 다가와 크게 숨을 내쉬었다. 집안에 술 냄새가 배어들 것 같은 기분이었다. 나는 그녀에게 많이 취했으니 집에 가서 쉬라는 말을 할 참이었다. 그런데 그 순간 그녀가 나의 손을 잡았다. 그녀의 손이 많이 흔들리고 있었다. 아마도 술에 취한 때문인 것 같았다. 어쨌든 그녀의 손은 따뜻하고 폭신했다.

　아내의 손은 따뜻했다. 나는 아내의 손이 좋았다. 연체동물처럼 뼈마디가 없는 듯 부드러운 손이었다. 내 손안에서 주무르는 데로 움직여지는 아내의 손이 신기했다. 아내와 결혼하게 된 것도 어쩌면 부들거리는 아내의 손 때문이라는 어리석은 생각도 했었다. 아내는 아이들과 함께 해외에 있다가 한국으로 돌아와서는 이혼을 요구했다. 나의 무능일 수도 있었고 그동안의 헤어짐이 너무 길어서일 수도 있었다. 애정이 식었다지만 사실 애정이라기보다 사랑이라는 것을 다시 생각하게 되어서일 것이다. 나는 아내가 해외에 있던 몇 해 동안 다른 사람과의 사랑에 빠져 있었다. 부부의 사랑이라는 것이 책임과 의무 그리고 신뢰만은 아니었다. 우리 사이엔 소통의 채널이 달랐다. 캐나다에서의 일은 충분히 서로를 다시 생각하게 된 계기였다.

아이들의 방학 기간엔 내가 휴가를 내어 캐나다로 갔었다. 아무래도 아내와 아이들이 움직이면 비용이 만만치 않았다. 그래서 항상 내가 이동하는 편이었다. 마지막 캐나다행은 두 해전이었다. 그때도 나는 긴 여름휴가를 내고 아이들에게 갔다. 아내는 부부의 은밀한 시간을 마련하기 위해 아이들을 주변 친구의 집에 맡겼다. 우리는 하룻밤 동안 그간 나누지 못한 모든 사랑의 행위를 했다. 그중에 한 가지가 아내의 머리를 감겨주는 것이었다. 나는 아무런 생각 없이 아내의 머리카락에 샴푸하고 거품을 샤워기로 닦아내었다. 그런데 아내가 울기 시작했다. 나는 당황스러워 무엇이 잘못되었느냐고 물었지만, 아내는 고맙다고만 말할 뿐이었다. 그 일이 있고부터 아내는 달라졌다. 아마도 나의 외도를 은연중에 느꼈기 때문일 것이다. 아내가 요구한 이혼의 이유가 우리는 이제 사랑하지 않는다는 것이었으니 말이다.

아내는 아이들의 유학 때문에 캐나다로 가기 전 내게 말했었다. 내가 안마시술소나 마사지시술소를 가길 바란다고 했다. 그리고 한 달에 한 번은 카드 명세에 모텔업소가 찍혀도 상관하지 않겠다고. 그러면서 절대 애인을 만들거나 살림 차리듯 집에 여자를 드나들게 하지 말라고 했다. 나는 그럴 리는 없다고 단단히 약속했고 지킬 자신도 있었다. 그런데 다른 여자를 사랑하게 되었다. 아내의 말대로 안마실도 가고 호텔도 자주 갔지만 언제나 직장 동료였던 이 대리와 함께였다. 아내는 카드 명세의 문자를 보고는 아무런 것도 묻지를 않았다. 어쩔 수 없는 상황에서 홀로 있는 남편에 대한 배려라고 마지못해 넘어가는 눈치였다. 아마도 남자의 정력을 적당히 해소하고 있다고 생각하는 것 같았다. 그러나 나는 단지 그런 이유로 여자를 품지 않는 사람이었다. 아내는 나를 모르고 있었다.

 아내의 머리를 감기던 날은 나도 마음에 걸리는 것이 있었다. 그날은 평소 아내와 했던 섹스와는 달랐다. 몇 해 동안 함께 했던 이 대리와의 섹스가 나도 모르게 변화를 준 것이다. 그래서였는지 아내는 오랜만의 부부관계에 당황해했었다. 아내가 이상하다고 생각했을 법했다. 거기에다 자연스럽게 아내의 몸을 씻기고 머리를 감긴 것은 아내에게 충격이었을 것이다. 남자가 여자의 머리를 감긴다는 것은 하룻밤의 여자에게 했던 행동과는 거리가 있었을 것이니 말이다. 나는 이 대리에게 하던 것을 아내에게는 못 해준 것에 미안한 마음이 있기도 했다. 아마도 아내는 그날의 내 행동에 직감적으로 눈치를 챈 것 같았다.

나는 이혼을 하고 이 대리와 헤어진 뒤 한동안 방황했었다. 이 대리는 사랑에 있어서 망설임도 두려움도 없는 여자였다. 이 대리에게는 내가 유부남이란 것은 문제가 되지 않았다. 나는 이 대리와 사랑을 나눌 때면 세상의 문제들이 다 하찮았다. 우리가 세상의 중심이고 언제나 행복할 거란 생각이었다. 나는 이 대리와 함께 산다면 인생에 부족할 것이 없을 것 같았다. 그러나 이 대리는 내가 아내와 이혼을 결심할 때쯤 말했다. 차장님을 사랑하지만, 미래를 함께하고 싶었던 것은 아니라고. 이 대리는 내가 '망막색소변성증'이란 병으로 시력을 잃어갈 때 그런 자기합리화로 나를 떠났다. 그동안 나누었던 사랑의 언어와 시간이 참으로 허망하기만 했다.

잠시 예전 생각에 빠져있다가 번득, 정신이 났다. 그리고 그녀에게 잡힌 손을 빼려는데 갑자기 그녀가 내 손을 자기 몸에 얹었다. 나는 순간, 반사적으로 손을 뿌리치고 버럭 소리쳤다. '무슨 짓이야!' 일이 이상하게 꼬여서 알지도 못하는 여자의 미친 짓에 걸려들었다는 생각이 들었다. 그래서 정신을 가

다듬고 다시 점잖게 타이르듯 말했다. '지금 술을 많이 하신 것 같은데 집에 들어가세요.' 그녀는 아무 말 없이 조용했다. 나는 앞이 안 보이는 상태에서 어떤 행동도 취할 수 없었다. 그래서 그냥 그녀가 정신을 차리고 집을 나가길 기다리기로 했다.

어느 정도의 시간이 흐르고, 그녀가 흐느끼기 시작했다. 전에도 흐릿하게 들은 적이 있던 흐느낌이었다. 왠지 측은했다. 그녀가 훌쩍거리며 중얼거렸.

"너는 내가 보이는 거야!"

나는 여자가 한 말이 엉뚱해서 이해되지 않았다. 단지 술 때문에 헛소리한다고 생각할 수는 없었다. 왜 그런 말을 내게 하는 것인지 궁금했다.

"왜 그렇게 생각하지? 난 그쪽이 보이지 않아."

여자가 울음을 그치고 다시 내 손을 잡아 제 몸으로 이끌었다. 따뜻하고 뭉클한 무엇. 늙은 어미 개의 늘어진 뱃가죽 같은, 저고리 밑으로 밀려 나온 젖무덤같이 말랑한, 그리고 그 위에 붙어 있는 작은 꼭지가 손가락사이를 타고 넘었다. 나는 그냥 그녀에게 내 손을 맡겼다. 우린 아무런 이해관계가 없으니 이런 행위도 아무런 이유나 조건이 없다는 생각이 들었다.

그녀는 계속 자기 몸을 쓿어내리게 했다. 마치 내가 앞이 보이지 않아서 그녀를 탐하지 않는 것이라고 착각할지도 모른다고 생각했다. 그리고 정말 그래서였는지 처음에는 가슴을 쓸어내리고 두툼한 배와 꽤 펑퍼짐한 엉덩이를 쓰다듬게 하다가 내가 별 반응이 없는 것 같은지 다시 은밀한 곳에 내 손을 이끌었다. 사실, 별 반응이 없는 것은 아니었다. 여자의 가슴과 배와 엉덩이에 손이 갔을 때는 아내와 함께했던 시간이 추억되었고, 여자의 은밀한 곳에 손이 닿았을 때는 이 대리의 가지런한 거웃 안의 붉은 속살이 생각났다. 물꼬가 터진 기억들이 머릴 혼란하게 했다. 그러다 스르스름 속옷 안에 성기가 빳빳하게 일어서려는 것이 느껴졌다. 나는 움칠대는 성기를 들킬 것 같아 여자의 손을 거두고 뒤로 물러섰다. 그러자 여자는 갑자기 화가 난 듯이 말했다.

"너는. 내가 보이는 거야!"

그녀는 휘청인 듯 우당탕 소리를 내고는 집을 나가 버렸다. 나는 어이가 없었다. 내가 무슨 잘못을 한 것일까 생각했다. 아무래도 헛것에 홀린 거라고 웃어버렸다. 거실에 또다시 채찍질 소리가 들렸다. '탁. 틱. 탁.' 그렇게 하룻밤을 보낸 아침이었다. 케이블회사에 전화를 걸었다. 그리고 너덜너덜하게 늘어져 있던 케이블 선을 치워 달라고 했다.

앞집 여자와의 황당한 일이 있고 나서 나는 이상하게도 앞집의 현관문이 열리고 닫힐 때마다 신경을 곤두세우곤 했다. 그녀의 기척이라도 들으려 애썼다. 어쩌다 그녀가 외출하면 구둣발 소리가 들리지 않을까 기대도 했다. 하지만 그녀는 숨어버린 듯 나타나지 않았다. 그렇게 한 달 정도가 지난 무렵이었다. 연말연시라서 연립에 사는 사람들도 늦은 귀가를 하고 있었다. 새벽 두 시가 다 되어가며 연립 식구들의 귀가도 거의 끝났다고 생각될 때였다. 바람 불던 날의 구둣발 소리가 다시 들렸다. 칭칭칭 하이힐의 쇠못이 시멘트 바닥을 부딪는 소리였다. 나는 그 소리가 우리 집 문 앞에서 멈추기를 기다렸다. 구두 발걸음은 술에 많이 취한 듯 한 걸음 한 걸음이 더디고 느렸다. 나는 긴장이 되었다. 무엇이 그런 기다림과 긴장을 주는지 알 수가 없었다. 그저 그날의 그녀를 다시 만나고 싶다는 생각뿐이었다.

드디어 그녀의 발소리가 멈췄다. 나는 현관문 앞에서 기다리고 있다가 문을 열었다. 그녀는 나를 밀치고 집 안으로 들어왔다. 나도 그녀를 따라 거실에 가서 섰다. 그녀는 술이 잔뜩 취한 소리로 말했다.

"훈훈하네."

그러고는 부스럭대며 움직였다. 그녀가 내게 말했다.
"내가 보여?"
나는 그녀를 만지고 싶었다.
"아니, 보고 싶어."
희뿌연 덩이가 내 눈앞으로 가까이 다가왔다. 나는 두 손을 들어 그 덩이에 손을 대었다. 그녀의 키는 내 어깨높이였다. 짧은 파마머리는 억세고 거칠었다. 작은 귓불 밑으로 새로 자란 것 같은 머리카락이 나란했다. 좁은 이마에는 가는 주름이 한 개 있고, 눈썹은 있는 둥 마는 둥 하고, 가늘고 긴 눈 밑으로 눈두덩이 두둑했다. 툭 튀어나온 광대 사이의 코는 콧대도 없이 옴폭 주저앉았다. 그래서인지 콧방울이 더욱 크게 벌어져 있는 것 같았다. 턱은 작고 예쁘다는 소리를 들었을 것 같은데 두 겹으로 접혀 내려진 턱살로 꽤 나이가 들어 보이게 할 것 같았다. 입술은 생각보다 두툼했는데 윗입술이 더 두꺼웠다. 나는 가만히 그녀의 입술을 손가락으로 쓸다 흠칫했다. 처음 느껴보는 부드러운 감촉이었다. 어떻게 이리도 부드러울 수가 있을까 했다. 그리고 그런 그녀의 입술에 입을 대어 보고 싶었다.

그렇게 그녀의 입술을 손가락으로 어르고 있는데 손등 위로 축축 한 것이 떨어졌다. 그리고 또다시 뚝 뚝 떨어져 내 손목을 타다가 어디론가 떨어졌다. 그녀가 눈물을 흘리고 있었다. 그녀의 눈물은 턱밑으로도 계속 떨어지는 것 같았다. 나는 손을 멈추고 그녀를 안았다. 나의 두 팔이 버거울 정도로 몸집이 있는 그녀였다.

"더 힘껏. 내가 숨도 쉬기 힘들게 꼭 안아 줘."

나는 있는 힘껏 안아 주었다. 그녀는 계속 눈물을 흘리며 내 품에 안겨 있었다. 한동안 눈물을 흘리던 그녀가 내게 고맙다고 했다. 나는 그녀의 두툼한 입술에 입을 맞추었다. 그리고 자연스럽게 사랑했다. 그날 이후로 그녀는 자기가 보이냐는 물음을 하지 않았다. 하지만 술은 더 늘었고 나를 찾는 날이 잦아졌다. 그녀는 술에 취하면 나를 찾는 버릇이 생긴 것 같았다. 나 또한 그런 그녀에게 익숙해지고 있었다. 맑은 정신의 그녀와 마주할 자신이 없었다. 그렇게 한 달여를 지내며 서로에게 길들고 있던 어느 날 어찌 된 일인지 그녀가 나를 찾지 않았다.

그녀가 사라졌다. 한 달이 지나고 두 달이 지나고 석 달이 지났다. 계절이 바뀌는 것이 느껴지는데 그녀는 석 달째 소식이 없었다. 무슨 일이 생긴 것일까 궁금하여 집의 초인종을 눌러봤다. 사람이 없는 듯 조용했다. 나는 전에 없이 동네를 산책하며 수군대는 아주머니들의 이야기를 엿듣기도 했다. 혹시나 그녀의 소식이 나돌까 싶어서였다. 그러나 그녀에 관한 이야기는 들려오지 않았다. 어떤 날은 거리에서 그녀의 장미 향이 스치듯 풍긴 적이 있었다. 나는 너무 놀라서 몸이 굳은 사람처럼 꼼짝할 수가 없었다. 분명 그녀 같았는데 향이 금방 사라져 버려 쫓을 수가 없었다. 사실 지팡이를 더듬이며 누굴 쫓는다는 것은 힘든 일이었다.

 5월의 첫날 아침이었다. 앞집에서 시끄러운 소리가 나기 시작했다. 여러 사람이 물건을 나르는 소리였다. 나는 일단 앞집에서 나는 인기척이라 반가운 마음에 문을 열고 무슨 일이냐고 물었다. 인부들인 것 같은 그들의 말로는 집이 팔렸고 짐들을 빼서 보관해 달라는 의뢰받았다고 했다. 계약자는 지방의 건설 현장에 있다는 이야기도 했다. 나는 슬쩍 그 집 여자에 관해 물어보았지만 자기는 모른다며 말을 잘랐다. 더는 그녀에 대한 소식을 알 수 없었다. 어찌 보면 그녀는 나보다 더 깜깜한 세상에서 살고 있었을지 모른다는 생각이 들었다. 이제는 희뿌옇던 그녀도 사라지고 내 눈에 보이던 희뿌연 세상도 사라졌다.

앞집에 새 주인이 이사 왔다. 이사를 온 다음 날 떡을 들고 우리 집에 인사를 왔다. 젊은 애 엄마였는지 아이들 소리가 시끄러웠다. 엄마는 아이들에게 조용히 하라고 소리를 지르고는 목소리의 톤을 낮추어 잘 부탁한다는 인사말을 했다. 나는 갑자기 소리치는 것에 깜짝 놀라기도 했지만 내가 먼저 할 말을 해버려서 할 말이 없었다. 이사를 온 여자는 내가 앞을 못 보는 것을 모르는 것 같았다. 아마도 집을 판 아들이 말해주지 않았을 것 같았다. 나는 여자에게 공손한 말투로 '안녕하세요, 사실 잘 부탁할 사람은 저입니다. 제가 시각장애거든요. 하여튼 반갑습니다. 아이들이 둘인가 봐요?' 어떨 때는 앞을 볼 수 없다는 것이 편할 때도 있다. 내 말을 들은 여자가 어떤 표정을 지었을지 알고 싶지 않았다. 나는 그렇게 인사를 하고 문을 닫았다. 그리고 잠시 쉬었다가 점심을 먹을 생각을 하며 소파에 누웠다.

"두우 시이."

잠깐 잠이 들었었는지 시계의 알람 소리에 화들짝 깨서는 몸을 일으켜 앉았다. 마음이 제 자리를 잃어버린 것처럼 멍했다. 어디선가 내가 보이냐는 목소리가 들리는 것 같기도 하고, 무언가 내 앞에 있는 것 같아 휘저어 봐야 할 것 같기도 했다.

이상했다. 아내와 헤어졌을 때도, 이 대리가 날 떠났을 때도 이런 마음이 아니었다. 시계의 알람 소리일 뿐인데 눈물이 흘렀다. 슬픈 것도 아닌데 왜 눈물이 나는지. 마음이 어수선하고 우울했다. 괜히 탁자 위에 있는 기분 나쁜 알람 시계는 치워야겠다고 생각했다. 그러곤 마음먹은 김에 아주 버려버릴 생각으로 시계를 손에 들고 현관에 있는 쓰레기통으로 갔다. 그런데 문밖 복도에서 이웃 여자들의 수군거리는 소리가 들렸다.

새로 이사 온 여자가 윗집 여자와 함께 아이들 학교 이야기로 수다가 끊이지 않았다. 앞집 여자는 처음 인사할 때부터 스스럼없어 보이더니 연립 사는 사람과도 금새 잘 어울렸다. 역시나 앞집 여자는 벌써 302호 아이들 엄마와 언니 동생 하며 이야기를 나누고 있었다. 별 시답지 않은 이야기라고 생각하며 돌아서려는데 귀에 꽂히는 말이 들렸다. '전에 살던 102호 주인 말이어요.' 나는 얼른 문에 귀를 대었다. 새로 이사 온 여자가 소곤대며 비밀 이야기처럼 302호 여자에게 이야기했다. '아들이 집을 내놓은 거예요. 엄마는 알코올중독으로 치료 중 자살했다던데.' 나는 놀란 마음에 문을 열고 확인하고 싶었다. 당신이 봤느냐고. 302호는 여러 번 혀를 차고는 맞장구를 쳤다. '그 아줌마 들리는 말로는 예전에 그렇고 그런데 있었다던데. 그런 일 해서 아들도 키우고.' 두 여자는 다시 아이들 학교 얘기를 하다 헤어졌다. 여자들은 원래 처음 만난 사이에서도 저런 이야기를 하는구나. 나는 자리에 주저앉았다. 그리고 한참을 멍하니 있었다. 아무런 생각도, 아무런 마음도 들지 않았다.

"두우 시이."

손에 있던 시계가 소리를 지르듯 시간을 알렸다. 시계가 고장이 난 것인지, 아니면 새벽 두 시가 된 것인지 알 수가 없었다. 나는 버리려던 알람 시계를 다시 탁자 위에 올려놓았다. 그녀는 내게 말했었다.'

"내가 보여?"

"더 힘껏. 내가 숨도 쉬기 힘들게 꼭 안아 줘."

나는 뭐라도 먹고 자야겠다고 생각하며 주방으로 갔다. 그리고 냉장고 문을 열었다. 냉기가 냉동실처럼 시렸다. 냉장고 안의 선반을 더듬었다. 어제인가 오늘인가 접시에 담아 두었던 떡이 딱딱하게 만져졌다. 나는 혼자 중얼거렸다.

"그냥 살지."

3
우리에게 이르는

세로니모 카페 핫초코

　남자는 여자를 지긋이 바라보았다. 카페로 들어서는 가벼운 걸음, 테라스 자리에 앉아 광장을 향해 돌리는 고갯짓, 꽃무늬 스커트의 살랑거림, 그리고 핫초코 잔을 응시하고 있는 아련한 표정. 그 모든 것이 낯설지 않았다. 남자는 주문한 음료를 기다리며 내내 생각했다. 전에 만난 적이 있는 여자인가? 아무리 기억을 더듬어도 동양의 작은 여자는 떠오르는 바가 없었다. 그렇다면 지나간 어느 순간의 느낌일 수도. 남자는 대수롭지 않은 것에 마음을 쓴다고 생각하면서도 없는 기억을 만들어내고 싶을 만큼 여자가 궁금했다.

제로니모 카페 핫초코

　남자가 앉아 있는 광장 옆의 제로니모 카페는 쉽게 지나칠 수 없는 곳이었다. 쉴 새 없이 구워지는 파이 냄새와 진한 커피 향은 광장에 나온 사람들을 유혹했다. 테라스의 하늘빛 차양과 푸른 테이블보, 그 위에 놓인 하얀 커피잔, 그리고 광장 바닥에 깔린 청색과 흰색의 물결무늬는 마치 푸른 바다 위의 파라솔에 앉아 있는 기분을 안겨 주었다. 광장 중앙에 있는 분수 물줄기는 리듬을 탔고, 부서져 내리는 물방울들은 햇볕을 받아 청명한 하늘에 별을 쏟아내듯 반짝였다. 분수 옆 버스커의 맑고 투명한 우쿨렐레 소리는 광장의 빛과 색, 바람과 향기를 아울렀다. 마치 스노글로브 안에 담긴 것처럼 제로니모 카페가 있는 광장의 풍경은 또 다른 세계 같았다. 그래서 남자는 여자를 본 순간 뭔가 잊고 있던 기억들이 수런거리는 느낌이었다.

남자는 여자를 지긋이 바라보았다. 카페로 들어서는 가벼운 걸음, 테라스 자리에 앉아 광장을 향해 돌리는 고갯짓, 꽃무늬 스커트의 살랑거림, 그리고 핫초코 잔을 응시하고 있는 아련한 표정. 그 모든 것이 낯설지 않았다. 남자는 주문한 음료를 기다리며 내내 생각했다. 전에 만난 적이 있는 여자인가? 아무리 기억을 더듬어도 동양의 작은 여자는 떠오르는 바가 없었다. 그렇다면 지나간 어느 순간의 느낌일 수도. 남자는 대수롭지 않은 것에 마음을 쏟다고 생각하면서도 없는 기억을 만들어내고 싶을 만큼 여자가 궁금했다. 여자를 다시금 살폈다. 그러는 사이 웨이터가 파란 탁자 위에 카푸치노를 올려놓았다. 카푸치노의 흰 거품 위에 시나몬 가루가 고르게 뿌려져 있었다. 남자는 팔짱 꼈던 손을 풀어 턱을 감싸듯 받치고 카푸치노를 들여다보았다. 시나몬 가루가 잦아드는 우유 거품 안으로 조금씩 스며들고 있었다. 어제도, 그제도 제로니모의 카푸치노를 마시는 일상은 특별할 것이 없었다. 그런데 오늘 제로니모 카페에 앉아 있는 남자의 머릿속엔 저 작은 동양 여자를 언제, 어디서 만났었지? 하는 생각이 가득했다.

여자는 짐을 챙기고 거실 의자에 앉아 있었다. 그러곤 식탁 유리 밑 메모에 적힌 글을 읽었다. '12시 전에 방을 비워요.' 여자는 숙소에 머물던 며칠 동안 매일같이 please가 빠져있는 그 메모를 보고 혼자 중얼거렸었다. 하루만 더, 하루만 더. 그렇게 일주일이 지났다. 그리고 오늘 아침 드디어 알았어, 하고 피식 웃었다. 이젠 정말 방을 비워야 할 시간이 되었다.

리스본의 알파마 언덕을 헤매다 겨우 찾아낸 작은 아파트의 이 층인 숙소는 허름한 골목의 주택과 다르게 세련된 원룸이었다. 침대와 소파는 따뜻하고 아늑했다. 파스텔 색조의 침구류와 인테리어 소품들은 마음을 편안히 해주었다. 주방의 기구들은 정갈했고 온갖 소스와 양념통은 배려 깊게 정돈돼 있었다. 탁자 위 미니 노트에는 리스본의 관광 거리와 볼거리, 베스트 레스토랑의 이름과 위치가 꼼꼼하게 적혀 있었다. 집주인이 친절하다는 후기를 읽고 정한 집이었다. 그런데 그들이 말하는 친절은 불편 없는 시설과 손님에 대한 집주인의 노터치를 말하는 것 같았다. 처음 공항 도착했을 때부터 집주인은 메신저로 문자를 보내왔다. '환영합니다, 현관 키 번호는 0000, 탁자에 모든 정보가 있습니다, 행복한 시간이 되십시오.' 여자는 생각했다. 집주인은 아주 건조하고 빈틈이 없으며 자기애가 강한 사람이라고.

  여자는 놓고 가는 물건이 없는지 마지막으로 방을 둘러보았다. 그러다가 못내 아쉬워 거실의 십자 무늬 창을 열고 숨을 크게 들이켰다. 그림 같은 붉은 지붕들과 언덕 위 초록의 나무들 위로 솟은 종탑을 사진에 담았다. 카메라 셔터 소리가 새소리보다 더 크게 들렸다. 아침이 고요한 이곳에서는 카메라 셔터 소리도 잡음인 것 같다는 생각을 하며 창문을 닫았다. 그리고 바로 숙소를 나왔다. 조금 이르긴 해도 분명 집주인의 확인 문자가 올 것이었다. 여자는 그 문자에 '방을 비웠습니다, 즐거운 시간이었습니다.' 하고 빨리 답글을 보내 마무리를 하고 싶었다. 그래야 공항에 가기 전 한결 편한 마음으로 제로니모 카페에 들러 느긋하게 핫초코의 달콤함을 즐길 수 있을 것 같았다.

  여자는 오 년 전 대학을 졸업하고 리스본을 하루 이틀 스치듯 여행한 적이 있었다. 그때 처음으로 제로니모 카페에서 핫초코를 맛보았다. 그리고 그 뒤부터 무엇 때문인지 제로니모 카페의 핫초코를 그리워했다. 이른 결혼과 빠른 이혼, 어렵게

구한 일자리, 업무에 시달리고 시간에 쫓길 때는 더욱 그랬다. 여러 곳의 카페에서 핫초코를 찾았다. 그러나 여자가 원하는 그 맛이 아니었다. 한때는 여러 나라의 초콜릿을 구매해서 직접 핫초코를 만들어 보기도 했다. 역시 시원치 않았다. 입안에서 따끈히 감돌지 않았고, 너무 묽거나 굳어버렸고, 우유 맛이 강하지 않으면 텁텁했다. 그렇게 핫초코에 대한 열망은 여자가 리스본을 다시 찾게 된 이유가 됐다.

  골목길을 내려가는 여자의 걸음이 가벼웠다. 며칠을 오르내린 언덕과 계단들이었다. 저마다의 개성 있는 타일이 붙은 집과 예술이라 할 정도의 벽 페인팅은 걸음을 내딛는 내내 감탄과 즐거움을 주었다. 빨랫줄에 걸린 티셔츠와 양말이 언덕에서 불어오는 바람으로 흔들거리고, 베란다 철제 선반위의 화분에는 붉은 꽃들이 늘어지게 피어 있었다. 여자는 붉은 꽃을 사진 찍었다. 꽃 이름이 무엇인지 찾아봐야겠다고 생각하며 골목을 내려왔다.

  그러곤 할아버지 카페에 들러 아침 인사를 했다. 오전만 잠깐 여는 토스트 가게는 갓 구운 빵과 신선한 재료 때문인지 항상 테이블이 만석이었다. 할아버지는 며칠 동안 여자에게 '굿모닝.'하고 밝은 미소를 지었다. 여자는 토스트 집을 나오며 마음이 조금 서운했지만, 제로니모 카페의 핫초코를 마신다는 기대감이 더 컸다. 여행 내내 매일 아침 제로니모 카페에 들러 핫초코를 마셨던 여자는 애써 오늘이 마지막이란 것과 언제 다시 찾게 될까를 생각하지 않았다.

여자는 걸음이 빨라졌다. 오늘따라 광장의 바람이 더욱 짙은 바다 냄새를 품은 것 같았다. 해안가의 리스본이었기 때문이겠지만 멀리 보이는 카페 제로니모의 파란 차양과 테라스의 푸른 테이블보가 여자를 더욱 착각하게 했을 수 있었다. 여자는 파도 위를 걸어 바다 위에 뜬 카페 제로니모로 가듯이 광장에 그려진 커다란 물결무늬의 보도블록을 밟았다. 그리고 점점 가까워지는 파란빛의 카페 제로니모를 보며 생각했다. 예전에도 이렇게 푸른빛이었나.

기억은 항상 조각조각이었다. 각기 다른 색과 무늬의 조각천을 이으면 새로운 조각보가 되듯이. 흩어진 기억은 서로 모여 하나의 추억을 만들고 그리움을 만들어냈다. 그런데 여자의 기억에 푸른색의 제로니모 카페는 없었다. 그러고 보면 그녀의 조각 기억에는 카페의 이니셜 'J'가 그려진 하얀 핫초코 잔과 그 안에 담긴 다크브라운의 핫초코뿐이었다. 빛이 강렬하면 그 주위의 색이 흐릿하듯이 어쩌면 핫초코의 맛이 다른 잔상을 없앤 건지도 모를 일이었다.

　여자는 제로니모 카페 안으로 들어섰다. 오래전부터 드나들던 카페처럼 망설임 없이 주문대 앞으로 걸어가 섰다. 여자를 맞는 카운터 여직원이 미소 지으며 "chocolate quente?" 하고 물었다. 며칠 동안 핫초코를 주문했던 자신을 알아봐 주는 여직원이었다. 여자는 고개만 끄덕이면 될 것을 직원의 이름표를 보며 말했다. "예스. 크리스티나." 크리스티나의 입가에 조금 전과는 다른 미소가 지어졌다. 눈과 입술꼬리가 위로 올라가면서 온통 기쁘고 행복하다는 표정이었다. 여자는 크리스티나의 미소가 좋았다. 크리스티나에게 미소 짓고 있는 자신의 모습이 유리 진열장에 비쳤다. 크리스티나 못지않게 환한 미소를 띠고 있었다. 오래전 대학 동아리에서 우연히 찍혔던 스냅사진 속의 자신이 떠올랐다. 그때는 무엇이 그리도 즐거웠을까. 가끔 옛 사진을 들춰보면 기억과 추억은 희미해지는데 사진은 선명했다. 즐거움이나 행복이란 것도 단어로만 남아있을 뿐이었다. 그땐 그랬었지, 하고. 감동을 잃어가는 추억은 점점 그리움을 짙게 하는 것 같았다. 여자는 핫초코를 주문하고 테라스로 향했다.

　테라스에 한 남자가 있었다. 열 개 정도의 테이블 중 남자는 오른쪽 끝자리에 앉아 있었다. 여자는 남자의 테이블과 거리를 두고 세 테이블 건너 앉았다. 그리고 광장을 향해 고개를 돌렸다. 광장 중앙에 있는 분수 옆에서 버스커들이 연주를 하고 있었다. 두 명의 버스커가 아코디언과 우쿨렐레를 들고 연주를 했다. 연주는 우쿨렐레의 고음에도 애절하게 들려왔다. 뭔지 모를 진한 그리움이 밀려왔다. 여자는 갑자기 이 모든 것이 낯설었다. 예전 환하게 웃던 그 시절에서 지난 몇 년이 잘리고 지금의 시간으로 이어진 것 같았다. 왜 제로니모 카페에 앉아 있는지도 기억 상실이 된 듯 지워진 느낌이었다. 웨이터가 주문했던 핫초코를 테이블에 올려놓을 때도 멍하게 핫초코를 바라보았다. 아무런 생각도 나지 않고 아무런 마음도 들어차지 않았다. 잘려져 나가버린 시간처럼 무감각했다. 바람이 여자의 플레어스커트를 살랑이게 했다. 여자는 다리에 스치는 스커트 자락을 느꼈다. 그러면서 퍼뜩 잠에서 깨어난 사람처럼 다시 광장의 생생함을 바라보았다. 그러곤 바로 따스한 핫초코를 입안에 조금 넣었다. 짜릿하게 달콤했다.

남자는 여자를 곁눈질로 몇 번 보고는 이내 기억 더듬기를 포기했다. 어렴풋한 것이 짜증이 날 만큼 답답했지만 그렇다고 여자에게 가서 "혹시 우리가 만난 적이 있던가요?" 하고 묻고 싶지는 않았다. 사실은 그런 용기와 배짱도 없었다. 그냥 가끔 겪게 되는 데자뷔쯤으로 생각해야 마음이 편할 것 같았다. 패턴이 없이 불쑥불쑥 순간적으로 스치는 이미지를 그때마다 잡고 늘어지며 기억 속을 파헤치는 짓은 소모적이고 어리석었다. 차라리 확실하고 선명한 기억들을 추억하거나 잊고 지낸 사람들에게 소식을 전하는 것이 바람직했다. 그렇게 편한 마음을 갖고 남자는 가방을 열어 노트북을 꺼냈다. 그리고 따스한 카푸치노를 마시며 광장의 하늘을 올려다보았다. 투정할 것 없이 맑은 하늘이었다. 머리도 개운해진 것 같았다. 남자는 오늘 해야 할 일들을 정리하기 시작했다. 노트북을 열고 지난 밤 동안 숙소를 예약한 사람들과 입금내역을 확인하고 사이트에 방이 비는 날짜를 수정해 놓았다. 리뷰에는 성의껏 댓글을 달아주었다.

　남자가 관리하는 숙소는 두 개였다. 숙박업은 쉽지 않았다. 경쟁도 만만치 않아 주기적으로 인테리어를 새로 했다. 한동안은 비수기와 성수기로 수입의 평균을 잡지 못했었다. 그렇게 여러 해를 거치고 이제 안정적이었지만 그래도 운영비를 생각하면 방이 꾸준히 예약되도록 노력해야 했다. 숙소를 다녀간 사람들의 리뷰는 고맙게도 큰 도움을 주었다. 온라인 사이트에서 좋은 평점을 받으려면 홍보도 필요했지만 무엇보다 집의 상태가 깔끔하게 정돈되어 있는 것이 중요했다. 그리고 고객에게는 필요 이상의 관심과 간섭을 보이지 않는 것이 배려이고 예의라고 생각했다. 남자는 오늘도 3시 정도 공항에 도착하는 손님을 위해 집 상태를 확인하고 청소를 해 놓아야 했다. 시간이 넉넉하지 않았다. 서둘러 마무리하고 노트북을 닫았다. 남자는 커피를 한 모금 마시고 휴대폰을 들었다. 오늘 방을 비우는 손님에게 마지막 인사를 하기 위해. 남자는 고객 리스트에서 손님의 이름을 찾아 문자를 보냈다.

- 리아님. 방은 만족하셨나요?

드르륵. 어디서 진동음이 들렸지만 남자는 다시 문자를 넣었다.

- 찾아주셔서 감사했습니다. 다음에 또 찾아주세요.

문자를 보낼 때까지, 가까이서 드르륵하고 울리는 진동 소리에 남자는 흠칫 당황했다. 혹시 문자를 받은 사람이 근처에 있는 건지, 주위를 둘러봤다. 카페테라스에는 자신과 세 자리 건너 여자, 그 건너 한 쌍의 연인뿐이었다. 먼 자리의 연인은 서로 이야기가 바빠 보였고 세 자리 건너 여자는 핫초코 잔을 손에 들고 있었다. 남자는 여자의 휴대폰이 탁자 위에 올려있는 것을 보았다. 그래서 혹시나 다시 문자를 보냈다.

- 행복한 하루 되세요.

드르륵. 맞았다. 카페테라스에 앉아 있는 여자였다. 남자는 무엇인가 자신을 집요하게 다그치는 것 같았다. 마치 스무고개를 하듯 하나씩 힌트를 주며 답을 찾아가게 하는 것처럼. 남자는 잠시 숨을 돌리고 마음을 진정시켰다. 수많은 우연 중의 하나일 뿐인데 지나친 상상을 하고 싶지 않았다. 별일도 아닌 것에 흥분하는 것일 수 있었다. 남자는 마음의 여유를 되찾으며 여자를 유심히 봤다. 여자는 핫초코 잔을 입에 대었다가 떼고 입안에 머문 핫초코를 음미하는듯했다. 눈을 감고 있는 모습이 평온하고 행복해 보였다. 그렇게 핫초코를 마신 여자가 휴대폰을 손에 들었다. 시력이 낮은 사람처럼 눈의 초점을 잡듯 눈을 가늘게 뜨고 문자를 확인했다. 그러다가는 갑자기 환하게 웃었다. 꽃 안에 또 작은 꽃이 피듯 조그만 얼굴에 미소가 피었다. 남자는 자신의 휴대폰을 꺼냈다. 그리고 보낸 문자를 확인했다. 철자도 틀리지 않았고 예의가 없지도 않았다. 웃음을 줄 만한 것이 없었다. 남자는 의아하고 궁금했다. 여자가 곧 이곳을 떠날 사람이란 것에 괜한 조바심이 일었다. 그러던 중에 여자에게서 문자가 왔다.

- 고마워요. 리오. 방은 비웠어요.

남자는 문자를 읽고 여러 사람에게 받았던 고맙다는 글과는 다른 감정이 올라왔다. 여자의 문자는 편안했던 숙소로 고마웠다는 것과 방을 비웠다는 것 외에 별다른 뜻 없이 한 짧은 끝맺음의 글이었다. 그러나 남자는 여자의 '고마워요, 리오.'를 읽고 기분이 묘했다. 예전에 아내도 '고마워요. 리오.'라고 쓴 메모를 남겼었다. 남자는 아직 온기가 남아있는 커피잔의 테두리를 손가락으로 천천히 빙그르르 타고 돌리며 지난 시간을 떠올렸다.

십 년 전쯤, 남자는 서른이 되며 숙박업을 시작했다. 부모님이 세상을 뜨고 남긴 집과 대출을 받아 한 가구를 더 늘렸다. 숙박업을 시작하며 아내는 생기가 넘쳐났고 웃음도 잦아졌다. 집을 찾은 손님들을 친절하게 반겼고, 여러 나라의 사람들을 만나게 되어 즐겁다고도 했다. 아침이면 투숙객에게 모닝 식사를 대접했고 저녁이면 먹음직스러운 식사와 술을 준비했다. 아내는 그렇게 음식을 차려주며 그들과의 대화를 즐겼다. 손님이 인도인이면 인도에 대한 정보를 수집해서 대화거리를 찾고, 일본인이면 일본, 중국인이면 중국, 미국이나 캐나다 등등. 그러나 아내가 말하는 대화는 일방적이고 두서가 없는 수다처럼 들렸다. '센과 치히로의 행방불명'의 대사 중에 '이름을 빼앗기면 돌아갈 길을 잃어버려'라는 말이 있어요. 마츠야마가 그 애니메이션에 모티브를 준 장소라던데 가보고 싶어요. 또는 한복은 참 아름다운 전통의상이죠. 저도 한 번쯤은 한복을 입고 서울의 고궁을 걷고 싶어요. 갠지스 강의 일출을 보고 싶더군요. 특히 바라나시는…… 남자는 아내가 탐탁지 않았다. 여행 온 손님들의 시간을 빼앗거나 간섭하는 것을 그만두었으면 하고 은근히 바랐었다.

그런데 그러던 아내가 변하기 시작했다. 생기 있고 호기심이 많았던 때와 다르게 말수가 적어지고 무표정하게 창밖을 바라보는 횟수가 잦아졌다. 하루는 머물다간 손님의 침구를 정리하면서 혼자 중얼거리는 것을 듣게 되었다. '지겨워졌어.' 아내는 그렇게 투덜거리다 들릴 듯 말 듯 작은 소리로 말했다. 이젠 그만하고 싶어! 남자는 모른 척 외면했지만 왠지 마음은 불안했었다.

그로부터 몇 달이 지난 어느 날, 남자는 여느 때와 같이 쓰레기를 집 앞에 내다 놓고 아내와 방 정리를 하려고 이 층으로 올라갔다. 아내는 식탁에 앉아 무표정하게 커피잔을 바라보고 있었다. 갓 내린 커피에선 옅은 김이 오르고 아내는 커피가 식기를 기다리는 것처럼 꼼짝하지 않았다. 손님이 어지르고 간 침구는 앞뒤 없이 널려있었고, 주방기구는 아무렇게나 싱크대 위에 놓였다. 욕실에는 쓰다 버리고 간 치약과 세정제 파우치들이, 젖은 수건들과 섞여 여기저기 흩어져 있었다. 손님들이 바쁘게 짐을 챙겨 나간 흔적이 고스란히 남아 있었다. 남자는 아내가 숙소 정리를 돕지 않고 무표정하게 앉아 있는 것에 화가 났다.

"무슨 생각을 하고 있는지 말을 해야 네 마음을 알지."

그래도 아내는 대답 없이 창밖만 바라보았다. 어디선가 로드리게스의 노래가 들려왔지만 남자는 노랫소리가 전혀 아름답지 않았다. 오히려 아내의 정신을 앗아가고 있다는 생각이 들었다. 남자는 아내의 행동들이 이해되지 않아 소리를 쳤다.

"마음대로 해. 원하는 것이 뭐든지."

한참을 멍하게 있던 아내가 말했다.

"떠나야겠어."

아내는 남자에게 아무런 설명을 하지 않았고 남자는 아내의 말을 무시했다. 시간이 지나면 곧 예전으로 돌아갈 것이라고 기대했다. 그 일이 있고 며칠이 지난 아침, 아내는 메모를

남겼다. '고마워요. 리오.'

  남자는 그 글이 어떤 의미인지 생각할 겨를 없이 아내를 찾아 밖으로 뛰쳐나갔다. 터미널을 갔고 기차역을 기웃거렸다. 그러던 중 아내에게 문자가 왔다. '일본으로 가려고. 이제 곧 떠나. 연락이 안 될 거야.' 남자는 급히 택시를 타고 리스본 공항으로 갔다. 공항에는 사람들이 북적였다. 아내가 전화를 받지 않았다. 벌써 비행기를 탔을 것만 같았다. 남자는 마음이 급해졌다. 무엇을 어떻게 해야 할지 갈피를 잡지 못했다. 항공 안내판을 보아도 직항이 없는 탓에 경유지가 어딘지 몰라 항공사도 찾을 수 없었다. 무작정 아무 항공사 발권대 앞으로 갔다. 하지만 머릿속이 텅 비어버린 것 같은 남자는 기억나는 것이 없었다. 아내가 일본이라고는 했지 일본 어디인지를 알지 못했다. 센과 치히로였던가? 마츠 뭐였지? 하고 남자는 중얼거렸고, 그것을 알아듣지 못한 안내원은 뒷줄에 선 사람을 보며 눈치를 주었다. 이럴 줄 알았다면 아내의 이야기에 귀 기울여야 했었다.

  등에서 진땀이 났다. 다리에 힘이 빠졌고 천장의 철제구조물들이 어지럽게 빙빙 도는 것 같았다. 남자는 쉬고 싶었다. 출국장 앞의 의자에 앉았다. 리스본을 떠나고 들어오는 각 나라 여행객들의 들뜬 이야기 소리는 머릿속을 뒤죽박죽 뒤집었다. 상심에 찬 남자는 고개를 떨구고 끈 풀린 운동화를 보며 다시 끈을 묶어야겠다고 생각했다. 하지만 그런 생각을 했다는 것도 잊고 고개를 들어 물끄러미 사람들을 보고만 있었다. 청재킷에 꽃무늬 스커트를 입고 걷는 여자의 뒷모습이 눈에 들어왔다. 아내 같았다. 아니 아내가 틀림없었다. 일어나서 아내를 붙잡아야 했다. 그러나 몸이 움직이지 않았다.

 아내의 모습은 남자가 알던 모습이 아니었다. 걷는 걸음마다 땅을 딛고 있는 건가 싶을 만큼 가벼웠고, 희고 곧게 뻗은 다리 위의 스커트 자락은 어느 때보다도 찰랑거렸다. 그 스커트 역시 남자가 처음 보는 옷이었다. 재킷, 신발, 가방 모두가 새로웠다. 하지만 그 모든 것보다 떠나는 아내의 걸음이 너무도 경쾌해 남자를 낯설게 했다. 그래서 아내를 잡고 얼굴을 마주할 수 없을 것 같았다. 지금껏 알지 못했던 아내의 모습을 보는 것이 두려웠다. 남자는 게이트를 빠져나가는 아내를 뒤로하고 공항을 나왔다. 그리고 그 뒤로 아내를 찾지 않았다. 한동안은 아내의 가출에 이유를 만들어 붙이기도 했다. 아내가 떠나고 얼마 전, 일본 작가가 원고를 쓰느라 두 달간 머문 적이 있었지, 아내가 말이 없어진 건 그가 떠나고 나서부터였어. 남자는 그렇게 생각하고라도 자책에서 벗어나고 싶었지만 곧 회의가 일었다. 자신이 정말 아내를 사랑했던가를 의심했고 또 아내를 의심했다. 급기야 우린 사랑하지 않았다는 결론까지 내리며 누구를 탓할 것 없다는 생각을 했고, 아내를 잊기로 했다.

여자는 핫초코를 마시자 기분이 좋아졌다. 바람으로 팔랑이는 치맛자락이 다리에 스치는 감촉도 좋았다. 치마를 입고 나오길 잘했다고 생각하며 핫초코 잔을 두 손으로 감쌌다. 온기를 잃지 않은 핫초코를 느긋이 마시고 싶었다. 부족한 것 없는, 누구에게도 방해받고 싶지 않은 시간이었다. 시간이 멈춘 공간에 광장과 제로니모 카페 그리고 여자만이 오롯이 있는 듯했다.

그런데 드르륵, 탁자 위에 있는 휴대폰이 진동했다. 여자는 그것을 무시하고 핫초코를 한 모금 입에 머금고 혀를 돌려 달콤함을 즐겼다. 그러나 드르륵, 또 진동음이 울렸다. 여자는 광장의 시계를 보며 시간이 멈췄으면 좋겠다고 생각했다. 드르륵, 세 번이나 울리는 진동에 어쩔 수 없이 휴대폰을 열고 알림을 보았다. 리아 님. 방은 만족하셨나요? 눈 안으로 들어온 문장에서 '리아'라는 낱말이 툭 불거져 보였다. 이상하게 자신의 이름이 담긴 문자는 여자가 마신 핫초코와 같은 감동을 주었다. 여자는 미소가 지어졌다. 찾아주셔서 감사했습니다. 행복한 하루 보내세요. 연이어 이어진 문자를 확인했다. 그러곤 바로 답문을 보냈다.

　- 고마워요, 리오. 방은 비웠어요.

여자는 문자를 보내고 집주인에게서 다시 답문이 오지 않을까 기대했다. 휴대폰을 만지작거리고 화면을 켰다가, 시간이 지나면서 꺼진 화면을 다시 켰다. 집주인에 대해 오해한 것이 미안했다. 의외로 다정하고 세심한 사람 같았다. 여자는 답문이 오지 않자 조금 섭섭해 하며 휴대폰을 가방에 넣었다.

시선이 테이블 건너에 있는 남자에게로 갔다. 흰 셔츠에 청바지를 입은 평범한 중년 남자가 커피를 마시고 있었다. 제로니모 카페의 카푸치노 잔은 작은 핫초코 잔과 다르게 머그잔에 오렌지색의 이니셜 'J'가 새겨 있었다. 다정한 표정은 지어본 적도 없을 것 같은 차가운 인상의 남자는 마시던 카푸치노 잔을 손가락으로 문지르며 뭔가에 집중해 있었다. 커피를 바라보는 모습이 진지해 보이기도, 무심해 보이기도 했다. 다리를 포개고 의자등받이에 반쯤 등을 기대어있는 남자. 낡고 허름한 운동화와 올이 풀린 바지밑단이 하루가 고된 사람처럼 보였다. 여자는 왠지 모르게 남자에게 다가가서 말을 건네고 싶었다. 핫초코를 드셔요, 하고. 그러나 여자는 남자에게서 시선을 돌렸다. 느닷없이 그가 떠올라 당혹스러웠다. 남자에게 던진 친절한 말 한마디로 이 년 전과 같은 일이 되풀이되는 건 싫었다.

그는 택배회사의 직원이었다. 여자가 다니던 유통회사의 물류 창고에는 물건들이 머물기 바쁘게 실려 나갔다. 그는 주로 창고에 큰 짐을 배송하고 드물게 사무실 직원의 개인 택배물을 가져다주기도 했다. 보통의 남자들보다 왜소하여 큰 짐을 등에 메고 옮길 때면 작은 일개미가 자기보다 큰 양식을 짊어지고 기어가고 있는 모습 같았다. 말수도 없고 웃음도 없었다. 주위에서는 요즘 보기 드물게 성실한 사람이라고 칭찬했다. 그러나 여자는 그가 왠지 안쓰러웠다. 다른 택배사 사람들처럼 잔꾀를 부리고 투정을 부렸다면 '얼마나 힘이 들면 저러겠어.' 하고 넘길 텐데 그는 묵묵했다.

더운 여름날이었다. 방송사의 뉴스는 살인적인 더위를 속보로 전했고 더불어 외출을 자제하라는 말도 함께했다. 하루 종일 사무실에 있던 여자는 에어컨 바람으로 머리가 아프고

목도 칼칼했다. 바깥바람이라도 쐬면 괜찮아질 것 같았다. 밖에서 시원한 물 한 잔 마실 생각으로 컵에 냉수를 받아 들었다. 사무실 건물의 현관문을 열자 뜨거운 열기가 훅 밀려들었다. 여자는 주춤했다. 사무실 건물 옆 창고에서는 직원들이 오늘 배송된 물건들을 정리하기 바빴다. 그리고 그가 탑차에서 물건을 내리고 창고 안으로 짐을 나르고 있었다.

아스팔트의 아지랑이로 인해 그의 반바지 밑으로 드러난 다리가 흔들려 보였다. 곧 무릎이 꺾일 것 같았고, 무거운 등짐이 그를 주저앉게 할 것 같았다. 여자는 그에게 다가갔다. 그의 땀에 젖은 머리카락과 얇은 셔츠에서 증기가 오르고 있었다. 얼굴에는 버석한 소금기로 하얀 얼룩이 생겨 있었다.

그의 얼굴을 처음 마주 보는 여자는 그에게 물이 담긴 컵을 건넸다. 그리고 안쓰러워하며 말했다. "힘드시죠? 시원한 물이에요." 그가 고맙다며 받아든 물을 단숨에 들이켠 뒤 환하게 미소 지으며 말했다. "제 일인걸요. 힘들어도 해야죠." 여자는 빈 컵을 받아 들고 뒤돌아서는 순간부터 그가 작은 거인처럼 느껴졌다. 그의 말이 마음속을 떠나지 않았다. 휘청이다 넘어져 버릴 것 같은 사람이 어디서 그런 힘이 나오는 건지. 자기 일이라고 하던 그의 말은 여자에게 커다란 믿음을 주었다.

그때부터였다. 여자는 그에게 마음이 갔다. 그리고 그 마음이 주체할 수 없이 커지자 무조건 그와 함께 있고 싶어졌다. 그의 빠듯한 일상에 끼어들려면 결혼이 최선이라고 생각했다. 여자는 남자와의 결혼을 결심했다.

그는 평소에 자신보다 키가 크고 단단해 보이는 여자에게 마음이 끌렸다고 했다. 그래서 조그만 체구의 여자가 탐탁지 않았고 결혼은 생각도 할 수 없을 만큼 시간에 쫓긴다고 말했다. 사실 그의 말이 틀리지 않았다. 어렵게 마련한 탑차의 할부금을 다 갚으려면 부지런해야 했고, 배달구역을 한 곳 더 계약한 탓에 여윳돈도 없었다. 여자는 그의 그런 여건이 빨리 결혼을 서둘러야 할 이유라고 설득했다. 그러면서 말했다. "탑차 할부금도 같이 갚아요." 그는 아무 말 없이 한참을 앉아 있다가 고개를 끄덕였다.

언젠가 그는 친구들과의 술자리에서 홀리듯 말했다. 여자가 결혼을 서둘렀고, 큰 회사에서 일하며 연봉도 많아 결혼 결심을 했다고. 그의 친구들은 여자와의 결혼은 횡재라고 추켜세웠다. 친구들의 말을 듣고 그는 행복해하는 것 같았다. 그러나 그는 결혼하고 몇 달이 지나며 여자를 나무라기 시작했다. 그가 꿈꿔왔던 결혼과 어울리지 않는 여자라는 말도 서슴없이 했다. 여자에게 자신이 할 수 있는 것과 할 수 없는 것을 구분하라며, 좋아하는 것이라도 절제해야 한다고 큰소리를 냈다. 여자는 점점 무기력해지고 가슴이 답답했다.

　여자의 결혼생활 마지막 날은 생각보다 빨리 왔다. 막연히 마지막인 날이 곧 올 것 같은 예감이 들던 일요일 아침이었다. 여자는 밥상을 차려 놓고 그를 깨웠다. 그는 항상 늦은 귀가로 피곤해 일요일 아침이면 일어나기 힘들어했다. 열두 시가 넘어도 기척이 없었다. 오랜만에 만든 오므라이스의 얇은 달걀 부침이 마르고 있었다. 여자는 오므라이스를 앞에 두고 수저를 들었다 놓기를 반복했다. 꺼내 놓은 물김치는 식탁에서 쉬어갈 것 같았고 거실에 가득했던 음식 냄새도 가신지 한참이었다. 여자는 아침 식사를 하려다 차라리 커피를 마셔야겠다고 생각했다.

　커피 그라인더의 소리가 거실에 울렸다. 여자는 커피 가루를 커피 드리퍼에 옮기며 생각했다. 남자가 일주일의 육일을 배달하고 남은 하루를 잠으로 채워가며 버티듯 사는 것이 무엇 때문일까. 필터에 뜨거운 물을 붓자 커피 가루가 부풀어 오르다 내려앉았다. 여자는 드리퍼의 필터에서 물이 다 빠져나올 때까지 기다렸다. 그리고 축축이 젖은 필터의 커피 가루를 쓰레기통에 버렸다. 남자가 일어나 거실로 나왔다. 잠이 덜 깬 모습으로 식탁에 앉으며 말했다.

"밥을 먹어야지, 커피는 무슨……"

여자는 귀담아듣지 않고 커피를 든 채 소파에 앉았다. 언제부터인가 함께 있는 시간이 불편했던 그가 식사하며 말했다. "일 나가야 해. 어제 일을 못 마쳤어." 그에겐 공휴일이 없었다. 여자는 화창한 하늘을 바라보며 말했다. "봄이야, 꽃을 보러 가야겠어." 그는 관심이 없다는 듯이 대답했다. "좋지 꽃구경. 요즘이 제철이야. 하지만 굳이 갈 필요가 있나? 배달 다녀보면 거리마다 집마다 꽃이 많던데. 그거면 됐지." 여자는 귀를 막고 싶었다. 그가 여자를 이해하지 않는다면 여자도 그를 이해하고 싶지 않았다. 그날 여자는 짐을 챙겼다. 옷가지와 개인용품 몇 개만 가방에 넣고 집을 나오며 그와의 생활을 끝냈다. 그는 여자가 떠나자 문자를 보냈다. 자신도 맞지 않는 옷을 입은 것처럼 불편했었다고. 그건 여자도 마찬가지였다.

여자의 핫초코가 바닥을 보였다. 이제 어디서도 이 맛을 즐길 수 없다는 생각으로 울적했다. 광장 옆에 깔린 선로로 노란 트램이 지나가고 있었다. 관광객과 현지인이 줄을 서서 트램에 오르고 트램은 다시 레일을 따라 천천히 달렸다. 골목을 구석구석 돌고 언덕을 오르내리는 트램은 오늘도 많은 사람이 타고 내리겠지. 매일 같은 자리를 돌아도 새로운 사람들과 새로운 이야기가 작은 트램에 가득할 것이었다. 핫초코 잔도 남은 초콜릿 흔적이 깨끗이 씻겨 또 다른 사람의 핫초코를 위해 선반에 놓이겠지.

   여자는 시계탑의 시간을 보았다. 리스본을 떠날 시간이었다. 2시까지는 공항에 도착해야 하는데 벌써 12시 30분이었다. 서울에 돌아가면 또 초콜릿을 사들여 핫초코를 만들고, 카페를 드나들며 제로니모의 핫초코를 찾게 될 것 같았다. 그래도 여자는 그것으로 행복감을 얻을 수 있다고 여겼다. 앞으로는 제로니모의 핫초코와 호시우 광장의 제로니모 카페가 함께 그리울 것이었다. 여자는 천천히 일어서며 기념으로 카페의 작은 팸플릿을 챙겼다. 그리고 공항으로 가기 위해 광장에 세워진 택시를 탔다. 택시의 유리창 너머로 카페 제로니모의 테라스에 앉아 있는 남자가 보였다. 남자는 시야 끝으로 서서히 밀려났다. 여자는 살짝 후회했다. 핫초코 한 잔을 권해 볼걸.

   남자는 여자가 일어서는 것을 지켜보았다. 여자는 광장을 잠시 둘러보고 서둘러 택시를 탔다. 남자는 왠지 아쉬웠다. 여자가 보낸 문자에 답문을 보내야 했다고 생각했다. 가슴에 싸한 바람이 분 것 같았다. 사실 다른 할 말이 생각나지 않아서 주저하기도 했다. 남자는 집에 가서 문자를 보내도 늦지 않을 거라고 생각하며 자리에서 일어났다. 숙소를 향해 걸었다. 매일 지나치는 상점과 동네 사람들, 집과 언덕의 정경들이 지루했다. 남자는 카페에 뭔가를 놓아둔 것 같아 주머니를 뒤졌다. 가던 걸음을 멈춰 가방을 열고 소지품을 살펴보았다. 잃어버린 것도 없는데 이상하게도 마음이 편치 않았다. 남자는 그런 마음을 떨쳐내려 빠르게 걸었다. 그러면서 오늘은 숙소 청소를 하고 주변의 화단들도 정리해야겠다는 생각을 했다.

숨 가쁘게 언덕을 오르고 숙소에 도착한 남자는 여자가 머물렀던 방에 들어섰다. 여자는 거쳐 간 흔적을 남기지 않으려한 듯 방을 잘 정돈해 놓았다. 쓰레기는 내다 놓았고 침구와 주방과 욕실도 깨끗했다. 그런데 식탁 유리 위에 작은 포스트잇이 붙어 있었다. 'leave the room before 12 o`clock'이라고 적어 유리 밑에 끼워 놓은 바로 그 위에. 포스트잇에는 'please'라고 적혀 있었다. 남자는 단어의 알파벳들이 머릿속을 돌며 부딪치는 것 같았다. please가 남자에게 무언가를 외치고 있는 것 같았다. 갑자기 등에 진땀이 났다. 왠지 모를 일이었다. 남자는 다리 힘이 빠져 의자에 주저앉았다.

남자는 마음을 진정하고 창밖을 바라보았다. 유난히 맑은 하늘이었다. 십자 창틀의 유리창 안에 자신이 갇혀 있는 것만 같았다. 남자는 아내의 예전 모습이 생각났다. 아내는 무슨 생각을 하며 창밖을 멍하게 바라보았을까. 그리고 자신이 아내를 정말 사랑했던가를 다시 생각하며 휴대폰을 만지작거렸다. 의미 없는 동작은 서서히 남자의 손에서부터 어떤 신호를 보내오는 것 같았다. 휴대폰을 켜고 버튼을 눌러라.

남자는 휴대폰을 켰다. 하지만 무슨 버튼을 눌러야 할지를 망설였다. 그러다 아내의 전화번호를 찾았다. 오래전 번호여서 바꿨을지도 모르지만 남자는 'r'로 시작되는 이름 리스트에서 아내의 이름을 찾아보았다. 그리고 한동안 망설이다 문자를 찍었다. '당신이 행복하길 원해.' 남자는 메시지를 보내고 일어섰다. 지금까지 홀가분하지 않았던 마음이 풀어지는 것 같았다. 닫힌 창을 열고 매트리스 덮개를 벗기고 청소기를 돌렸다. 집 안의 먼지를 털어내고 신선한 공기를 안으로 들였다. 집 앞 골목에는 관광객들이 언덕의 성조르제성으로 무리 지어 오르고 있었다. 남자는 잠시 이곳에 머물던 여자도 언덕을 올랐을까를 생각했다. 카페에 앉아 핫초코를 마시던 여자의 모습이 떠올랐다. 행복한 모습이었다. 그런 여자가 내게 please, 하고 메모를 남긴 것에 미소가 지어졌다. 남자는 포스트잇을 떼어 수첩에 넣고 생각했다. 식탁 유리 밑에 'please leave the room before 12 o`clock.' 하고 써 놓아야겠다고.

해후

여경은 갑자기 엄마가 생각났다. 바르셀로나행 막차를 기다리며 엄마에게 전화했다. 엄마는 전화를 받자 무슨 일이냐고 했고 여경은 뜬금없이 엄마가 보고 싶다고 말했다. 엄마는 별일이라고 하면서도 기분이 좋아진 목소리였다. 여경은 전화를 끊고 플랫폼으로 들어오는 막차를 보며 핸드폰의 연락처에서 그의 번호를 삭제했다. 어쩌면 미연 언니와의 해후처럼 긴 공백의 시간을 갖게 될지 모르지만, 여경은 그가 그의 자리를 지키길 바라는 마음이었다. 여경의 아버지처럼.

해후

　시체스의 해변은 아름다웠다. 눈에 보이는 바다와 하늘은 온통 푸르렀고, 너른 해안가를 따라서 있는 야자수는 낭만적이었다. 바닷가를 마주한 카페테라스마다 놓인 화분들은 꽃다발처럼 거리를 화사하게 했다. 사람들의 표정과 몸짓은 여유롭고 행복해 보였다. 해변 끝자락의 낮은 언덕 위엔 고풍스러운 성당이 있었다. 여경은 하얀 건물 위에 걸린 종을 보며 작은 마을에 울려 퍼지는 종소리를 상상했다. 그러다 왠지 시체스의 해변 경치를 예전에도 본 듯해 잠시 기억을 더듬어 보았다. 이곳에 오기 전 그의 태블릿 화면에서 시체스의 해변을 보았었다. 하지만 그의 사진은 지금과 다른 느낌의 노을 사진이었다. 여경은 다시 골똘히 생각했다. 혹시 오래전 아버지의 유품을 정리하다 보았던 풍경 사진에서였던가, 아니면 엽서였을지도. 그 당시 여경은 사진을 보며 어디일까 궁금해 했고, 그 궁금증은 아버지를 기억하게 했다. 아버지가 숨을 거두기 전 했던 말이 '시체스'였던 것 같았었다. 여경은 아버지의 뜬금없는 말을 긴가민가 듣고 그 뒤로는 잊었었다. 그런데 이곳에 와서 아버지를 기억하게 되다니 생각지 못한 일이었다. 여경은 바닷바람에 머릿결을 흔들었다. 지난 추억을 새롭게 들춰 마주하고 싶지 않았다. 아버지를 기억하면 뭔지 모르게 우울해지곤 했었다. 그래서 여경은 시체스의 해변을 찾은 것과 아버지의 사진은 우연이라고 생각기로 했다. 그러곤 해변과 가까운 곳에 잠시 앉아 있을 만한 자리를 찾았다. 노천카페에서 석양을 보는 것도 좋겠지만 주위의 작은 소란에서 벗어나 오롯이 있고 싶었다.

곧 해가 질 시간이었다. 여경은 카페 건너에 있는 바닷가의 나무 벤치에 앉았다. 저녁노을을 감상하기 적당한 자리였다. 소소한 바람으로 프릴 모자의 챙이 눈가에 어른거렸다. 여경은 모자를 벗어 무릎 위에 올려놓았다. 눈앞의 바다에 한 걸음 더 다가선 듯했다. 먼바다 위에 작은 요트가 떠 있었다. 어디를 향해 가는 것일까 생각하는 사이 요트는 여경의 시야에서 벗어나고, 어느샌가 수평선까지 다다른 해가 붉은 모습을 드러내고 있었다. 용광로 같은 불덩이는 하늘을 물들이며 수평선 아래로 서서히 수그러들어 갔다. 빛과 열기가 거둬지고 세상의 모든 에너지가 빨려 들어가는 것 같았다. 여경은 시체스의 아름다운 노을풍경에 감동되어 가슴이 뭉클했다. 괜스레 기도의 마음도 들었다. 그러다 그가 떠올랐다. 여경은 그에게 자신이 시체스에 있으며 이곳은 정말 아름다운 곳이라는 말을 전하고 싶었다. 하지만 망설여졌다. 그에겐 아내가 있었다. 여경은 주머니에서 휴대폰을 꺼내어 화면을 켜고, 시간이 지나서 화면이 꺼지면 다시 켰다. 그렇게 휴대폰을 만지작거리다 부질없는 마음에 한숨을 쉬고는 잦아드는 노을을 사진 찍었다. 갑자기 바닷바람이 서늘하게 느껴져 옷깃을 여몄다.

　한 달 전. 여경은 다니던 여행사를 그만두었다. 어쩔 수 없는 결정이었다. 회사에는 온갖 이유를 대며 쉬고 싶다고 했지만, 솔직히는 그와 같은 공간에 있기가 힘들어서였다. 여경은 출근하고 사무실에 들어서면 그가 가장 먼저 느껴졌다. 많은 책상과 사람들 사이에서도 그가 어디에 있는지 단번에 알 수 있었다. 그에게는 여경만이 느끼는 어떤 아우라가 있었고,

여경의 모든 감각과 신경은 그를 향하고 반응했다. 그에게로 마음이 빨려들수록 자신이 지켜온 삶의 질서들이 흐트러져 휘둘릴 것 같아 불안하고 두려웠다. 그리고 어쩌면 그도 그럴지 모른다고 생각했다.

여경은 서른 중반까지 몇 번의 연애를 했었다. 만남은 모두 밋밋했고 시답지 않았다. 여경에게 사랑은 이기적이고 나약한 자신을 깨닫게 할 뿐이었다. 그래서인지 사랑의 감정에 연연하고 싶지 않았다. 이성에 관심은 시들해졌고 결혼보다 우아한 싱글의 삶을 꿈꾸기 시작했다. 그를 만나기 전까지는 남녀의 순수한 사랑은 소설 속에서나 있는 환상이라고 여겼다.

그는 여경보다 5살 어린 신입사원이었다. 여경은 영업부의 유럽팀장이었고, 그는 기획실의 여행상품 홍보 담당 직원이었다. 서로 업무가 다르기에 교류가 없었는데 예기치 않게 그와 일을 하게 되었다. 회사에서 홈쇼핑 출시 기념으로 기획한 '아다지오, 알프스를 품다.'에 예약 신청이 몰리면서였다. 상품기획팀은 급히 여행 날짜마다 출발팀을 늘리고, 전세기를 알아보고, 숙소를 확보하고, 고객들의 관광 계획을 짰다. 그리고 아르바이트로 일할 수 있는 여행가이드를 추가 모집했다. 그러나 구인이 쉽지 않았는지 급기야는 그에게도 가이드 임무가 주어졌다.

여행은 스물다섯 명씩 열 팀, 그리고 그 열 팀은 두 팀씩 한 그룹으로 묶였다. 한 그룹에는 두 명의 가이드가 정해졌다. 여경은 그와 같은 그룹으로 묶였다. 하필 가이드 경험이 없는 신입과 엮여 운이 없다는 생각이 들었다. 그가 스물다섯 명이나 되는 많은 인원을 관리하기엔 버거울 것이 뻔했다. 여경의 걱정에 영업부장은 경험이 많은 여경이 그를 도우면 된다고 밀어붙였다. 여경이 회사의 결정에 낙담하고 있을 때 옆자리의 정 팀장이 누구에게 하는 말인지 모를 위로의 말을 했다.

"수고가 많겠어요. 민 대리도 이번 출장이 부담일 거예요. 지금 한창 신혼인데 일주일은 길죠."

다행히 그는 여행의 준비부터 성심을 다했다. 오십 명의 고객에게 나눠 줄 파일을 만들고, 문자와 전화로 첫 모임 장소와 시간을 확인시켜 주었다. 둘이 나눠서 할 일들을 굳이 자신이 하겠다고도 했다. 여경에게 도움을 청할 수 있었는데도 혼자서 세심히 잘 챙겼다. 그의 그런 모습은 의외였다. 가이드로서 미숙할 것이란 여경의 우려는 괜한 짐작이었다. 거기에다 그는 명랑하고 유머가 있었다. 피곤하거나 짜증스러운 표정 없이 친절하고 활기찼다. 그래서 여행객들에게 인기가 있었고 여경은 힘이 들어도 즐거웠다. 점점 그와 손발이 잘 맞는다고 생각되면서부터 이상하게도 예전에 느껴보지 못한 감정들로 혼란스럽기 시작했다. 그건 마치, 마음인지 생각인지 모를 것들이 마구 섞여 한 단어로 표현되지 않을 때의 답답함과 비슷했다. 한번은 여행이 끝날 무렵 그와 마주한 자리에서 속이 울렁였던 적이 있었다. 차오른 감정들을 감당하기 버거워 일어난 격한 반응 같았다. 여경은 그날 울렁거림을 진정시키며 생각했었다. 무어라고 표현되지 않던 단어가 사랑일지도 모른다고.

그날의 일은 고객들과 마지막 관광지인 융프라우를 가기 전, 작은 마을의 호텔에서 머물고 난 아침부터 시작되었다. 긴 이동으로 지쳐 잠을 자고 일어난 아침의 공기는 신선하고 맑았다. 눈에 보이는 하늘, 들, 초록의 풀과 나무, 작은 무리의 양과 느긋한 젖소들, 아담한 나무집까지 모두가 순박하고 평화로워 보였다. 피부에 닿는 빛과 바람은 여경을 자연으로 동화시키는 것 같았다. 여경은 정원을 산책한 뒤 조식을 하기 위해 호텔 식당으로 갔다. 식당은 평범한 유럽의 레스토랑이었으나 감동이 있었다. 조금 전 봤던 아침 풍경이 식당의 유리 벽을 통해 그대로 펼쳐있었다. 여경은 창가에 있는 식탁 의자에 앉아 잠시 할 일을 잊고 밖을 바라보았다. 그때 그가 작고 하얀 커피잔을 여경의 식탁 위에 올려놓았다. 커피 향이 진하게 풍겼다. 황금빛 크레마로 덮인 커피가 잔 안에서 일렁이고 있었다. 여경은 미소를 지었고 그는 마주 앉으며 말했다.

"어제 아침에 뵈니 에스프레소를 좋아하는 것 같아서요."

여경은 그의 관심이 나쁘지 않았다. 그는 다시 흰 접시에 토스트와 두어 종류의 스프레드를 담아와서 식탁에 놓으며 말했다.

"빈속은 좋지 않아요. 오늘 일정도 빠듯한데 기운을 내야죠. 그리고 고마워요."

여경은 괜스레 미안한 마음으로 고마워해야 하는 건 저예요, 하고 말했다. 그는 작게 손사래를 하다 다시 말했다.

"사실 저는 인원 확인하는 게 서툴러서 정신이 없더라고요. 팀장님 덕분에 잘 해내고 있는 거예요. 오늘 일정도 이동이 많아요. 부탁드리는데 팀장님은 다른 건 신경을 쓰지 마시고 인원 확인만 도와주세요."

여경은 그의 말소리가 연인의 속삭임 같다고 생각하며 고개를 끄덕였다. 그는 자신이 구워온 토스트에 버터를 발라서 베어 먹고는 커피를 한 모금 머금다 삼켰다. 여경도 한 티스푼의 설탕을 커피에 넣었다. 설탕이 커피의 크레마 위에 소복이 얹혀 있다가 서서히 녹아내렸다.

 햇볕이 식당 안으로 비쳤다. 여경은 창밖의 초록 잔디 위에 앉아 있는 것 같았다. 볕이 따뜻했다. 마주 앉은 그의 주위로 빛에 반사된 미세한 부유물들이 반짝이듯 떠 있었다. 여경은 커피를 조금 마시고 무심코 손을 햇볕에 내밀었다. 손등에 있는 투명하고 여린 솜털도 빛에 반짝이듯 보였다. 마치 밝은 해에 가려진 별을 보는 것 같았다. 여경은 야릇한 기운에 휩싸여 하늘을 올려 보았다. 그리고 지나쳤던 모든 것들의 반짝임을 생각했다. 갑자기 앞에 앉아 있는 그도 새롭게 느껴져 찬찬히 다시 보았다. 웨이브 진 머릿결과 어깨로 이어지는 곧은 목선, 팔의 근육을 타고 내리는 푸른 핏줄의 작은 진동. 그를 이루는 모든 세포가 끊임없이 새롭게 살아나고 있으리라는 생각으로 여경은 저도 모르게 중얼거렸다. 이 사람도 반짝이고 있어, 하고.

 그는 준비해온 서류들을 들추다 무언가 생각난 사람처럼 고개를 들고 바깥을 응시했다. 여경은 그런 그가 어느 곳을 보는지, 무엇을 생각하고 느끼는지 궁금했다. 그래서 그가 응시하던 시선을 여경에게 돌리고 '왜요?' 하고 물었을 때, 여경은 '당신도 나를 느끼나요?' 하고 되묻고 싶었다. 그러나 여경은 그냥이요, 하고 무심히 대답했다. 그는 다시 서류를 뒤척이기만 했다. 그의 머리카락이 바람을 타듯 살짝 흔들렸다. 이어서 여경의 코끝에도 풋풋한 바람이 스친듯했다. 바람을 일으킬 것이 없는데 이상한 일이었다. 여경은 두리번거렸다. 창밖의 정원수잎이 바람으로 흔들거리고 있었다. 여경은 자신이 창밖의 풍경 속에 있는 것 같았다. 착각이 든 상상이든 풍경 안에는 그와 함께였고, 모든 것이 자연 안에서 완벽하게 아름다웠다. 여경은 뭔지 모를 감정이 일어 속이 울렁거렸다.

여경은 속을 진정시키려고 자리에서 일어섰다. 그는 여경에게 왜 갑자기, 하고 물으며 걱정 어린 표정으로 바라봤다. 여경이 아무런 것도 아니란 말로 그의 걱정을 덜어주려던 차에 식탁 위에 놓인 휴대폰에서 영상통화 벨이 울렸다. 그는 휴대폰을 보고는 벨 소리가 너무 크네요, 하고 급하게 전화기의 음량을 줄였다. 그와의 사이에 미묘한 분위기가 흐르듯 했다. 얼핏 보인 휴대폰 화면의 여자가 그의 아내 같았다. 그는 여자를 보며 말했다.

"별일 없지?"

여경은 식당을 나오며 그의 목소리가 평소와 달리 덤덤하다고 생각했다. 그리고 그의 덤덤한 소리를 다음날 인천으로 가는 비행기 안에서 다시 듣게 되었다.

  그는 여경의 옆자리에 앉아 있었다. 기내는 조명이 꺼져 있어 아늑하고 좋았다. 여경은 곁에 앉은 그의 온기를 느끼며 시간이 멈췄으면 했다. 그런데 그가 갑자기 자신의 트레이 테이블 위에 놓인 태블릿을 켜고 여경에게 화면을 보이며 말했다.

  "시체스의 석양이에요. 대학 다닐 때 배낭으로 갔던 곳이죠. 정말 아름다웠어요. 다시 시체스의 해변을 찾을 마음이었는데 아직 못 갔어요."

  여경은 그렇군요, 하고 답했다. 그러자 그는 여경의 대답과 상관없이 덤덤히 말을 이었다.

  "어제 아침엔 기분이 묘했어요. 감정을 표현하기에 적당한 단어가 없더군요. 단순한 평온 같으면서도 특별한, 그런 기운이 제 주위를 감도는 것 같았지요. 호텔 식당에서 서류를 뒤척이며 무심한 척했지만 사실은 팀장님에게 온 신경이 집중돼 있었어요. 그리고 곧 여행이 끝난다는 생각으로 초조하고 불안했어요. 왜인지는 모르겠어요. 팀장님과 함께 일하는 동안은 행복했다는 것이 이유가 될까요?"

  여경은 그의 목소리가 조용한 기내에서 크게 울리는 것 같아 신경이 쓰였다. 그래서 작은 소리로 그랬군요, 하고 대화를 끝내려 했다. 하지만 그는 한동안의 침묵 뒤 다시 고해하듯 말했다.

"아이가 있어요. 철없던 시절 낳은 아이죠. 결혼은 나중에 했어요."

여경은 그가 왜 그런 말을 자신에게 하는지 의아했고, 무슨 의미인지도 알 수 없었다. 마음이 이상했다. 아마 그도 여경만큼 자신이 이해되지 않았을 것이란 생각이 들었다. 그리고 그 순간 왜 아버지가 생각났는지, 갑자기 무력해지고 피곤이 몰려왔다.

시체스를 떠날 시간까지는 아직 여유가 있었다. 벤치에 앉아 있던 여경은 잿빛으로 변하는 바다를 뒤로하고 카페거리를 향해 걸었다. 보이는 카페들의 불빛이 평안하고 푸근했다. 여경은 시체스를 떠나기 전 느긋한 식사를 하고 싶어졌다. 굳이 바르셀로나에 도착해서 늦은 저녁을 허겁지겁 먹기보다 시체스의 맛집을 들러보는 것도 좋을 듯싶었다. 그러나 검색된 음식점들이 그다지 끌리지 않았다. 어쩌면 후기보다 못할 수 있고, 관광객들로 편하지 않을 수 있다는 생각이 들었다. 아무래도 저녁 식사 시간에 사인용 식탁을 혼자 차지하는 건

민폐일 것 같았다. 여경은 저녁 한 끼에도 이런저런 생각을 하는 자신이 마땅치 않았다. 그냥 아무 곳에서 아무런 메뉴를 골라 먹으면 될 것을. 그러나 이내 시체스의 골목을 걷다 스쳐 지났던 파란 타일 식당이 생각났다. 입간판에 음식 사진이 있던 파란 타일 식당은 골목 안쪽이라서 사람이 붐비지 않을 것 같았다.

여경은 시체스역에서 바닷가까지 가는 골목 중간쯤 한 블록 뒤에 있던 파란 집을 찾아보았다. 해가 저문 시간이라서 낮에 보았던 골목길과 사뭇 달라 보였다. 잠시 방향 감각까지 잃었다. 분명 지났던 골목인데도 건물과 간판이 달리 보이고, 상점마다 내놓았던 상품과 유리창 안의 상품들이 모두 처음 보는 것 같았다. 같은 골목을 빙빙 도는 것은 아닌가 혼란스럽기까지 했다. 여경은 또다시 저녁 한 끼가 뭐가 그리 중요한가 싶어졌다. 그래서 바로 옆 빵집에 들어갔다. 기차 안에서 간단하게 빵으로 요기를 할 생각이었다. 타르트 한 개는 민망해서 두 개를 사고는 혹시나 해서 점원에게 근처에 파란 타일의 식당이 있느냐고 물었다. 만일 모르면 할 수 없고 알더라도 복잡하게 찾아가야 하면 포기하고 말 심산이었다. 그런데 점원은 망설임 없이 손가락으로 길 건너를 가리켰다. 점원이 가리킨

쪽에 노란 네온등이 켜진 집이 보였다. 눈여겨보지 않으면 어두워진 골목에서 찾기 힘든 곳이었다. 여경은 바로 근처에 두고 헤매어 헛웃음이 났다.

골목 사잇길을 들어서서 파란 타일 집에 다다랐다. 입간판에 몇 종류의 파에야 사진이 붙어 있었다. 가계의 유리문 주위로는 작은 정사각의 파란 타일이 하얀 벽에 제멋대로 붙어 있었다. 여경은 유리문 안을 들여다봤다. 손님은 없었고 주인인가 싶은 아시아계 여자가 식탁을 정리하고 있었다. 여경은 음식 맛이 없는 곳인가 싶어 되돌아서려다 여기를 찾느라 시간을 낭비했는데 나중에 아쉬울 수도 있다는 생각이 들었다. 그리고 파에야도 저녁으로 괜찮을듯했다. 어쨌거나 쌀 요리인데 특별한 솜씨가 아니어도 제맛을 낼 거란 기대를 하고 문을 열고 들어섰다.

딸랑이는 종소리와 함께 식당에 있던 여자가 고개를 돌리며 '올라!'하고 반겼다. 여경도 가볍게 답했다. 홀에는 네 개의 식탁이 있었고, 주방은 오픈되어 있었다. 여경은 홀에 사람이 없어 가벼운 마음으로 자리를 잡았다. 그러자 여자가 여경에게 다가와 무슨 말인지 하려다 말고 메뉴판을 내밀었다. 여자가 직접 주문을 받는 것을 보면 아마도 혼자서 요리와 서빙을 하는 듯했다. 마른 체구의 고상한 여자는 나이가 쉰은 넘어 보였다. 음식점의 주인보다는 여유롭게 카페에 앉아 차를 마시며 책을 보는 모습이 어울릴 것 같은 여자였다. 아무튼 여경은 더 이상의 신경을 두지 않고 메뉴판에 있는 파에야 사진을 봤다. 모두 맛있게 보였지만 해산물이 올라가 있는 파에야가 맘에 들었다.

여경은 손가락을 해물 파에야 사진에 얹고 무심결에 이걸로 주세요, 하고 말했다. 그러곤 바로 자신이 한국말로 주문했다는 걸 깨달았다. 아마도 그녀가 동양인 같아서, 또는 이곳이 시체스란 것을 잊고 툭 나온 말 같았다. 여행 내내 스페인어를 쓰다가 불쑥 터진 한국어가 순간 낯설게 느껴졌다. 여경은 자신이 어디서고 이방인일지 모른다는 생각이 들었다. 그래서 괜스레 다시 유창한 스페인어로 해물 파에야를 주문하고 애피타이저나 디저트를 물어보려 했다. 그러나 그녀가 여경의 주문을 받자마자 고개를 끄덕이며 말했다.

"한국분인 것 같았어요. 편하게 말씀하세요. 저도 예전엔 한국에서 살았거든요."

여경은 그녀가 한국인이라는 것에 놀랍기도 했지만 그녀의 나긋하고 가는 목소리가 이상하게도 신비롭게 들렸다. 어딘지 익숙한 부드러움이 있는 목소리였다. 그녀는 조리대로 가서 여경의 파에야를 만들기 시작했다. 여경은 그녀를 유심히 보았다. 길어 보이는 머리카락은 뒤로 묶여 핀으로 꽂아 올렸고 짙은 청색 셔츠와 스커트에 흰 앞치마를 입고 있었다. 나이가 들어 보였지만 얼굴빛이 고왔고 목에 두른 짧은 스카프는 어색하기보단 그녀와 잘 어울렸다. 조리대에서 요리하는 모습은 마치 무대 위에서 나풀거리는 무용수 같았다. 여경은 홀에 흐르는 음악으로 인해 그녀의 요리하는 모습이 춤을 추듯 보였다. 여경은 음식을 기다리는 시간이 지루하지 않았다. 음악이 좋았고, 음식이 만들어지는 소리와 냄새가 좋았다. 오히려 파에야가 더 늦어도 좋겠다는 마음이었다.

어느 정도의 시간이 흐른 뒤 그녀가 냄비에 담긴 파에야를 식탁에 올려놓았다. 여경은 맛있게 드세요, 하고 돌아서는 그녀를 붙들기라도 하듯 말했다.

"쇼팽의 피아노곡이죠? 제가 좋아하는 곡이라서 편안하네요."

그녀는 반기는 기색으로 말했다.

"그렇군요. 저도 좋아하죠. 지금은 녹턴 11번이네요. 마음을 편안하게 하죠."

그녀의 말대로 마음이 편안해지고 위안을 받는 느낌이었다. 쓸쓸하던 마음이 조금 따스해지는 기분이었다. 그런 여경에게 그녀는 다시 친근하게 말했다.

"제가 쌀을 조금 더 익혔어요. 소금은 짜지 않게 약간만 넣었고요. 괜찮을지."

여경은 지중해의 나라에선 꼭 소금을 적게 넣어달라고 하던 주문을 파에야를 시키며 빼 먹었었다. 아! 그럼요 제가 잊었는데 알아서 해주셔서 고마워요. 그녀는 흡족하게 웃으며 어서 맛있게 드세요, 하고 주방으로 갔다.

파에야가 그녀의 말대로 설익지 않았고 짜지 않아 좋았다. 근처의 해안에서 잡은 해산물인지 홍합과 오징어, 새우가 신선하고 맛있었다. 여경은 해물을 좋아하는 엄마가 생각났다. 여행하기 전 엄마에게 퇴사했다고 말하지 않은 것이 마음에 걸렸다. 굳이 이야기해서 걱정을 끼치고 싶지 않기도 했지만 그보다 뻔하게 이어질 잔소리를 듣고 싶지 않았었다. 엄마는 여경이 누굴 만나든지 지레짐작으로 괜찮은 사람이냐? 또는 이젠 결혼할 사람을 만나야지, 하고 눈치를 주었다. 아마도 엄마는 이번 여경의 여행을 평상시처럼 해외 출장 중이라고 생각할 거였다. 여경도 엄마가 그렇게 알고 있어야 마음이 편했다. 여경이 오피스텔을 얻었을 때도 엄마에겐 출퇴근이 힘들기 때문이라고 핑계를 댔었다. 나쁘다고 생각하지 않았다. 그리고 이젠 모든 것을 다 말할 필요가 없다는 생각이었다.

여경은 이런저런 생각을 하며 파에야를 먹다가 그릇을 비우고야 생각에서 빠져나왔다. 파에야는 생각보다 많은 양이었다. 디저트가 나와도 먹지 못하고 일어서야 할 정도로 배가 불렀다. 그녀는 여경에게 다가와서 아이스크림을 먹겠냐고 물었다. 여경은 괜찮다고 인사하고 일어나려 했다. 그러자 후식으로 차가 있다며 바로 주방으로 가서 하얀 찻잔과 요술램프 같은 티포트가 올려진 쟁반을 들고 왔다. 여경이 식사를 마칠 때까지 기다리고 있던 모양이었다. 여경은 차를 조금이라도 마셔야 식당을 나설 때 기분 좋은 인사를 나눌 것 같았다. 그리고 그녀의 친절이 고맙기도 했다.

그녀는 테이블 위에 찻잔을 내려놓고, 티포트에 담긴 물을 잔에 따르며 제가 만든 거예요, 하고 말했다. 여경은 귀담아듣지 않고 포트의 긴 주둥이로 올라오는 증기를 보고 있었다. 그리고 램프의 요정이 없다는 걸 언제 알았던가, 하고 생각했다. 그리고 연이어 오래전 큰할아버지 집의 마루에 부서질 것 같은 장식장이 있었던 걸 떠올렸다. 여경은 그림책에서 본 요술

램프를 장식장 안에서 찾아보고 싶었다. 작은 키 때문에 의자 위에 올라서다가 발을 헛디디어 넘어지고 놋그릇들이 쏟아져 내렸었다. 그러면서 다리에 상처가 났고, 여경은 그 상처를 보며 생각했었다. 램프의 요정은 없는 거 같다고. 그때가 몇 살이었는지 생각은 나지 않았다. 너무 어렸거나 뚜렷이 남을 별다른 추억이 없었거나. 하여튼 흐릿한 기억이었다.

  여경은 찻잔을 손으로 감싸고 따뜻한 온기를 느꼈다. 그러고는 차의 향이 여느 차와 달라서 찻잔 안을 들여다보았다. 찻물 위에 노란 꽃이 떠 있었다. 다시 자세히 보니 국화꽃이었다. 조그마한 여러 개의 꽃잎이 흐트러지지 않고 피어있었다. 여경은 놀라워 소리를 냈다.

  "국화차였구나!"

  여경은 국화차, 국화차, 국화차, 하고 되뇌다 선명한 추억을 떠올렸다. 작고 노란 국화꽃이 바닥으로 흩뿌려진 날.

  초등학교 일학년. 여경의 집은 부산의 변두리에서 꽤 큰 레스토랑을 했었다. 주말은 물론이고 평일에도 손님이 많았다. 그중에는 지역이 다른 곳에서 온 사람도 여럿 있었다. 아버지는 영업 수완이 있었다. 지역유지나 인맥으로 손님을 끌었고 유능한 요리사도 채용했다. 그래서 다른 지역에 집이 있는 직원도 여럿이었다. 아버지는 레스토랑의 3층을 개조해서 반은 살림집으로 나머지 반은 직원들의 숙소로 만들었다. 아버지의 말에 의하면 직원들의 마음과 몸이 편해야 손님에게 친절히 서비스한다는 거였다. 하여튼 그 시절 여경은 행복했었다. 아버지의 레스토랑은 여경의 자랑거리였고 레스토랑에서 일하는 언니 오빠들이 가족 같아서 좋았다. 그리고 그중에서 매니저 언니를 가장 좋아하고 따랐었다.

여경은 매니저 언니를 뭐라고 불러야 할지 몰랐었다. 엄마는 미스김이라고 불렀지만 여경은 미연 언니, 하고 부르는 게 좋았다. 그래서 학교 수업이 끝나고 집에 오면 엄마보다 '미연 언니'하고 부르며 식당 안으로 뛰어 들어가곤 했다. 그럴 때면 아버지는 학교 숙제를 하라며 위층으로 쫓았다. 엄마도 여경을 나무라긴 마찬가지였다. 영업 중인 레스토랑에 주인집 아이가 돌아다니면 남들이 욕한다고 했다. 엄마는 휴일에만 레스토랑 청소를 한다며 아래층으로 내려갔었다. 그와 다르게 직원들은 3층을 거리낌 없이 드나들었다. 하루 세끼를 교대로 먹으니 엄마는 식사 준비를 하고 치우느라 쉴 틈 없이 바빴다.

여경은 레스토랑의 휴일이면 미연 언니를 졸졸 따라다녔

다. 미연 언니는 다른 직원들처럼 가족이 있는 집으로 가지 않았다. 그렇다고 숙소에도 있지 않았다. 모르지만 엄마를 위한 것 같기도 했다, 어쨌든 휴일에는 미연 언니가 거의 식당 옆 공터에 있거나 레스토랑의 조리실에 있었다. 여경은 학교에서 돌아오면 해가 지기까지 미연 언니 곁에 있었다. 짧은 시간이었지만 여경은 그 시간이 정말 좋았다. 특히 미연 언니와 국화꽃을 따서 볕에 말린 뒤 작은 유리병마다 채워놓는 일은 재미있고 뿌듯했다. 더구나 함께 국화차를 마시면 기분이 더 좋아졌다.

미연 언니는 레스토랑의 디저트로 국화차를 내놓았다. 아버지는 미연 언니의 국화차를 좋아했다. 그래서였는지 미연 언니도 아버지에게 늘 국화차를 타 주었다. 엄마는 차를 너무 많이 마시면 오히려 건강에 좋지 않을 거라고 했다. 그러나 아버지는 괜찮다며 국화차를 항상 곁에 두었다. 누구의 말이 맞는지는 모르지만 미연 언니는 가을 내내 아침이면 국화꽃을 찾아다녔다. 그렇게 따온 국화꽃은 물에 깨끗이 씻어서 볕에 여러 날 말리고는 유리병마다 가득 채웠다. 그런데 유리병이 늘어나던 어느 날, 뜻밖의 일이 일어났다.

초겨울 국화꽃도 지고 겨울방학을 앞두었던 날이었다. 그날도 여경은 수업이 끝나고 곧바로 레스토랑으로 갔었다. 영업준비가 한창일 시간이었는데 미연 언니는 없고 아버지가 넋 나간 사람처럼 카운터에 앉아 있었다. 여경은 미연 언니가 어디 있지? 하고 3층으로 올라갔다. 그런데 거실이 난장판이었고 그 난장판의 가운데에 미연 언니와 엄마가 서 있었다. 여경은 어리둥절했다. 말려있던 국화꽃은 바닥에 처참히 흩어져 있었고 미연 언니의 흐트러진 머리는 국화꽃으로 범벅이돼 있었다. 엄마는 여경이 처음 듣는 욕을 큰소리로 지르고 또다시 유리병 안의 국화꽃을 바닥으로 흩뿌려댔다. 거실이 온통 국화 향으로 가득했다. 미연 언니는 미친 여자처럼 헝클어진 머리로 고개를 숙이고 움직이지 않았다. 엄마는 그렇게 서 있던 미연 언니에게 소리치듯 말했었다.

"어딜 넘봐. 은혜를 원수로 갚냐? 못된 년. 언제부터야! 언제부터냐고!"

여경은 울음이 날 정도로 무섭고 겁이 났다. 어떻게 해야 할지 몰라 방으로 들어가 학원 가방을 들고나왔다. 도대체 미연 언니가 무슨 잘못을 했기에 엄마가 저렇게 화가 났을까 했다. 미연 언니가 불쌍했다. 그리고 엄마의 화가 풀리면 예전과 같아질 거로 기대했다. 여경은 학원에 가지 않고 계단에 앉아 있었다. 조금 뒤 아버지가 굳은 표정을 하고 집으로 들어갔다. 아버지는 계단을 오르면서도 여경이 눈에 보이지 않는 듯 지나갔다.

어느 정도의 시간이 지나고 계단에 발소리가 들렸다. 미연 언니가 3층에서 아래로 내려오고 있었다. 머리는 단정했고 유니폼이 아닌 바지와 스웨터를 입고 코트를 걸친 모습이었다. 양손에는 작은 손가방과 큰 가방이 들려 있었다. 여경은 미연 언니가 떠난다는 생각에 갑자기 눈물이 쏟아졌다. 미연 언니는 여경 앞으로 다가와서 무릎을 접어 앉고 두 손으로 여경의 어깨를 꼭 잡았다. 그러곤 눈을 마주치고 한동안 바라만 보다 여경아, 하고 부르고는 멈칫하고 입술을 들썩거리며 힘들게 말했다.

"여경아, 엄마 없이 언니랑 같이 살 수 있겠니?"

"왜?"

미연 언니의 가는 목소리는 유난히 떨렸고 눈에는 눈물이 고여 났다. 엄마가 그렇게 소리치며 윽박질러도 고개만 숙였던 언니였는데, 여경 앞에서는 울음을 삼켜내며 눈물을 흘렸다. 여경은 미연 언니가 불쌍해서 더 슬펐다. 그리고 왜 그런 걸 묻는지 알 수 없었지만 생각할 새도 없이 미연 언니는 바로 일어나 건물을 나갔다. 그리고 국화꽃을 따던 공터를 지나 멀리 사라져 갔다. 3층에서는 아버지와 엄마의 다투는 소리가 들렸다. 잠시 소리가 멈추는가 싶더니 아버지가 후다닥 뛰쳐나와 언니가 사라졌던 쪽으로 뛰다시피 하다 공터에서 우두커니 서 있었다. 그 일이 있은 뒤로는 아버지와 엄마는 서로 서먹했고 여경은 오랫동안 즐거운 것이 없었다. 아버지는 레스토랑 사업을 접고 몇 해 뒤 병으로 세상을 떠났다. 엄마는 늘 레스토랑을 하지 않았으면 아버지가 그렇게 병들지 않았을 거라 말했었다. 하지만 여경은 그렇게 생각하지 않았다. 아버지는 레스토랑을 운영할 때가 가장 행복해 보였다. 그런데 미연 언니가 떠난 뒤로는 가끔 우울해 보였고 좋아하던 국화차도 마시지 않았다. 아버지는 우울의 모습을 보일 때면 여경을 안고 말했었다.

"여경아. 아빠가 많이 사랑한다."

그건 마치 아버지의 다짐처럼 들렸었다.

여경은 국화차 한 모금을 입안에서 굴리다 삼키며 가슴이 철렁했다. 어릴 때 마셨던 그 국화차의 맛이었다. 미연 언니의 국화차처럼 향이 은은하고 부드러웠다. 깔끔한 끝 맛에 살짝 달큼하기까지. 여경은 믿기지 않았다. 그래서 혹시나 하는 마음으로 그녀를 유심히 살펴보았다. 그녀의 나이는 미연 언니와 비슷해 보였고, 어렴풋하지만 가뿐한 몸과 낯설지 않았던 목소리도 어릴 때의 기억과 비슷했다. 거기에다 국화차를 좋아하고 만들기까지 한다니. 여경은 다시 그녀를 골똘히 바라보았다. 그녀도 마찬가지로 미간을 찌푸려가며 여경을 바라보고 있었다. 여경은 그녀와의 사이에 어떤 기류가 생겨나고 흐르는 것 같았다. 서로가 선뜻 나서기 힘든 긴장감 같기도 했다. 여경은 그녀의 시선을 피해 고개를 숙였다. 식탁 위에 놓인 테이블 매트로 시선이 갔다. 천으로 만들어진 매트의 구석에는 'mee yeon'이라고 노란 실로 수가 놓였다. 아! 미연 언니가 틀림없어.

 여경은 식어가는 국화차를 마시고 두근거리는 가슴을 진정시키려 했다. 그러나 흥분은 쉽게 가라앉지 않았다. 어떻게 이런 일이 일어날 수 있을까. 여경은 차를 다시 마셨다. 그리고 지난날의 아버지와 엄마를 기억하며 지금의 그녀를 다시 보았다. 그녀는 굴곡 없는 평온한 일상의 하루를 보내고 있는 것처럼 보였다. 예전에 몰아쳤던 관계의 상처들은 추억으로 덮어 두었을까? 어쩌면 그것마저 비워냈을지 모를 일이었다. 아버지와 어머니도 금기처럼 꺼내지 않던 지난 세월의 한 토막. 그들이 무엇을 원하고 중요시했는지는 모르지만, 세월은 흘렀고 이젠 서로 각자의 자리를 지키고 있는 거였다. 여경은 새삼 아버지가 그리웠다. 그리고 남편과 아버지로서 자신의 자리를 지켰던 아버지의 외로운 시간이 울컥하게 슬프고, 감사했다.

그녀는 주방에서 여경이 먹었던 파에야 그릇을 닦기 시작했다. 여경은 그런 그녀의 모습을 보고 이제 서로를 알아본들 무슨 의미가 있나 싶었다. 그녀를 만난 것을 기뻐해야 할지 슬퍼해야 할지 헤아려지지 않는 복잡한 심경이었다. 여경은 빨리 자리를 뜨고 싶어졌다. 지금의 알 수 없는 마음이 시간이 흐르고 나면 정리될지 모를 일이라고 생각했다. 나중에 이곳을 다시 찾더라도 지금은 아닌 것 같았다. 여경은 테이블 위에 음식값과 팁을 올려놓고 일어섰다. 그녀는 아직도 설거지가 한참이었다. 여경이 조용히 나가려는데 먼저 문이 열리고 종소리와 함께 현지인으로 보이는 노년의 남자가 들어오며 그녀를 향해 말했다.

"올라."

그녀는 팔을 뻗어 어느 쪽인지 모를 방향으로 손짓을 했다.

남자는 그녀의 몸짓을 별다르게 보지 않고 집안 이야기를 이어서 했다. 여경은 문을 열고 나가는 짧은 순간에 그녀의 말이 들렸다.

"머리가 어지러워. 집에 들어가서 얘기해."

　여경은 시체스역을 향해 걸었다. 가슴에 자리 잡고 있던 소중한 것을 잃어버린 것처럼 허탈했다. 그가 생각났다. 그가 다시 찾겠다던 시체스의 아름다운 석양을 보기 위해 여기까지 왔는데 미연 언니를 만나다니. 삶은 한쪽으로만 기울지 않고 균형을 맞추며 가는 것 같았다. 시체스의 아름다운 노을과 파란 파일의 식당처럼 말이다. 여경은 그와 함께했던 알프스의 아침을 생각했다. 그날의 기억은 세월이 지나 아련해져도 행복한 기억이길 바랐다. 그녀와 함께 국화차를 마시던 아련한 추억처럼 말이다. 여경은 갑자기 엄마가 생각났다. 바르셀로나행 막차를 기다리며 엄마에게 전화했다. 엄마는 전화를 받자 무슨 일이냐고 했고 여경은 뜬금없이 엄마가 보고 싶다고 말했다. 엄마는 별일이라고 하면서도 기분이 좋아진 목소리였다. 여경은 전화를 끊고 플랫폼으로 들어오는 막차를 보며 핸드폰의 연락처에서 그의 번호를 삭제했다. 어쩌면 미연 언니와의 해후처럼 긴 공백의 시간을 갖게 될지 모르지만, 여경은 그가 그의 자리를 지키길 바라는 마음이었다. 여경의 아버지처럼.

　여경은 기차를 타고 바르셀로나로 가며 융프라우에서 머물렀던 작은 마을을 떠올렸다. 그리고 생각했다. 자신이 사랑에 빠진 것은 그가 아니라 그를 둘러쌌던 스위스의 아름다운 풍경이었고, 그 여운이 한동안 그에게 머물러 있던 것뿐이라고.

산 조 각

　숙소에 다다랐을 무렵부터 축제의 하이라이트처럼 거리 위로 붉은 장미꽃잎이 흩날리며 떨어져 내렸다. 그때 손을 잡고 걷던 지나가 와우! 하고 탄성을 냈다. 그리고 도로에 내려앉은 붉은 꽃잎을 밟으며 신나게 폴짝거렸다. 나는 순간, 잊고 있던 서울의 봄이 떠올랐다. 바람을 타는 가로수의 꽃잎들이 눈꽃처럼 흩날리던 벚꽃길. 이상하게도 붉은 장미꽃으로 덮인 람블라스 거리도 서울의 봄날처럼 화사하고 아름다웠다. 사람들의 걸음으로 이는 바람에 장미꽃잎이 날리고, 그들의 이야기 소리는 물결처럼 흘렀다.

산조르디

나의 딸 마리는 마이클과 열흘간 스페인 여행을 한 뒤, 어제 바르셀로나 성당에서 결혼식을 했다. 그러곤 이른 아침에 니스로 떠났다. 나는 호텔 로비에서 그들을 배웅하고 잠시 소파에 앉아 있었다. 정신없이 보낸 이틀이었다. 긴 비행시간으로 지친 상태에서 마리의 결혼식에 참석했었다. 그동안의 긴장이 풀리는지 몸이 나른했다. 그대로 앉아 있고 싶었다. 그러나 방에서 자고 있던 손녀 지나가 걱정되었다. 나는 피곤한 몸을 일으켜 호텔 방으로 올라갔다. 다행히 지나는 잠을 잘 자고 있었다. 지나도 내내 어른들을 따라다니느라 힘들었던 모양이었다. 나는 조심스레 지나 곁에 누웠다. 잠깐이라도 자고 나야

기운이 날 것 같았다.

  그렇게 잠깐 잠들어 있다가 호텔 조식 시간이 끝날 때쯤 눈을 뜨고야 말았다. 먼저 일어난 지나는 냉장고에 넣어두었던 우유를 꺼내 마시고 있었다. 지나는 투정이 없는 아이였다. 배가 고팠구나? 지나는 네, 하고는 헝클어진 머리를 작은 손으로 쓸어내렸다. 늦잠을 자는 바람에 아침 식사를 챙기지 못해 미안했다. 그래서 뭐라도 먹이려 서둘러 나갈 준비를 하고 호텔 밖으로 나섰다. 호텔의 조식을 놓쳐 아쉽기는 해도 몸이 가뿐해서 좋았다. 지나가 내 팔을 흔들어 깨우지 않았다면 더 늦을 뻔했다.

  그러나 사실 늦어도 상관은 없었다. 딱히 계획이 없었다. 하루 정도로 바르셀로나를 다 구경하기도 무리였다. 거기에다 지나와 함께여서 느긋하게 다닐 생각도 있었다. 남편이라도 휴가를 내었다면 편히 즐길 수 있을 텐데 남편은 일을 즐기는 사람처럼 회사에 충성했다. 이번에도 결혼식이 끝나자마자 내게 며칠 쇼핑하고 오라며 카드를 주고 바로 LA로 돌아갔다. 우리 집과 남편의 회사는 LA 공항에서 1시간 거리에 있는 어바인이니 직항으로 가면 열세 시간 걸렸다. 남편은 지금 회사에서 근무 중일 것이었다.

바르셀로나의 아침 공기는 어바인의 건조함이 없어 좋았다. 잔잔히 부는 바람이 거리와 건물, 사람, 모두를 촉촉하게 만드는 것 같았다. 나는 호텔 옆 베이커리 카페에 들러 빵과 음료를 사고 테이블에 앉았다. 지나는 빵을 먹다가 진열장 안의 빵들과 쿠키를 손가락으로 가리키며 뭐야? 하고 물었다. 나는 한두 번 대답했고 점원들은 지나에게 작은 초콜릿 과자를 주며 그들의 말로 계속 답해주었다. 서로가 알아듣지 못할 언어로 말하면서도 뭐가 즐거운지 카페 안이 웃음소리로 가득 찼다. 지나는 어디서고 시선을 받고 사랑받는 아이였다. 마이클도 지나를 사랑할 수밖에 없을 거란 생각을 하며 어제의 감격을 떠올렸다.

　마리는 참으로 예뻤다. 단정한 드레스는 마리를 더욱 돋보이게 했고, 하얀 레이스 면사포는 마리가 귀하고 소중하다는 감동을 주었다. 지나는 아기 천사처럼 마리의 뒤를 따르며 걸었다. 나는 마리와 지나의 모습이 아름다워 가슴이 뭉클했었.

　그런데 오늘도 지나는 어제처럼 들러리로 입었던 드레스를 입고 있었다. 아침에 편한 옷을 입히려 했으나 엄마처럼 예쁜 드레스를 입겠다고 했다. 나는 지나의 그런 모습에 살짝 걱정이 들었다. 새로운 오빠들과 잘 어울릴지. 사위가 된 마이클은 마리보다 열 살이 많았고 전처와 낳은 아들도 둘이나 있었다. 사실 나는 사위가 탐탁지 않았다. 하지만 마리도 딸이 있는 미혼모라서 결혼을 반대할 수 없었다. 더구나 마리는 부모의 의견보다 제 뜻대로 행동하는 아이였다. 결혼식장도 LA가 아닌 바르셀로나로 정했다. 아마도 LA에서 결혼식을 하면 피로연이 부담되었을 것이다. 마리의 말로는 경비 때문이라고 했지만 내가 짐작하기엔 마음이 편치 않아서일 것 같았다. 마이클의 아들들과 친인척, 친구, 전처와 연결된 지인들, 그리고 무엇보다 그들과 다른 동양계 마리와 마리의 딸인 지나까지. 모두의 관심이 축복보다 불편일 수 있었다. 하지만 나는 나의 짐작이 나만 느끼는 문화차이와 편견일지 모른다는 생각도 들었다. 정작 미국에서 나고 자란 마리는 나와 다르게 주변에서 흔하게 접하는 다문화 가정이나 인종에 별다른 의식이 없었다. 어쨌든 마리는 해외에서 의미 있는 결혼을 하겠다며 바르셀로나에 있는 산타마리아 성당에 혼배성사를 예약했다. 예약 절차가 까다로워 한인 성당의 신부님이 도움을 줬다.

결혼식이 끝나고 신혼여행 동안 마이클의 아이들은 사돈이 챙겼고, 지나는 내가 돌보기로 했다. 그런데 스페인까지 와서 그냥 미국으로 돌아가기가 아쉬웠다. 나의 해외여행은 한국 여행이 전부라고 하면 모두가 농담으로 받아들였다. 나는 이 참에 바르셀로나를 더 둘러볼 생각으로 예약된 비행기 표를 연기했다. 지나가 걱정이 되긴 했지만 함께 하는 추억도 좋을 듯했다.

카페를 나서자 거리가 조금 전의 분위기와 다르게 활기찼다. 카페 직원이 오늘은 책의 날이면서 스페인의 밸런타인 축제가 있는 날이라고 했다. 뒤늦게 스마트폰으로 검색해 봤다. 4월 23일은 산조르디의 날 이었다. 전설에 의하면 용맹한 기사 산조르디가 괴물에게서 공주를 구했고, 괴물의 피가 떨어진 곳에서 장미가 피어났다는 거였다. 어쩐지 카페의 카운터와 테이블 마다 장미꽃 바구니가 놓여 있었다. 우연인지 아니면 마리의 계획인지 모르지만, 거리는 산조르디날의 축제로 많은 사람이 붐볐다. 상점들은 저마다 호화로운 치장으로 발길을 멈추게 했다. 어제만 해도 평온했던 거리가 다른 곳이 돼 버린 듯했다.

나는 지나의 손을 잡고 람블라스 거리를 걸었다. 도로를 따라서 다채롭게 장식된 천막상점이 나란했다. 저마다의 가판대 위엔 한 아름의 꽃바구니는 물론 리본으로 묶인 온갖 종류의 장미 꽃송이가 가득했다. 또 다른 곳엔 알록달록한 표지의 책들이 쌓여 있고, 산조르디의 상징인 드래곤 캐릭터의 소품과 장난감이 진열되어 있었다. 드래곤 인형과 장난감들은 귀엽고 앙증맞았다. 지나는 가판대에 놓인 물건들을 까치발하고 보다가는 뜀박질로 앞서서 또 다른 가판대 위를 두리번거렸다. 그러면서 보이는 모두가 신기하고 놀랍다는 듯 나를 보며 말했다.

"할머니 드래곤이 많아."

지나는 한국말이 서툴렀다. 나이가 세 살인 이유도 있지만 환경이 다른 탓도 있었다. 미국인 사위는 어쩔 수 없다고 해도 마리만큼은 지나와 한국어로 대화하길 바랐다. 그러나 마리는 지나와 영어로만 말했다. 그러니 점점 지나와의 대화도 힘들어질 게 뻔했다. 마리는 외모만 한국인이지 사고방식은 미국인이었다. 그래서 나는 다툼이 있을 때면 이민을 오지 말았어야 했다는 생각을 했다. 마리는 사춘기를 지나며 엄마와는 말이 통하지 않는다고 알아먹지 못할 영어로 중얼대곤 했다. 버릇없게 들리던 말이 가끔은 욕처럼 느껴지기도 했는데, 어쩌면 이 작고 예쁜 손녀 지나까지 그렇게 멀어질 거란 생각에 마음이 쓸쓸했다. 지나도 마리처럼 한국인의 피가 흐르는데 말은 점점 꼬여갔다.

지나는 마리가 고등학교 졸업을 앞두고 낳은 아이였다. 그 당시 나에게 마리의 임신은 너무 충격이었다. 한동안 짙은 우울에 빠져 있었다. 나의 소망은 단순하고 평범했었다. 마리가 공부를 마치고 당당하게 독립하기를 원했고, 사랑하는 사람과 가정을 꾸리길 바랐다. 그런데 아직 어리다고만 생각했던 마리가 임신이라니, 모든 것이 무너져버린 것 같았다. 지나의 친부는 마리가 다니던 고등학교의 한국인 동급생이었다. 소문에 의하면 학점은 바닥이고 집은 빈민가에 있었다. 거기에다 아르바이트로 번 돈으로 부모 집의 월세를 보태기까지. 나는 마리에게 낙태를 권했었다. 그러나 마리는 아이를 낳았다. 지금의 지나를 보면 끔찍한 말이었다. 마리는 지나의 친부와 헤어진 뒤 학교를 졸업하고 대학에 들어갔다. 그리고 지금의 사위인 마이클과 일 년의 동거 끝에 결혼했다.

마리는 마이클과 동거 중에도 마이클의 아들 둘을 돌봤다. 마이클와 아이들은 법으로 정한 양육의 이유로 전처의 집을 일주일에 한 번 오가는 듯했다. 나는 마이클의 아이들을 어제 처음 만났다. 마음이 묘했다. 손자 같지 않은 손자들과 인사를 나누며 생각했다. 사돈도 나와 마찬가지로 동양인인 지나를 쉽게 손녀로 받아들이기 힘들 것 같다고. 그러나 서로가 손자와 손녀를 받아들이는 감정은 다르지 않을까 했다. 적어도 내가 느끼는 이질감은 느끼지 않을 것이란 기대감이었다. 아무래도 이민의 역사가 있는 나라에서 나고 자란 사람들이니 말이다.

어쨌거나 마리의 결혼에 나는 마음이 홀가분했다. 나는 마리가 태어나고 자라기까지 많은 것을 포기하고 살았었다. 그런데 또다시 시작되는 지나의 육아는 나를 지치게 했었다. 그러다 마리가 마이클과 함께 살기 시작하며 지나를 데려갔다. 가끔은 학교 수업 때문에 지나를 돌봐 달라고 했는데 이제 결혼하면 마이클과 키우겠다고 했다. 나는 계획을 세웠다. 하고 싶던 영어 공부를 하고, 취미생활과 여가로 여행도 다니기로. 이제는 남편과 자식으로부터 자유로워지고 싶었다.

람블라스 거리의 축제를 즐기며 걷다가 산타마리아 성당 앞에 이르렀다. 성당 앞 광장에도 하얀 천막의 미니 마트가 열려있었다. 거리에 캐럴이 울린다면 크리스마스이브의 바자 풍경으로 착각할만했다. 지나는 내 손을 뿌리치고 광장 안으로 뛰어갔다. 걸음이 너무 빨라서 정신없이 쫓는데 지나가 광장에 있는 동상 앞에서 멈춰 섰다. 동상이라고 여겼던 것은 행위예술을 하는 사람이었다. 드레스를 입은 여자는 몸을 하얗게 분칠하고 빨간 장미를 들고 있었다. 지나는 여자를 빙빙 돌다가 신기했는지 여자의 얼굴을 뚫어지게 올려 보았다. 그때 동상처럼 서 있던 여자가 지나에게 윙크를 했다. 지나는 화들짝 놀라며 나를 찾았다. 나는 지나에게 가서 품에 안아주었다. 그리고 산타마리아 성당 앞 계단에 앉아 쉬었다. 지나는 금세 내 품에서 벗어나 계단을 오르내리며 놀았다.

  지나는 사랑스러웠다. 한동안 마리의 유별난 사춘기로 울적했던 마음을 달래준 아이였다. 잊고 있던 마리의 어린 시절을 추억하게도 했다. 예전에는 느껴 보지 못했던 새로운 기운을 주었다. 마리의 방긋하는 미소, 어린잎 같던 작은 손가락과 발가락. 그리고 옹알거리던 조그마한 입술. 그 당시 나는 마리의 맑은 눈을 보고 있으면 마음이 한없이 투명해지는 것 같았다. 나는 마리에게 지나도 그런 존재라는 생각이 들었다.

  지나가 사람들에게 둘러싸여 귀염을 받고 있었다. 무슨 일인가 유심히 살피니 한두 명이 내민 장미를 선택하는 중이었다. 지나는 빨간 장미를 선택했고 사람들은 와! 하는 소리와 함께 즐거운 웃음을 터트렸다. 지나는 어리둥절하다가 무리를 비집고 나에게 왔다. 그리고 조금 전 받은 장미를 내게 건네며 말했다.

"꽃이야. 예쁘니까 할머니 줄게."

붉은 장미가 우리 지나처럼 싱싱하고 향이 짙었다. 나는 장미꽃을 들고 지나와 아이스크림 집으로 가서 젤라토를 샀다.

"지나가 예뻐서 할머니가 사주는 거야."

"땡큐, 그랜맘."

커피가 마시고 싶었다. 한적한 노천카페를 찾았으나 축제의 거리는 많은 사람으로 어수선했다. 근처에 해변이 있다던데. 나는 구글맵으로 주변를 살폈다. 걸어서 갈 만한 위치에 포트벨 항구와 바르셀로네타 해변이 있었다. 쉬엄쉬엄 주택지를 지나면 나올 곳이었다. 지나와 다시 걷기 시작했다.

람블라스 거리의 뒤편 주택가는 또 다른 매력이 있었다. 지나가 아이스크림콘을 먹으며 걷고 있어 여유롭게 감상했다. 오래된 건물의 벽들은 세월을 말하듯 베이지색으로 얼룩져 있었고, 창가 발코니의 화분마다는 이름 모를 노란 꽃, 빨간 꽃이 피어있었다. 그리고 원색의 빨래들이 철제 난간에 걸쳐져 있었다. 수건, 바지, 셔츠, 양말들. 사람 사는 모습이 좋았다. 예전 서울의 골목도 이랬을지. 짧게 기억되는 시절의 골목

집 그리고 엄마와 나, 이상하게도 정확한 것은 없고 어렴풋한 느낌만 있었다. 소박하고 행복했던 순간이었다는.

이런저런 추억에 빠져 걸으면서 포트벨 항구에 이르렀다. 지나는 항구의 요트를 보며 또 질문을 했다. 저게 뭐야? 나는 배라고 말해주고 주변의 패스트푸드점에서 파르페와 주스를 샀다. 지나도 아침이 시원치 않았고 나도 시장기가 있었다. 일단은 벤치에 앉아 파르페를 먹고 다시 걸어야 할 것 같았다. 파르페를 조금 떼어 지나에게 주었다. 지나는 한 입 베어먹고는 갈매기를 향해 손짓했다. 갈매기가 지나 옆으로 몰려왔다. 그러며 바로 지나의 손에 남아있는 파르페 조각으로 달려들었다. 날개를 펴면 지나 보다도 큰 새였다. 나는 서둘러 갈매기를 쫓은 뒤 파르페를 얼른 먹어치웠다. 그런 뒤 지나와 다시 바르셀로네타 해변을 향해 걸으며 말했다.

"지나야, 갈매기는 멀리서 날 때는 멋있었지?"

"응, 그런데 무서워."

나는 왠지 그 순간 마리가 지나를 잘 보호해 줄 수 있을까, 하는 염려의 마음이 들었다.

바르셀로네타 해변은 미국의 서부와 달랐다. 이곳은 크지도 작지도 않고 해변에 사람만 북적였다. 바다를 즐기는 분위기보다 일광이 우선인 느낌이었다. 우리는 야자수 그늘의 벤치에 앉았다. 지나는 역시 아이답게 해변의 모래쪽으로 가려 했다. 나는 지나의 원피스를 벗기고 준비해 온 옷을 입혔다. 지나는 아침으로 빵 조금, 우유 한 컵. 아이스크림과 파르페 한 조각을 먹고도 지치지 않는지 소리를 지르며 해변으로 달려갔다. 모래놀이를 하기 시작했다. 나는 지나를 물끄러미 바라보며 생각했다. 지나가 엄마의 결혼을 이해할까.

나는 어릴 적 엄마의 결혼이 뭔지 몰랐다. 그냥 갑자기 아버지가 생겼고, 오빠들이 생겼었다. 나쁘지 않았다. 아버지는 내게 상냥했고, 오빠들은 친절했다. 하지만 엄마는 뭔가 달라졌다. 나를 자주 안아주지 않았고, 맛있는 반찬이나 간식은 아버지와 오빠부터 챙겼다. 그리고 무엇보다 슬펐던 것은 내가 성적이 좋으면 덤덤하고 오빠들의 성적이 좋으면 칭찬을 아끼지 않았다. 그렇게 서운한 마음을 숨기던 어느 날 나는 엄마에게 물었다.

"아버지는?"

"뭐, 아버진 회사 갔잖아."

"아니, 진짜 아버지."

엄마는 아무런 말이 없었고 나는 어색한 분위기로 마음이 불편했었다. 그래서 그 뒤로 몇 년은 진짜 아버지에 대한 말을 피했다. 그러다 내가 남편과 결혼하기 며칠 전 엄마는 어렵게 말을 꺼냈다.
　"네 아버지가 어디 있는지 몰라. 처음 만난 날 집까지 따라왔어. 나는 피했지만, 다음날은 무작정 방으로 들어왔어. 그리고 네가 태어났단다, 그 사람은 모를 거야. 네가 있다는 것도. 나는 그 뒤로 서울로 올라왔으니까."
　나는 엄마의 무책임한 말을 듣고 한동안 멍해 있었다. 그러나 엄마가 지금의 아버지와 오빠들에게 절절매는 듯했던 모습과 나를 대 놓고 예뻐하지 않았던 이유가 뭔지 어렴풋이 알 수 있을 것 같았다. 그렇다면 앞으로도 엄마에게 짐이 될 거란 생각이 들었다. 아마도 그런 생각이 내가 이민을 결정한 이유 중에 하나일 것이었다.
　오래전의 일이었지만 어린 시절 부모의 관심과 사랑을 받지 못했다는 마음 때문에 마리에겐 집착에 가까울 정도로 애정을 주었다. 나는 모래밭에서 놀이하는 지나를 보고 있자니 어린 시절 내 모습이 겹쳐 혼자 중얼거렸다. '지나는 행복 해야 하는데, 마리는 우리 엄마와 다를 거야. 이곳은 미국이야.

시대가 다르고 문화가 다르니 기죽을 것 없어. 지나를 걱정하거나 안쓰러워하지 않아도 될 거야.' 해변에서 놀던 지나가 다른 꼬마들과 어울리다 지쳤는지 벤치로 돌아왔다. 나는 가지고 있던 물로 손을 씻겼다. 곧이어 점심 식사할만한 곳을 찾아 주변을 살폈다. 몇 미터 앞에 해산물 레스토랑이 있었다. 괜찮은 메뉴가 있기를 기대하며 레스토랑으로 향했다.

　레스토랑은 실외에도 테이블이 있었다. 우린 야외 테이블에 앉았다. 그러곤 다른 사람들이 시킨 음식을 보기도 하고 메뉴판을 뒤척이기도 했다. 아무래도 지나가 먹기 편한 음식이 좋을 것 같았다. 연어 스테이크와 스파게티가 적당해 보였다. 지나는 얌전히 앉아 얼굴을 식탁 위에 얹고 싱글거리며 뭘 먹을지 물었다. 팸플릿의 요리 사진에 손가락을 대고 이거? 이거? 하고 장난치듯 묻기도 했다. 나는 연어 스테이크 사진을 가리키고 웨이터에게 유아용 의자를 부탁했다. 지나가 유아용 의자에 앉고서야 눈을 마주했다. 까만 눈동자의 눈이 호기심으로 지긋하지 못했다. 하긴 나보다 몇십 배는 더 세상이 신기할 것이었다.

　연어 스테이크는 예상대로 부드럽고 담백했다. 곁들인 샐러드는 상큼해서 좋았다. 지나도 맛이 있는지 음식을 먹는 것에만 집중하고 있었다. 나는 슬쩍 틈을 내서 물었다.

"지나는 엄마처럼 아빠도 좋지?"

"누구?"

지나는 정말 누구를 말하는지 알지 못하고 있었다.

"지나야, 어제 엄마하고 결혼한 아빠 말이야."

지나는 그제야 고개를 끄덕하고 말했다.

"마이클?"

나는 다시 걱정되었다. 지나를 이해 시키려면 아직 시간이 필요하다는 생각을 했다. 그리고 연이어 나의 어린 시절을 떠올렸다. 새 아버지를 처음 만났을 때, 아니 그보다도 '아버지' 하는 말이 처음 입에서 나왔던 날이 선명하게 떠올랐다.

나는 오빠들처럼 이상하게 아버지란 말이 쉽게 나오지 않았다. 엄마는 나를 나무랐고 나는 그럴수록 더 말이 안 나왔다. 한번은 작은 소리로 '아빠'하고 불렀는데 오빠들이 인상을 쓰며 '아버지'하고 다시 부르게 시켰다. 그런데 쉽게 말이 나오지 않았다. 그래서 나오지 않는 말을 남모르게 연습했다. 높게, 낮게, 빠르게, 느리게 등등 다양하게 부르며 연습을 했었다.

그러던 어느 날이었다. 초등학교 2학년쯤, 수업을 마치고 집으로 돌아오는 길이었다. 마침 길에서 중학교에 다니던 오빠를 만났다. 오빠는 친구와 아이스크림을 먹고 있었다. 나는 오빠에게 먹고 싶다고 했다. 오빠는 곁에 있던 친구가 누구냐고 묻는 말에 동생이야, 하고 도망치듯이 뛰어서 사라졌다. 섭섭하고 얄미운 마음이었고 분하기도 했다. 오빠는 어떻게 아이스크림을 사 먹었는지 부럽기도 했다. 집으로 걸어가던 중 가게 앞의 자판에 늘어놓은 사탕들이 눈에 띄었다. 달콤한 사탕을 상상하니 먹고 싶은 욕심이 생겼다. 가게 안에는 아무도 없는 것 같았다. 그래서 슬그머니 다가가서 슬쩍 손에 잡고 주머니에 넣었다. 그러자 어떻게 알았는지 아저씨가 후다닥 나와서 나를 붙잡고 주머니를 뒤져 사탕을 꺼냈다. 아저씨는 큰 소리로 집이 어디냐고 다그쳤다. 나는 무서워서 눈물이 나왔다. 그러나 아저씨는 용서를 모르는 어른이었다. 내 옷을 붙들고 버릇을 고쳐야 한다며 집에 가자고 했다.

  집에는 다행히도 아버지가 없었다. 구멍가게 아저씨는 엄마에게 아이 교육을 잘하라며 훈계하고 갔다. 그 모습을 지켜보던 오빠들이 아버지에게 말하고 아버지는 가게 아저씨와 이야기를 나눈 뒤 집에 돌아와서 회초리를 들었다. 그리고 아무 말 없이 한 대, 또 한 대 내리쳤다. 오빠들과 엄마는 숨죽이고 지켜만 보고 있었다. 나는 아버지가 다시 회초리를 들고 내리치려고 할 때 주저앉고 말했다.

"아버지, 잘못했어요. 다시는 나쁜 짓 안 할게요."

아버지는 회초리를 거두고 돌아앉았다. 그때를 기억하면 내 입에서 튀어나온 '아버지'라는 말에 화가 풀어졌을지 모른다는 생각이었다. 하여튼 그 일이 있은 뒤로 오빠들은 장난처럼 나를 꼬마 도둑, 하고 놀렸다. 엄마는 그런 오빠들을 크게 혼내지 않았다. 오히려 아버지가 얼핏 듣고는 또다시 그렇게 놀리면 회초리를 든다고 했다. 그리고 이상하게도 그 일이 있은 뒤로 엄마는 아버지의 말이라면 무조건 따랐고, 오빠들에겐 더 친절하고 정성을 다했다. 왠지 나만 더 외톨이가 된 기분이었다.

지나는 음식을 먹고 배가 부른지 다시 물어보기 시작했다. 집에 언제 가느냐는 둥. 바다에 들어가고 싶다는 둥. 나는 해변의 수평선을 보며 무심하게 그래, 하고 답했다. 스페인의 해변을 다시 찾아도 변함없이 아름다운 풍경을 보게 될 거란 생각으로 지나에게 말했다. '지나야 나중에 할머니랑 다시 여기 오자.' 나는 예쁘게 자란 아가씨 지나를 상상하며 자리에서 일어났다. 그리고 택시를 잡아타고 람블라스 거리로 돌아갔다.

택시를 숙소와 가까운 곳에 세우고 다시 걸었다. 기념품을 사고 싶었다. 이왕이면 물건이 다양하게 진열된 곳을 찾아서 기웃거렸다. 다른 곳보다 큰 가판대에서 멈춰 섰다. 진열대 위에는 장미꽃다발 외에 장미꽃 모양의 브로치, 머리핀, 머리띠, 책꽂이 등등이 있었다. 나는 머리핀을 보며 지나에게 물었다. 할머니한테 어떤 것이 예쁠까? 지나는 나와 장미 모양의 머리핀을 흘낏하고는 드레곤 인형에 손을 댔다. 나는 귀엽고 깜찍한 초록색 드레곤 인형을 지나에게 선물했다. 그러곤 다시 옆의 진열대에 쌓인 책들을 훑어보았다. 한글책을 발견하고 반가워 집어 들었다. 드레곤이 아닌 악어가 수박을 먹는 그림에는 '수박씨를 삼켰어!'하고 쓰여 있었다. 나는 이곳에 한글 그림책이 있는 게 신기해서 기념으로 샀다. 그러자 지나는 그림책을 보고 '아이 럽 워러메론! 첨첨'하고는 집에 있다고 했다. 그래도 나는 '이건 한글이란다.'하고 지나의 손에 쥐여줬다.

숙소에 다다랐을 무렵부터 축제의 하이라이트처럼 거리 위로 붉은 장미꽃잎이 흩날리며 떨어져 내렸다. 그때 손을 잡고 걷던 지나가 와우! 하고 탄성을 냈다. 그리고 도로에 내려앉은 붉은 꽃잎을 밟으며 신나게 폴짝거렸다. 나는 순간, 잊고 있던 서울의 봄이 떠올랐다. 바람을 타는 가로수의 꽃잎들이 눈꽃처럼 흩날리던 벚꽃길. 이상하게도 붉은 장미꽃으로 덮인 람블라스 거리도 서울의 봄날처럼 화사하고 아름다웠다. 사람들의 걸음으로 이는 바람에 장미꽃잎이 날리고, 그들의 이야기 소리는 물결처럼 흘렀다. 마치 어린 시절 엄마와 걷던 벚꽃길에서의 도란거린 수다 소리처럼. 괜스레 지나가 건네준 장미꽃을 확인했다. 쇼핑백 안에는 인형과 책, 그리고 빨간 장미가 잘 담겨 있었다. 마리를 생각했다. 오늘이 서로의 사랑을 확인하는 날이라는데 마리도 장미꽃을 받았겠지.

  나는 갑자기 지나를 업고 싶었다. 그래서 걷고 있던 지나를 등에 업었다. 지나는 등 뒤에서 알아듣지도 못 하는 말로 조잘거리다 졸음이 왔는지 얼굴을 기댔다. 따뜻한 품은 가슴에만 있는 게 아니었다. 등으로 느껴지는 포근함이 왠지 모든 근심을 날려 주는 것 같았다. 마리의 결혼, 지나와 마이클, 그의 두 아들들 모두가 행복한 가정을 이룰 거라는 희망이 마음에 피어 올랐다.

  나의 등에 기대어 잠이 든 지나가 뒤척였다. 나는 다시 지나를 추켜 업고 걸음을 재촉했다. 빨리 숙소로 돌아가 지나를 침대에 뉘어야 할 것 같았다. 그런데 지나가 꿈결로 중얼거렸다.

  "제이슨, 노우우."

제이슨이 누구였더라? 들어봤는데, 남편의 회사 동료 중에, 아니면 마리의 친구 중에 흘려들은 이름이었던가. 그러나 그들은 지나가 알지 못하는 사람들이었다. 그렇다면 누굴까. 그러다 번뜩 마이클이 제이슨! 하고 그의 작은 아들을 불렀던 생각이 났다. 나는 갑자기 마음이 불안하고 기운이 빠져 주저앉았다. 지나는 얼떨결에 깨어 칭얼거렸다. 그래도 나는 한동안 일어서지 못했다.

나를 꼬마 도둑이라고 놀리던 오빠가 은밀하게 했던 말이 생각났다. '네가 바지를 벗고 한 번만 보여주면 다시는 놀리지 않을게.' 나는 오빠의 말을 따르지 않았고 엄마에게 말 했었다. 엄마는 못 들은 척 넘어갔고 우린 아무 일 없는 것처럼 지냈다. 정말 아무런 일도 일어나지 않았었다. 하지만 나는 그 뒤로 오빠의 시선이 느껴질 때면 소름이 돋았다. 뭔지 모르게 불쾌했고, 불신의 마음도 생겼다. 엄마는 나를 사랑하지 않는다는 생각으로 외롭기까지 했다. 어릴 때의 작은 에피소드는 아무에게도 말하지 않았었다. 정말 하찮아서. 그렇지만 작은 눈덩이가 굴러가며 커지는 것처럼 나는 점점 아버지와 오빠에게 다가가지 못하고 그들의 시선에서 벗어날 기회만 기다렸었다.

지나가 잠이 덜 깨서인지 투정을 부렸다. 나는 정신을 차리고 지나를 다독였다. 그러면서 지나의 잠꼬대를 예민하게 받아들인 것 같아 침착하게 물었다.

"지나야 오빠가 좋아?"

지나는 진저리 하듯 머리를 흔들며 말했다.

"무서워."

나는 갑자기 울컥하고 눈물이 고였다. 왜인지 모르겠다. 어린아이의 별생각 없는 표현일 텐데 두려움이 앞섰다. 나는 지나를 꼭 안았다. 어쩌면 정말 아무것도 아닐지 모른다. 하지만 혹시 모를 작은 눈덩이가 지나의 가슴에 생겨나지 않게, 마리가 하지 못하는 몫까지 다해야겠다고 다짐했다. 갑자기 바람이 불어왔다. 거리에 뿌려져 있던 장미꽃 잎이 바람결에 날아오르다 어디론가 사라지고 있었다. 나는 지나를 가슴에 품고 일어났다.

호텔 방에 들어서자마자 지나를 내려놓고 세수와 양치를 시킨 뒤 잠옷으로 갈아입혔다. 지나는 그제야 엄마가 생각났는지 엄마는 어디에 있느냐고 물었다. 나는 엄마와 마이클이 신혼여행 중이라고, 이제는 마이클을 아빠로 불러야 한다고 말했다. 지나는 나의 말을 들으면서 졸린 듯 고개를 끄떡이다 잠이 들었다. 나는 침대 위에 엎드린 채 잠이 든 지나를 바로 눕히고 흐트러진 머리카락을 조심스럽게 쓰다듬어 주었다. 그러던 차에 탁자 위에 놓여 있던 핸드폰에서 메시지 알림 소리가 연이어 울렸다. 갑자기 울린 큰 소리 때문에 지나가 깨어날 것 같아 재빠르게 전화기를 잡았다. 마리에게서 온 문자였다. '엄마, 지나는?' 하고 보낸 문자를 시작으로 여러 사진을 보내왔다. 사진마다 우리 마리가 환한 미소를 짓고 있었다. 해변의 모래 위에서, 푸른 초원에서. 마이클과 마리는 여러 포즈로 서로를 안기도, 입을 맞추기도 하며 사진을 찍었다. 사진 속 마리의 모습은 나에게 너무 행복하다고 말하는 듯 보였다. 이상하게도 내가 처음 보는 것 같은 마리의 행복한 미소였다. 나는 슬그머니 마이클에게 질투가 나면서도 고맙기도 했다.

  나는 지나 곁에 누워 잠시 눈을 감았다. 그리고 보내온 사진에 지나와 마이클의 두 아들을 그려보았다. 아직은 낯선 손자들이라서 상상을 해도 어색한 표정만 그려졌다. 내가 아이들에게 너무 관심이 없었던 것일 수도 있었다. 마리가 마이클을 사랑하는 이유로 아이들의 엄마가 되었듯, 나도 마리를 사랑하기에 마이클의 아이들을 사랑해야지. 그런데 아직 손자들의 이름도 제대로 기억하지 못하니, 마리와 마이클이 서운했을 것 같다. 뒤늦게 미안했다. 이번 추수감사절에는 마리의 가족과 파티를 해야겠다. 칠면조를 굽고, 손자, 손녀가 좋아할 음식을 차리고, 선물도 준비할 것이다. 그리고 마이클이 좋아할 만한 한국 음식도 마련해서 사위 사랑을 보여야겠다. 그러면 마리도 좋아할 것 같다.

그런 생각들을 하다가는 새삼 마리가 기특했다. 가끔 정말 내 딸인가 싶게 당찼다. 마리는 공부를 포기하지 않았고 아이들을 키우며 직장을 다녔다. 마이클의 연봉이 상당해도 개의치 않고 생활비를 보탠다고 했었다. 마리는 어려서 눈물이 많았는데 언제부턴가 변했고 그 시점이 지나를 낳은 뒤부터였었다. 마리는 예전 나의 엄마와는 다르게 당당했다. 지나는 나의 어린 시절처럼 외롭지 않을 것 같았다. 오후에 지나의 잠꼬대로 놀랐던 마음은 우려일 수 있었다. 그러나 나는 잠든 지나의 작은 손을 잡고 속삭이듯 중얼거렸다. "오늘은 지나와 행복한 하루였단다. 우리 지나가 산조르디가 누구인지 알지 못하겠지만 할머니가 이제부터 지나를 지켜주는 산조르디 기사가 될 거란다. 지나도 할머니에게 장미꽃을 줬잖아. 지나는 할머니의 공주란다." 침대 옆에 세워져 있는 스탠드의 노란 빛이 방 안을 포근하게 감싸 안듯 비추고 있었다. 나는 다시 중얼거리듯 말했다.

"지나가 행복해야 마리도 행복할 거야."

나는 핸드폰을 들고 마리의 문자에 답글을 주었다.

"마리야, 지나는 걱정하지 마. 너의 행복한 모습을 보니 내가 더 행복하다."

【발문】

삶의 위로가 되는 빛의 조각들

이평재(소설가)

삶의 위로가 되는 빛의 조각들

 김미정 작가와의 만남은 십여 년 전으로 거슬러 올라간다. 유통업을 경영하고 있다는 그녀는 첫 만남에서 이런저런 문학이야기를 나누다가 헤어지는 순간에 뜻밖의 행동을 했다. 모두 손을 흔들고 고개를 끄덕이며 다음의 만남을 기약하고 돌아섰는데, 저만치 몇 걸음 옮기던 그녀가 갑자기 어린아이처럼 달려와 나를 꼭 끌어안은 것이었다. 그 감정의 상태를 떠나 처음 만나는 사람에게 그런 행동을 하는 것은 쉽지 않은 일이다. 그러나 비교적 직감이 빠른 나는 그녀의 그 마음을 헤아릴 수 있었다. 밝게 웃으며 함께 꼭 안고 어깨를 토닥여 주었다. 말이 필요 없는, 마음과 마음으로 소통되는, 언젠가 소설의 제목으로 썼던 '말이 없는 말'이라는 제목의 글이 연상되는 순간이었다.

 역시 그녀의 그런 모습은 문학을 대하는 자세로 이어졌다. 또한 소설작품을 통해 드러나기 시작하며 지극히 개인적인 경험을 모티브로 쓴 '사브레'라는 단편소설이 신춘문예에 당선되면서 작가의 길로 들어서게 되었다. 어릴 적 치매에 걸린 할머니가 말도 안 되는 소리로 사람들을 괴롭힐 때마다 할머니의 입에 사브레 과자를 쏙쏙 넣어주며 입을 막았다나 뭐라나 하는 자신만의 기억 속 이야기를 꺼내, 상상력으로 전혀 다르게 변주하여 소설 속에 녹여낸 작품이었다. 어쨌든 김미정 작가의 문학을 대하는 자세는 그녀가 기질적으로 문학에 대한, 보이지 않는 뿌리를 가지고 있었다는 증거였다. 그녀의 그런, 문학을 향한 막연했던 경외심이 싹을 띄어 첫 번째 열매로 맺힌 결실이 바로 이 '요요의 빛'이다.

 "사블레 드릴까요?"
 204호는 보일 듯 말 듯 고개를 끄덕였다. 나는 휠체어를 연못가의 벤치까지 밀고 가서 고정했다. 그리고 그녀를 일으켜 벤치에 앉혔다. 굴곡진 등받이에 몸이 기울지 않게 잘 기대어 놓고 숄을 다시 둘러주었다. 과자를 조각내어 204호의 입에 댔고, 204호는 새 둥지의 새끼처럼 입을 벌렸다. 입을 오물거리는 204호의 모습은 '지나온 시절 어느 순간의 행복이 이랬어.'하고 말하는 것 같았다. 나도 204호 곁에 앉았다. 그리고 사블레를 입에 넣었다. 씹지 않아도 녹아나는 과자는 달콤했다. 어릴 적 이 과자를 조금씩 나눠가며 먹던 때가 기억났다. 과자가 귀하던 시절 집에 찾아온 손님이 사블레를 선물로 사 온 적이 있었다. 과자는 설탕의 단맛과 다르게 고소하고 부드러웠다. 바삭하게 부서지며 입안에 들어와서는 스르르 녹아 넘어가던 기억. 나는 그때 아껴 먹어야겠다는 생각으로 동생들과 나눠 가진 사블레 몇 개를 종이에 싸서 다락에 숨겨 놓았었다. 다락 안의 과자를 한 조각 입에 넣고 나와서 오물거릴 때면 동생들이 무얼 먹고 있느냐고 물었었다. 나는 말을 할 수 없었다. 입을 벌리면 달콤한 향이 퍼져 동생들에게 숨겨 놓은 사블레를 **빼앗길** 것 같았다. 기억해 보면 과자 한 조각일 뿐이었는데 그것이 왜 가장 행복했던 순간으로 기억되는 것인지.

   – 등단작품 '사브레' 중

김미정 작가는 말을 조리 있고 그럴듯하게 잘하는 사람은 아니다. 그러나 글 속에서는 하고자하는 말을 앞뒤와 경중을 따져 비교적 정확하게 전달하고 있다. 그러니까 말보다 글이 훨씬 강한 사람인 것이다. 번번이 이 사람이 이런 작품을 썼다고? 하는 경우가 있었다. 특히 표제작 '요요의 빛'은 고개가 갸우뚱할 정도로 더욱 그랬다. 그래도 한편으론 그래, 맞아! 하고 수긍이 가는 점도 없지 않았다. 그녀가 늘 이야기하는 바가 있었기에. 그것이 직설적이지도, 강성을 띠지도 않아 귀를 기울이지 않으면 알 수 없는 내용이었지만, 그녀는 종종 자신의 소설이 사람들의 마음을 따뜻하게 어루만져주었으면 좋겠다는 말을 지나가는 말처럼 했다. 그것은 아마 누구나 그렇듯, 그녀 역시 자신의 마음도 누군가 따뜻하게 어루만져주었으면 하는 바람의 발로일 것이다. 그리고 그 바람이 그녀를 작가로 만들었을 것이다. 그러고 보면 표제작 '요요의 빛'은 그녀의 심리가 가장 잘 투영된 작품일 수 있겠다. 특히 소녀의 발을 씻어주는 장면은 따뜻한 위로가 되고자하는 작가의 마음이 잘 드러나는 부분이 아닐 수 없다.

나는 다시금 소녀에게 사는 곳과, 가족에 관해 물었다. 소녀는 묻는 말에는 대답하지 않고 무표정하게 나를 바라만 보았다. 그런 소녀에게 먼저 발을 닦아야 할 것 같다고 했다. 소녀가 흙투성이 발을 내려다보며 왜 씻어야 하느냐는 듯이 의아한 표정을 지었다. 나는 소녀를 욕실로 데려가 발을 씻겨주었다. 자신이 씻는다고 했지만 내가 잘 닦아 주고 싶은 마음이었다. 발은 다행히도 다친 곳이 없었다. 발등에 몇몇 쓸린 자국은 풀잎에 쓸려 생긴 생채기 같아 보였다. 비누질로 발가락 사이사이를 깨끗이 문질러주었다. 소녀는 간지럼을 타는지 킥킥대며 잠깐 웃음기를 보였다. 나는 손을 마저 닦아주고 소녀와 거실로 나왔다.

-11p '요요의 빛' 중

이 소설집 '요요의 빛'에 실린 열편의 작품은 세 개의 챕터로 구분되어 있다. 첫 번째 챕터에는 '나'라는 개념으로 묶여 '요요의 빛', '사블레', '쉽게 나오지 않았던 말', '저녁노을'이 실려 있다. 두 번째 챕터에는 '너'라는 개념으로 묶여 '너울거리던 시간', '어쩔 수 없는 일', '서로 다른 체념'이 실려 있다. 그리고 세 번째 챕터에는 '우리'라는 개념으로 묶여 '제로니모 카페의 핫초코', '해후', '산조르디'가 실려 있다. 그러니 이 소설집 '요요의 빛'은 기존의 방법과 달리 다소 실험적인 구성을 했다고 볼 수 있겠다. 예술이란, 다시 말해 소설이란 나에서 시작해 너로 향하고 우리에게 이르는 과정이 아닐지. 그로 인해 세계관과 우주관을 획득하는 게 아닐지. 그렇다고 이제 첫 번째 소설집을 출간하는 김미정 작가가 그것까지 기획하여 작품을 쓰지는 않았을 것이다. 그러나 나는 원고를 받아 읽으며 그것이 절로 형성되어 있다는 것을 알 수 있었다. 그것은 아마도 오랜 습작기를 거쳐 오십대 후반에 작가가 된 뒤에도 소설 쓰기를 생활의 중심에 놓은 채 무명의 시간을 묵묵히 보내는 사람의 자세와 세상을 바라보는 연륜이 표출해낸 결과일 것이다.

나는 갑자기 지나를 업고 싶었다. 그래서 걷고 있던 지나를 등에 업었다. 지나는 등 뒤에서 알아듣지도 못 하는 말로 조잘거리다 졸음이 왔는지 얼굴을 기댔다. 따뜻한 품은 가슴에만 있는 게 아니었다. 등으로 느껴지는 포근함이 왠지 모든 근심을 날려 주는 것 같았다. 마리의 결혼, 지나와 마이클, 그의 두 아들들 모두가 행복한 가정을 이룰 거라는 희망이 마음에 피어올랐다.

– 산조르디 중

이 소설집 '요요의 빛'의 또 하나의 특징은 이 발문의 서두에서 유추가 가능하듯, 각각의 조각처럼 나뉘어 있는 이야기가 결국 하나의 거대한 그림으로 완성된 것처럼 직조되어 있다는 것이다. 작은 조각들이 모여 인생의 큰 그림 하나를 이루듯. 그러니 이 작품집은 흩어진 조각들을 하나하나 맞춰가며 삶을 직조하는 이야기의 직물이라고 할 수 있겠다. 이 직물은 단순히 삶의 무상함을 보여주는 것에 그치지 않고 그 속에서 희망과 평화, 그리고 자연과의 연대감을 때론 정설로, 때론 역설로 형성하고 있다. 또한 무엇보다 '요요의 빛'에 실린 각각의 작품들은 모두가 '빛'이라는 하나의 상징아래 존재하고 있다. 빛은 잃어버린 것에 대한 그리움이자, 다시 찾는 희망이며 삶의 의미를 비치는 등불인 것이다.

어느덧, 마음이 바빠졌다. 우선 집 안에 있는 상자 속 물건들을 풀어 놓고, 가구에 쌓인 먼지를 털어내고, 냉장고를 정리하고, 병아리도 챙겨야겠다고 생각하며 현관문의 손잡이를 잡았다. 그런데 그때, 다시 씨이잉 씨이잉하고 요요가 돌아가는 소리가 귓가에 들리는 듯했다. 왠지 꿈속 소녀가 나를 지켜보는 것 같기도 했다. 그리고 소녀의 말소리가 바람에 실려 내 마음으로 들어오는 것 같았다. '다시 내게 올 거예요. 내가 끈을 놓지 않으면 말이죠.' 이상하게도 아침 햇살을 받은 해바라기의 노란 꽃잎이 요요의 빛처럼 반짝였다.

-36p '요요의 빛' 중

이 책의 또 다른 핵심은 시간과 기억, 그리고 체념에 대한 성찰이다. 한 중년의 남자가 과거의 기억과 현재의 시간 사이를 오가며 시간의 흐름과 기억의 왜곡을 경험하는 이야기인 '너울거리던 시간'은 시간의 무상함과 기억의 흐름을 보여주며 인간존재의 불가피한 체념과 그 속에서 피어나는 희망을 탐구한다. '서로 다른 체념' 역시 복잡한 인간관계의 이별과 재회, 그리고 삶의 무상함을 보여주면서 그 속에서 그나마 피어나는 평화와 희망을 이야기한다. 이 두 작품 역시 역설로 마무리되지만 결국 '빛'이라는 메시지가 희망으로 치환되어 전체를 관통하고 있다.

조금 전과 다르게 잔잔한 바람이 불었다. 가로등 곁의 가로수 잎들이 이제야 사각거리는 소리를 냈다. 불현듯 어느 날인가 선영과 함께 걷던 날이 추억됐다. 취직은 힘들고, 아르바이트로 생활비를 벌던 시기였다. 오후 늦은 시간이었고 나는 너무 피곤해서 집에 빨리 가서 쉬고 싶은 마음뿐이었다. 그래서 선영이 말없이 걷다가 불쑥 던진 말에 별다른 반응을 하지 않았다. 선영은 감정의 동요도 없이 담담하게 말했다.

"우리, 그만 만나자."

마치 짧은 시의 한 줄을 읽은 것 같았다. 그리고 참 건조했다. 나는 이상하게도 마음이 편안했다. 다행이라고도 생각했다, 선영은 변명하지 않았고 나도 이유를 묻지 않았다. 그 뒤로 나는 어떤 여자도 만나지 않았다.

-155p 너울거리던 시간 중에서

은주는 실망한 듯 말하고 다시 노조원 이야기로 열을 냈다. 나는 은주의 말이 다른 나라 말처럼 귀에 들리지 않았다. 전화를 끊고 나서 왠지 은주에게 미안한 마음이 들었지만 어쩔 수 없었다. 나는 퍼즐의 빅벤을 내려다보며 생각했다. 내가 다시 은주에게 전화를 걸 일이 생길지라도 지금은 이것이 최선이라고

-188p 어쩔 수 없는 일 중

나는 시력을 잃어가고 있었다. 눈앞의 세상은 점점 좁아지고, 경계가 없어지고, 불투명해져 갔다. 그런 내게 그녀는 희뿌연 덩이로 보일 뿐이었다. 겨울밤의 가로등처럼 원형을 알 수 없는 둥근 빛덩이 마냥. 나는 그녀의 이름을 물을 만도 했는데 그러지 않았다. 그건 그녀도 마찬가지였다. 어쩌면 '이름'이라는 것이 불필요하였거나 불편하였을지도 모를 일이었다. 그리고 대수롭지 않은 마음이기도 했다. 돌이켜 생각해 보면 서로의 삶에 개의치 않았고 무관심했다. 그래서 그런 이름 따위는 우리에게 거치적거리는 옷가지처럼 구차할 뿐이란 생각이었다. 그녀는 모르지만 적어도 나는 그랬다.

-193p 서로 다른 체념 중

김미정 작가의 취미는 여행인 듯하다. 일 년에 서너 번은 세계 곳곳을 다녀오는 것을 보면. 그렇기에 세 번째 챕터 '우리'로 구성된 '제로니모카페 핫초코'와 '해후'와 '산조르디'는 작품의 배경이 작가가 여행을 다니며 구상한 이야기와 모티브로 만들어진 것 같다. 작가는 이 세 작품 속 각각의 이야기에 삶의 무상함과 사랑, 희망, 그리고 자연과의 연대라는 공통적인 주제를 감성적으로 풀어내고 있다. 이 역시 우리 내면의 깊숙이 자리한 슬픔과 아픔, 그 속에서도 피어나는 따뜻한 희망의 빛을 보여주고 있는 것이다.

그런데, 수록된 작품들이 모두 희망의 빛을 보여주고 있는데, 이 '요요의 빛' 작품집을 모두 읽고 나면 입가에 미소가 번지기보다, 작품 속의 캐릭터들이 하나같이 애처로운 마음이 드는 이유는 무엇일까. 그것은 아마도 김미정 작가가 자신의 인생에 담겨 있는 진실을 말하고 있기 때문은 아닌지. 한 번도 속마음을 터놓고 이야기한 적은 없지만, 말이 없는 말로 전달되었던 그 느낌! 다시 말해 김미정의 소설작품 속에는, 아무리 허구라고해도 그것을 통해 알게 모르게 감지되는 안쓰러운 마음이 들어 있는 느낌이다. 조용하고 덤덤한 문장으로 말하지만 각각의 인물 속에서 상처, 아픔, 슬픔 같은 그 무엇이 감지되는 것이다. 사람이라면 누구에게나 상처, 아픔, 슬픔이 있을 터, 그것이 인생이기에 모든 작가들의 작품 속에는 그런 이야기가 담겨 있는 것일 터. 어쨌든 자신의 상처, 아픔, 슬픔을 예술로 승화시키는 삶은 어떤 보상이 따르지 않는다 해도 그 자체만으로 훌륭한 것이다. 운명처럼 맞이한 작가의 길, 더욱 좋은 작품으로 가꿔나가길.

작가의 말

김미정

작가의 말

생각해보면, 삶은 욕망의 연속이었다. 부족함이 있을 때나, 없을 때나 마냥 무언가를 갈구했다. 나의 들숨과 날숨이 무의식이라면 의식은 무엇인가. 여러 곳을 기웃거리다 글을 쓰기 시작했다. 내 안에서 허상과 허구에 불과했던 수많은 이야기들은 소설 속에서 형상화 되어 나의 갈증과 욕망을 다독여 주었다. 그랬기에 이제는 어렴풋하게나마 어떤 희망을 느끼기도 한다. 어쩌면 나의 소설이 세상 사람들에게 따뜻한 위로가 될 수도 있겠다는. 아직 글만 쓰고 살기엔 현실이 녹록치 않다. 그럼에도 그랬으면 하는 바람이 간절하다.

모모의 빛

초판 1쇄 발행	2025년 8월 15일
지은이	김미정
펴낸이	김세준
기획편집	이평재
편집	백승록
디자인	알렙주니 ALEPHJUNIE
펴낸곳	트임9
출판등록	제 2020-000305 호
주소	인천광역시 삼산면 상리길 351, 라동
전화	010-5533-1643
이메일	teuim9@naver.com
홈페이지	www.teuim9.com
스마트스토어	smartstore.naver.com/teuim9
인스타그램	instagram.com/teuim9

©2025.김미정 All rights reserved.
ISBN 979-11-973655-7-7 (03810)

* 책값은 뒤표지에 표시되어 있습니다. 잘못된 책은 바꿔드립니다.
* 이 책의 전부 또는 일부 내용을 재사용하려면 저작권자와 도서출판 트임9의 사전 동의를 받아야 합니다.